BAL

Un mystérieux vétérinaire

*

Le bébé secret de Rio

RACHEL DOVE

Un mystérieux vétérinaire

Traduction française de

FRANÇOISE PINTO-MAÏA

BLANCHE

HARLEQUIN

Collection : Blanche

Titre original :
FALLING FOR THE VILLAGE VET

HARPERCOLLINS FRANCE
83-85, boulevard Vincent-Auriol, 75646 PARIS CEDEX 13
Service Lectrices — Tél. : 01 45 82 47 47 - www.harlequin.fr
ISBN 978-2-2804-8157-1 — ISSN 0223-5056

Composé et édité par HarperCollins France.
Imprimé en décembre 2022 par CPI Black Print (Barcelone)
en utilisant 100% d'électricité renouvelable.
Dépôt légal : janvier 2023.

FSC
www.fsc.org
MIXTE
Papier issu de sources responsables
FSC® C159065

Pour limiter l'empreinte environnementale de ses livres, HarperCollins France s'engage à n'utiliser que du papier fabriqué à partir de bois provenant de forêts gérées durablement et de manière responsable.

1.

— Je ne sais pas quoi faire, docteur. Il n'est plus lui-même. Il est devenu apathique et ne mange plus comme avant.

Mme Chan contemplait son compagnon adoré d'un air chagrin. Celui-ci leva vers elle des yeux abattus.

C'était la partie la plus délicate de son métier, se dit Chris. Celle qui requérait beaucoup de compassion, de chaleur humaine et de tact, toutes les qualités dont il était malheureusement dépourvu en ce moment. Il ne ressentait que de l'irritation. Une émotion qu'il masquait du mieux qu'il pouvait la plupart du temps, mais qu'il sentait couver sous la surface. Il avait pensé que son installation dans un endroit inconnu lui remonterait le moral. En fait, il était toujours aussi sombre, mais dans un lieu différent. Puddle Lake était un charmant village, mais force lui était de constater que les mêmes sentiments négatifs le submergeaient comme lorsqu'il habitait en ville. Colère, tristesse, frustration.

Il essaya de sourire à Mme Chan, mais cela ressemblait davantage à une grimace rectiligne.

— Le problème, madame Chan, c'est que Gustav est… hum, obèse, voyez-vous.

Celle-ci ouvrit la bouche, suffoquée. Mais Chris avait commencé à parler franchement et il tenait à aller jusqu'au bout pour faire passer son message.

— Je sais que vous aimez votre chat. Malheureusement, il aime la nourriture et un chat est incapable de refuser. Il ne monte pas sur la balance chaque matin pour s'inquiéter de son tour de taille. Si la nourriture est disponible, il la mangera. Même chose s'il a l'habitude de faire le tour des voisins et qu'ils le nourrissent de restes. Tous les chats font ça.

La propriétaire de Gustav avait l'air horriblement vexée.

— On croit à tort que donner des friandises aux animaux de compagnie est une preuve d'amour. Mais c'est faux. Ils ont besoin d'une alimentation équilibrée, et c'est à leurs maîtres d'y veiller. Faire suivre un régime à votre Gustav est une façon de lui montrer de l'affection. Ce chat actif est malheureux, parce qu'il ne peut plus bouger ni laver toutes les parties de son corps.

À cet instant, Gustav émit un miaulement plaintif.

— Alors, qu'est-ce que vous conseillez, docteur ?

— En gros, si vous gavez encore votre Gustav comme une oie, il n'ira pas au bout de ses neuf vies.

Au regard courroucé de Mme Chan, il comprit qu'il était allé trop loin. Mais il serait allé bien au-delà pour la convaincre d'arrêter d'engraisser à mort cette pauvre bête. Il se souciait des patients qu'on lui amenait, même s'il était indifférent à tout le reste.

— Je pense que je vais plutôt m'adresser au Dr Ingham, dit Mme Chan en le toisant. Cheryl a-t-elle son numéro ?

Chris se retint de justesse de lever les yeux au ciel. C'était sa deuxième semaine de travail, et presque tous les propriétaires d'animaux qui l'avaient consulté jusque-là lui avaient posé la même question. Brusquement, il se mit à regretter son ancien cabinet, les liens qu'il avait établis avec les familles au fil des ans. Un monde familier et sans complications…

Mais il n'avait pas le temps de s'appesantir là-dessus quand sa salle d'attente était comble. Reportant son attention sur la mine désapprobatrice de Mme Chan, il s'efforça de garder un semblant de politesse.

— Je suis sûr que le Dr Ingham serait d'accord avec mon diagnostic, étant donné qu'il avait lui-même mis Gustav au régime. Mais bien sûr, vous êtes libre de demander un autre avis. Seulement, le Dr Inghman a pris sa retraite et il est en vacances pour le moment. Cheryl prend les messages et les lui transmettra à son retour.

Le Dr Ezekiel Ingham, le vétérinaire qui lui avait offert de reprendre ce cabinet, était en croisière avec sa famille et n'en avait sûrement rien à faire de Mme Chan et de son chat.

J'aurais peut-être dû en faire autant, pensa-t-il. *Vendre cette affaire et voyager, au lieu de… supporter ça.*

— Je vous raccompagne, madame Chan. Veuillez régler à la réception.

Gustav avait déjà réintégré son panier de transport. À travers la grille, il regardait Chris d'un air renfrogné, parfaitement assorti à celui de sa maîtresse.

Celle-ci laissa échapper une sorte de hoquet méprisant et, soulevant le panier, elle quitta la pièce.

Pauvre Cheryl ! Chris entendait déjà Mme Chan se plaindre de ses manières, et sa secrétaire réciter le même couplet d'excuses qu'elle servait depuis son arrivée.

Il se sentait un peu coupable, bien sûr, mais il ne pouvait pas changer son humeur. Ça ne l'intéressait pas d'être quelqu'un de policé. Il était toujours disponible pour ses patients et excellait dans son travail. C'était son *seul* objectif à présent. Se lever le matin, assurer ses consultations et payer ses factures.

En entendant la porte de la clinique claquer violemment, il eut pourtant l'impression que ce n'était pas suffisant. Il soupira, alla se laver les mains et se prépara pour la prochaine consultation.

Il allait atteindre la poignée de la porte pour appeler le client suivant, quand celle-ci s'ouvrit brutalement sous l'impulsion d'un museau puissant et sale. Un doberman, qui semblait s'être roulé dans la boue, bondit dans la pièce comme un fou, faisant voler sa laisse métallique autour de lui. Il fallut quelques secondes au chien pour reconnaître l'endroit où il se trouvait. Alors, il tenta de prendre la fuite, et sa chaîne fouetta la jambe de Chris au passage.

De la salle d'attente s'élevèrent les cris paniqués d'une femme.

— Hendrix ! Imbécile, vas-tu te calmer ?

Elle apparut sur le seuil et bloqua toute retraite au chien. Le dénommé Hendrix parut fou de joie de la voir. Chris se frottait le mollet.

— Oh ! je suis vraiment confuse. Il est un peu… remuant.

— En effet, répondit Chris en massant la jambe.

Il s'empara de la laisse, ce qui stoppa net le doberman.

— Hendrix, donc ?

— Oui, c'est ça, répondit-elle, le visage empourpré par l'effort. Et il a beau avoir le sens du rythme, il est nul comme guitariste.

Un large sourire accompagna sa boutade. Hendrix salua Chris à sa manière, en le reniflant à l'entrejambe.

Chris repoussa le museau du chien et alla se camper derrière la table de soins. Et pas seulement pour échapper au molosse ! La jeune femme, qui lui faisait face, était habillée de toutes les couleurs de l'arc-en-ciel !

— Alors, quel est le problème avec Hendrix ?

— Oh ! c'est pour une visite de routine. Il a besoin de vaccins et de vermifuge. Il n'est pas pucé, le refuge a vérifié. C'était probablement un cadeau de Noël inapproprié. Ces chiens grandissent très vite, les gens n'en ont pas conscience.

Elle tapota la tête du chien qui la regarda d'un air à la fois idiot et adorateur.

— Donc, vous l'adoptez ? demanda Chris.

La jeune femme se mit à rire.

— Désolée, nous n'avons pas été présentés. Je m'appelle Susannah Harkin. Je travaille avec les refuges des environs. J'ai perdu mon labrador il y a quelques années et je n'avais pas le cœur à prendre un autre chien. Un après-midi particulièrement triste, je suis allée au refuge…

Sa voix se brisa, et elle laissa sa phrase en suspens. Dans le silence qui suivit, Chris se surprit à chercher ce qu'elle avait essayé de dire.

Elle parut se secouer mentalement et retrouva son sourire radieux. Chris faillit plisser les yeux tant sa gaieté lumineuse envahissait l'espace.

— Bref… Me voici, reprit-elle. Je recueille quelques-uns des chiens qui posent problème en chenil et je les éduque un peu en attendant qu'ils trouvent un foyer définitif.

— Ça existe vraiment de nos jours, un foyer définitif ? Notre société du gaspillage semble penser autrement.

Elle resta songeuse un instant, puis se pencha pour caresser Hendrix.

— Peut-être, répondit-elle par-dessus la tête du chien. Mais on ne jette pas le bébé avec l'eau du bain. Pas à Puddle Lake, en tout cas. Les gens d'ici ont du cœur. Pour ma part, si je peux améliorer le sort de quelques chiens, alors je me dis que ça en vaut la peine. C'est aussi un peu de compagnie à la maison.

Chris acquiesça d'un hochement de tête. Force lui était de reconnaître qu'elle avait raison. La seule idée de rentrer chez lui le faisait frissonner. Ce vide, ce silence… Le soir, assis dans le salon, il n'attendait que le moment de retourner travailler. Mais, une fois à la clinique, il se sentait toujours aussi morose.

— Hendrix ici présent a donc besoin d'un check-up, déclara-t-il. Un peu d'éducation, une bonne hygiène, et il devrait être adoptable.

Le doberman regarda Chris avec une expression effarée comme s'il comprenait leur conversation. Une réaction typique des chiens lors de leur première visite chez le vétérinaire, mais cela s'arrangeait à la longue.

Hendrix se mit à fixer la porte. Chris l'observa jusqu'à ce qu'il réalise qu'il n'avait pas dit un mot depuis une bonne minute et que Susannah Harkin le regardait curieusement. Très franchement, il partageait l'avis du chien. Lui aussi voulait sortir d'ici. Et vite !

Revenant en mode professionnel, il chassa ses pensées amères. Sur ce plan-là, il devenait un pro.

— Mettons-le sur la table et voyons ça.

Comme s'il avait conscience de la fatalité imminente qui allait s'abattre sur lui, le doberman tira sur la laisse que sa maîtresse avait reprise. Surprise par le mouvement brusque, elle réagit une seconde trop tard.

— Hendrix ! Viens là…

Mais déjà il se jetait de tout son poids contre la porte en poussant des hurlements pitoyables.

Déséquilibrée, la jeune femme s'affala sur le sol, en partie sous le chien, et s'entortilla dans la laisse, dans un étalement de couleurs. Hendrix sautillait autour d'elle en grattant frénétiquement le bois de la porte de ses griffes trop longues.

— Hendrix, arrête ! Je t'ai dit ce qui allait se passer. On avait conclu un marché. Je t'ai même acheté une gamelle, bon sang !

Le chien obéit, juste le temps de lui lécher la joue, avant de reprendre ses grattements effrénés et ses hurlements désespérés.

Face au chaos, Chris soupira.

— Hendrix, stop.

Il n'avait pas crié. Le timbre profond de sa voix parfaitement maîtrisée arrêta net le chien qui se détourna de la porte et vint s'asseoir à ses pieds.

— C'est bien, mon vieux.

Chris lui donna une tape amicale, avant de tendre la main à la jeune femme assise sur le sol. Elle s'essuya la main sur ses vêtements colorés et accepta son aide.

Elle avait la peau tiède et étonnamment douce. Chris se raidit, saisi par ce contact. Comme elle retrouvait son équilibre face à lui, il nota qu'elle était très jolie.

Ces yeux verts... et cette chevelure rousse. On dirait la mer et le feu...

— Merci, dit-elle en retirant sa main. Et désolée qu'il vous ait fait mal.

Chris attrapa son stéthoscope posé sur le bureau et s'agenouilla devant le chien à présent docile.

— Ce n'est rien. Je pense que nous sommes parvenus à une sorte d'entente, lui et moi. Allez, Hendrix, finissons-en.

Susannah regardait le Dr Jennings exercer son talent sur Hendrix qui le laissait inspecter son postérieur sans même essayer de lui arracher le bras.

— Vous êtes donc le nouveau vétérinaire ?

Il ne ressemblait pas à la description que le Dr Ingham avait faite de lui. Ce type était vraiment bizarre, et elle l'aurait pris volontiers pour un imposteur.

— Ça me paraît évident, non ? Vu ce que je suis en train de faire.

Il insérait un thermomètre dans l'arrière-train du pauvre Hendrix, dont la mine courroucée était presque risible. Quant au vétérinaire lui-même, il donnait l'impression d'avaler du vinaigre.

Sans se laisser décontenancer, Susannah insista.

— Vous vous adaptez bien ici ? Ça doit être un grand changement de passer d'une mégaclinique en ville à ce petit coin perdu.

— Ce n'était pas aussi grand que vous le dites. Nous étions seulement six confrères.

— Mais dans notre village, vous êtes le seul vétérinaire. Croyez-moi, pour nous c'est énorme. Alors, ça vous plaît ?

— Hendrix va bien, et ses vaccins sont maintenant à jour, répliqua-t-il froidement.

— Oui, mais je parlais de votre installation.

Bon sang ! Pourquoi ce type réagissait-il ainsi ? Elle essayait seulement d'être aimable. Quel rustre ! Même Hendrix était un meilleur interlocuteur. L'homme était plutôt séduisant pourtant. Grand, brun, il serait vraiment beau s'il n'affichait pas constamment cet air renfrogné. Le Dr Ezekiel Ingham avait fait un choix étrange en décidant de confier sa patientèle à cet inconnu cynique. En comparaison, Ezekiel était le Père Noël. Il avait été un pilier de leur petite communauté. Et à présent il prenait un repos bien mérité. La dernière fois qu'elle lui avait rendu visite pour lui faire part de son projet de campagne d'adoption, il attendait avec impatience l'arrivée de son successeur. Et d'après lui, celui-ci était parfait.

Tout en le regardant pianoter sur son clavier, Susannah ne voyait franchement pas ce qu'Ezekiel lui avait trouvé d'exceptionnel.

— Mauvaise journée ? s'enquit-elle.

Mais il ne releva même pas la tête.

— Allô ? La Terre pour le Dr Jennings.

— Quoi ? jeta-t-il avec hargne.

Susannah fronça les sourcils. Même Hendrix dans son comportement exubérant ne l'avait pas agacée à ce point.

Quand il daigna enfin lever les yeux, elle vit une expression de regret traverser ses traits.

— Pardon. Vous avez dit quelque chose ?

— Je vous demandais si vous aviez eu une journée difficile.

Il parut étonné de sa question. Ses sourcils presque noirs se rapprochèrent, assombrissant encore son regard d'un brun profond.

— Pas pire que les autres. C'est seulement une journée qui passe, un mercredi banal. Ma salle d'attente est bondée, et je viens d'être agressé par un doberman, dit-il avec amertume.

— Une journée ressemble à ce que vous en faites. Si vous essayez d'y trouver de la joie, il y en aura.

À son expression, Susannah comprit qu'il la prenait pour une espèce de hippie zen et déjantée. Elle l'était à bien des égards, mais venant de lui ce jugement l'irrita.

— Pas toujours. Souhaitez-vous le faire stériliser ?

Super, comme conversation ! Il ne veut vraiment pas qu'on lui adresse la parole.

— Oui, s'il vous plaît. J'espère le faire adopter dès que son éducation sera terminée.

— Je peux l'opérer la semaine prochaine, dit-il en consultant son écran. Lundi matin ?

Susannah sortit son téléphone pour vérifier son agenda.

— Non, je suis de service ce jour-là. C'est possible mardi ou mercredi ?

Il exhala un soupir et appuya sur les touches du clavier avec plus de force que nécessaire.

— Mardi matin à l'ouverture. Ça vous va ?

Susannah nota le rendez-vous dans son agenda.

— Parfait. Je serai à la maison, donc je m'occuperai de lui. Quel est votre diagnostic ?

— Il va bien. Un peu maigre, mais ça devrait s'arranger. Il est en bonne santé pour un chien errant.

— Oh ! Hendrix n'est pas un vagabond. Il a été remis au chenil de façon anonyme.

— Ah, je m'explique mieux ses problèmes de comportement. Les gens pensent que les chiens sont jetables, je ne supporte pas ça, dit-il, les lèvres pincées.

Il imprima une feuille de soins et contourna le bureau pour la lui remettre. Puis il se pencha pour caresser Hendrix derrière les oreilles. Celui-ci accepta sans broncher et, mieux, lui donna un coup de langue.

Lunatique, va ! lui adressa-t-elle silencieusement. Après avoir mené un raffut de tous les diables, il se montrait doux comme un agneau.

Le Dr Jennings dut se faire la même réflexion, car il se fendit d'un sourire. Susannah fut surprise du changement qui s'opérait en lui. Ses larges épaules se détendirent, et sa mine sombre fit place à un visage aimable. Quant à son regard, il ne ressemblait plus à celui d'un requin.

Qu'est-ce qui n'allait pas chez lui ? Il y avait certainement autre chose qu'une mauvaise journée. En le voyant jouer avec Hendrix à présent, Susannah avait du mal à réconcilier ces deux images de Chris Jennings.

— Avez-vous des animaux ? demanda-t-elle, désirant brusquement en savoir davantage sur lui.

— Non, malheureusement. Je n'avais jamais de temps avant de venir vivre ici.

— Et maintenant ?

Il leva les yeux vers elle, et Susannah réalisa que l'idée de posséder un animal ne lui était jamais venue à l'esprit.

— Maintenant, je suppose que j'ai plus de temps. En fait, je n'ai jamais vu les choses de cette façon.

Après une dernière caresse à Hendrix, il se redressa. Susannah ne put s'empêcher de contempler furtivement sa silhouette athlétique.

Arrête ! Tu n'es pas là pour ça, mais pour les chiens.

Ce qui lui rappela le projet qui lui tenait à cœur.

— Donc, vous pourriez devenir adoptant ? Vous trouverez peut-être un chien à notre kermesse caritative.

— Une kermesse ?

Susannah sentit son cœur sombrer. De toute évidence, c'était la première fois qu'il en entendait parler.

— Oui, j'ai passé un arrangement avec votre prédécesseur. Nous sommes en retard dans le placement des chiens, et je suis débordée. Organiser un événement solidaire serait un super moyen de mettre en relation des toutous et des familles volontaires et de lever des fonds.

Elle avait déjà huit chiens chez elle, dont l'exubérant Hendrix, et elle était à la limite de ses capacités d'accueil. À la maison, il y avait à peine assez d'espace pour elle, et l'entretien de ses protégés devenait coûteux. Les refuges où elle aidait étaient formidables, mais comme tout organisme à but non lucratif, ils réduisaient les coûts là où ils pouvaient. Seulement, cela ne suffisait jamais.

— Je vois. Et le Dr Ingham a accepté en mon nom, c'est ça ? répondit-il. Il ne m'en a jamais parlé. Et comme il est absent…

Il laissa ces derniers mots en suspens. Susannah se raidit, indignée. Il refusait d'adhérer à son idée ?

— Il est absent, c'est un fait. Mais il m'a bien dit que la clinique participerait. J'espérais même lancer le projet aujourd'hui.

Avant même qu'elle eût fini de parler, il leva les yeux vers la pendule.

— Je n'ai pas le temps, désolé. Les patients m'attendent.

— Cela ne prendra qu'une minute. Je voulais m'assurer que vous étiez d'accord. Et peut-être convenir d'un moment plus approprié pour en discuter en détail. Si nous pouvions compter sur le soutien du vétérinaire, cela ferait une vraie différence.

Il émit un son de gorge, comme s'il s'étranglait.

— C'est-à-dire… euh… Je suis nouveau ici, et ma charge de travail est importante. Vraiment, je ne pense pas…

— Mardi alors ? Vous aurez le temps. Je remplirai les autorisations et vous n'aurez plus qu'à les signer.

Susannah sourit en voyant son air déconfit, puis appela Hendrix.

— Allez, on rentre, voyou !

Comme elle se détournait pour sortir, l'image du Dr Jennings la fixant d'un air interloqué resta imprimée dans son esprit.

Chris Jennings dirait non, mais elle n'avait pas l'intention de lâcher l'affaire. Sa maison était pleine à craquer, les chenils aussi, au point qu'ils refusaient des pensionnaires, les adressant à des refuges plus éloignés. Cela lui brisait le cœur, alors ce n'était pas cet ours mal léché qui allait lui mettre des bâtons dans les roues !

La salle d'attente était pleine. Peut-être le Dr Jennings était-il seulement débordé, fatigué même, pensa-t-elle. Elle aussi pouvait en avoir par-dessus la tête certains jours, même si elle n'était pas du genre à déprimer.

Elle gagna la réception, tandis que Hendrix tirait sur la laisse pour atteindre la sortie. Heureusement, il finit par se calmer.

— Tout va bien, Suse ? demanda Cheryl, assise derrière le bureau. Tu as l'air d'avoir eu une mauvaise journée.

Susannah ne put s'empêcher de rire. Les mots de Cheryl étaient vraiment appropriés !

— On peut dire ça. Tout avait bien commencé, dit-elle en désignant d'un hochement de tête la porte du cabinet. Quoi qu'il en soit, je dois revenir mardi à la première heure pour faire opérer Hendrix.

Elle mima le mouvement d'une paire de ciseaux avec ses doigts. Elle se sentait désolée pour Hendrix et pour tous les chiens qu'elle avait en garde, mais c'était pour le mieux. Moins de chiots à placer plus tard, moins de maladies quand les chiens arrivaient à un âge avancé.

Cheryl acquiesça et nota le rendez-vous.

— C'est enregistré. Soixante-cinq livres pour la visite d'aujourd'hui. Je mets ça sur ton compte ?

— Sur le compte du chenil d'Elvedon, cette fois.

Cet arrangement avec les chenils pour lesquels elle travaillait bénévolement était pratique. Cela lui évitait de débourser cet argent et de le réclamer ensuite. Elle n'était pas fauchée, mais ne roulait pas sur l'or non plus. Elle exerçait son métier d'infirmière à mi-temps seulement et devait veiller à ne pas dépenser tout son salaire pour sauver les chiens.

— Merci, Cheryl. À mardi.

Susannah s'apprêtait à faire monter Hendrix dans sa voiture quand Cheryl l'appela. Se détournant, elle vit son amie courir vers elle sur le parking.

— J'ai oublié quelque chose ?

— Non, non. Je voulais seulement te demander… ce que tu penses du nouveau véto.

Elle avait baissé la voix et jetait des coups d'œil furtifs derrière elle.

Susannah n'était pas du genre à descendre en flammes les personnes qu'elle venait de rencontrer.

— Je pense que les mauvaises journées sont contagieuses, dit-elle, diplomate. Pourquoi me demandes-tu ça ?

Elle hissa Hendrix à l'arrière et lui donna une friandise avant de refermer le coffre.

De nouveau, Cheryl lança un regard vers la clinique.

— C'est juste qu'il est un peu… Comment dire ?

Susannah vint à son secours.

— Grincheux ? Maussade ?

Son amie acquiesça avec soulagement.

— Donc, tu as remarqué ? Il est très professionnel, rien à redire là-dessus, mais la transition est délicate après le départ d'Ezekiel. Je ne suis pas sûre que les gens du coin l'apprécient comme remplaçant.

— Sans compter que notre kermesse pour la campagne d'adoption est au point mort, dit Susannah comme pour elle-même. C'est quoi, son problème ?

Cheryl parut mal à l'aise.

— Ce n'est pas à moi de le dire, mais…

— Mais ? reprit Susannah, soudain curieuse d'en apprendre davantage. Tu sais que je ne le répéterai pas.

— Eh bien, c'est sa femme. Je crois qu'elle l'a quitté. Il y a quelques mois, le boss et lui se sont entretenus au téléphone. Et je suis sûre qu'Ezekiel m'a dit qu'il était marié. Mais à son installation, le Dr Jennings était seul. Et il ne porte pas d'alliance. Je pense que c'est à cause d'elle. J'ai remarqué qu'il ne reçoit jamais d'appels personnels, à part un cuisiniste qui l'a contacté au sujet de travaux dans la villa. Il se sent peut-être un peu seul. Enfin, j'espère qu'il finira par s'adapter.

Susannah surprit le regard étrange qu'elle posait sur elle. Alors, elle comprit pourquoi Cheryl avait tellement tenu à lui parler.

Elle laissa échapper une plainte, ce qui amena une grimace sur les traits de Cheryl.

— Je sais, Suse, mais… Tu es un rayon de soleil. Tu mets du bonheur partout autour de toi. Et…

— Je suis ton dernier espoir, c'est ça ? Mais je ne peux pas t'aider dans le cas présent. Je viens de le rencontrer et il ne m'a pas réservé le meilleur accueil. Il a refusé de m'apporter son soutien pour mon projet et…

— La kermesse ! Mais la voilà, l'idée ! s'écria Cheryl en battant des mains.

— Tu veux rire ? Il a failli s'étrangler quand je lui en ai parlé.

— Il est probablement un peu réticent…

— Réticent ? Il n'en a rien à faire, oui ! Alors, pourquoi prendrait-il cette peine ?

— Parce qu'il aime les animaux, déclara Cheryl.

Susannah leva les yeux au ciel.

— Ça vaut mieux, étant donné son métier.

— Non, je veux dire, il est vraiment passionné. Il a réprimandé certains propriétaires qui ne s'occupaient pas correctement de leur animal. Il est très pointilleux sur les soins.

Susannah fronça les sourcils. L'homme que Cheryl lui décrivait ne ressemblait pas au praticien acariâtre qu'elle avait eu la mauvaise idée de consulter. Mais il avait voulu savoir l'histoire Hendrix, admit-elle. Peut-être s'intéressait-il un peu à son bien-être.

— Je ne sais pas. Je n'ai pas vraiment le temps, répondit-elle. Je ne suis pas sûre d'être la mieux placée pour l'aider, Cheryl. Moi et les hommes…

Son amie lui tapota l'épaule.

— Je sais. Mais cette kermesse est une bonne occasion et ça reste professionnel. Ça ne te fera pas de mal non plus de sortir un peu de chez toi.

Susannah allait répliquer quand elle repensa à son dernier week-end de congé. Elle n'avait pas quitté la maison, sauf pour sortir les chiens – ce qu'elle avait fait dans le périmètre de sa propriété, en pyjama et bottes en caoutchouc. Pas vraiment ce qu'on appelait « s'amuser » ! En fait, l'expérience la plus divertissante qu'elle ait eue récemment se résumait à… l'arrivée de sa commande de livres. Cheryl avait raison, et ce constat l'irrita.

Son amie dut le remarquer, car elle déclara d'un ton suppliant :

— S'il te plaît. Fais-le pour moi.

Susannah soupira.

— La dernière fois que tu m'as dit ça, je me suis retrouvée avec un chien à trois pattes.

— Oui, et il t'a poussée à bouger de nouveau. En plus, après Beau, tu avais besoin de compagnie.

C'était la vérité. Quand Beau, son vieux labrador, était mort, elle s'était sentie perdue. Cheryl lui avait tendu la main en lui proposant de recueillir un chien pour la clinique, et tout était parti de là. Mais le service qu'elle lui demandait cette fois était complètement différent. Comment pourrait-elle dérider quelqu'un comme le Dr Jennings qui avait un caractère exécrable ?

— C'est vrai, mais admets que je m'en sors mieux avec les mâles de l'espèce canine. Vraiment, je ne suis pas sûre d'être utile.

Elle se dirigeait lentement vers la portière, quand Cheryl insista.

— Penses-y, d'accord ? Juste parler un peu avec lui, peut-être l'inviter à prendre un café…

Elle l'encourageait d'un sourire, mais Susannah restait méfiante.

Une voix dans son esprit l'avertissait de ne pas s'impliquer envers cet homme. Pas sexuellement parlant, bien sûr, car il était difficile d'imaginer qu'une femme veuille goûter au plaisir avec un tel rabat-joie. Néanmoins, sa carrure athlétique ne la laissait pas insensible. Elle savait encore apprécier un bel homme. S'il daignait sourire, Chris Jennings serait plutôt séduisant.

— Je vais réfléchir, répondit-elle.

Voyant la mine déçue de son amie, elle ajouta :

— Enfin, Cheryl ! Tu sais bien que moi et les hommes…

— Je ne t'en ai connu qu'un seul. Tu ne peux pas évaluer toutes tes expériences avec le même instrument de mesure.

— On a traité mon ex de beaucoup de choses, mais jamais encore d'instrument de mesure, dit Susannah en souriant.

Le rire de Cheryl la réjouit. Elle aimait rendre les gens heureux, même s'il fallait pour cela se moquer de son mariage raté et du divorce pénible qui avait suivi. C'était du passé maintenant, et elle en était beaucoup moins affectée. Mais la remarque de Cheryl la laissait songeuse. Le reste de son entourage pensait-il la même chose ?

John, son ex-mari volage, l'avait reléguée au second plan dès le lendemain de leur mariage éclair. À l'époque, elle était une toute jeune infirmière, et lui, le médecin brillant et respecté. Il l'avait courtisée, épousée, avant de l'oublier complètement. Susannah était tombée dans le panneau, comme une idiote. John avait été son premier amour. Il avait dompté son esprit libre en pensant qu'elle accepterait ses conditions – et ses infidélités – sans sourciller. Grave erreur.

— Sur ce plan-là, je suis vaccinée, merci bien. Et heureuse comme tout, conclut-elle.

2.

En route, Susannah repensa à sa rencontre avec le Dr Jennings. Elle savait maintenant pourquoi il l'avait tant irritée. À cause de son humeur massacrante, bien sûr, car elle supportait mal ce genre de personne, mais il y avait plus que ça. Il lui rappelait son ex. Autoritaire, sûr de lui et même condescendant. Beau aussi, car son mari avait été très séduisant. Toutes les infirmières avaient été folles de lui… pour le plus grand plaisir de John.

Et voilà où ça t'a menée…

Mais elle ne risquait pas de s'y laisser prendre cette fois. La seule idée d'avoir affaire à un homme dans son genre l'accablait.

Le trajet fut de courte durée. Bientôt, elle actionna l'ouverture électronique du portail et remonta l'allée qui menait à sa maison.

Elle aimait Solitary Cottage. Un nom bizarre, soit, et pas vraiment un cottage non plus, vu sa superficie.

Elle avait eu beaucoup de chance à l'époque, reconnut-elle. Encore ébranlée par son divorce et voulant quitter son poste au grand hôpital où son ex régnait en maître, elle avait appris que le centre de soins palliatifs de son village natal cherchait une infirmière. Et, quand elle était entrée dans l'agence immobilière à la recherche d'une maison, Solitary Cottage avait immédiatement attiré son attention.

En bon état, la bâtisse lui avait paru un peu mal-aimée. Vide depuis trois ans, depuis que le vieux couple qui l'occupait l'avait quittée pour vivre dans un endroit plus facile à entretenir, elle avait été mise en vente. Le temps passant et les héritiers vivant à l'étranger, elle avait été peu à peu laissée à l'abandon, et le domaine qui l'entourait était redevenu sauvage.

Susannah libéra Hendrix pour qu'il puisse gambader à son

aise sur le terrain clos. Au moment où elle ouvrait la porte d'entrée, une vague de nostalgie la saisit. Lors de sa toute première visite, le battant avait été bloqué par un fouillis de lierre et de vigne vierge qui avait envahi le hall par les fissures des fenêtres. Il lui avait fallu vingt bonnes minutes pour dégager l'embrasure. L'intérieur l'avait enchantée, et elle avait fait une offre d'achat le jour même.

Déposant ses clés sur la crédence, Susannah traversa la maison jusqu'à la cuisine qui donnait sur l'arrière. Elle ouvrit la porte-fenêtre à double vantail et sortit dans la cour qui se prolongeait par une vaste étendue de terrain. L'endroit était accueillant et, même si c'était en rase campagne, elle s'y sentait en sécurité. D'ailleurs, cela ne lui déplaisait pas d'habiter un peu à l'écart de Puddle Lake.

Elle avait divisé le grand terrain en deux sections : l'une dédiée au potager avec un coin détente pour lire et bronzer, l'autre pour les chiens laissés à sa garde. Il y avait une rangée de niches chauffées, un salon de toilettage et même une kitchenette séparée. Au fil des ans, elle avait développé l'aménagement grâce aux fonds récoltés lors d'événements caritatifs et aux subventions du conseil municipal. Encore maintenant, elle était étonnée de tout ce qu'elle avait accompli depuis son arrivée, fraîchement divorcée et seulement accompagnée de son vieux labrador. Cela avait été le début d'une nouvelle aventure.

Était-ce aussi pour cette raison que le Dr Jennings s'était installé ici, à Puddle Lake ? se demanda-t-elle soudain. Pour mener une vie tranquille et sans complication dans ce magnifique village loin de tout ? Si c'était un changement de rythme qu'il recherchait, il ne semblait pas heureux de l'avoir trouvé. Regrettait-il sa vie citadine ?

Elle repensa aux confidences de Cheryl. Il y avait effectivement un mystère autour de sa femme. Mais Susannah était bien placée pour savoir que dire « oui » à celui ou celle qu'on aimait ne garantissait pas un mariage heureux qui durait toute la vie. Les crapauds et les princes n'étaient pas différents quand on les regardait à travers des lunettes roses. La vie se chargeait de vous ôter vos œillères, mais à ce moment-là il était trop tard.

Peut-être essayait-il de régler ses problèmes. Ou pas. Pour sa part, si elle n'avait pas eu ces chiens abandonnés pour remplir le vide de sa vie, peut-être ne serait-elle pas aussi épanouie aujourd'hui.

Ouvrant la porte de l'enclos, Susannah ébaucha un sourire en voyant une meute joyeuse l'assaillir en jappant et en l'inondant de coups de langue. Cet accueil chaleureux lui donna le sentiment que, pour les chiens au moins, elle n'était pas au second plan, mais qu'elle occupait la première place dans leur cœur. Elle aurait aimé partager ce même amour avec quelqu'un qui la regarderait avec adoration et jurerait de la placer au-dessus de toutes les autres femmes.

Susannah soupira, tandis que l'image d'un amoureux s'infiltrait une fois de plus dans son esprit. L'homme de ses rêveries n'avait jamais de visage. Mais ce n'était pas surprenant, vu qu'elle ne cherchait pas à sortir et à rencontrer des hommes.

Elle entreprit de s'occuper des chiens et, ce faisant, elle tenta d'oublier cette journée décevante.

— Cheryl, j'entends bien ce que vous dites, mais en tant que propriétaire de cette clinique…

— Je dois m'en remettre à ce que vous décidez, je sais, coupa la jeune femme. N'empêche que les clients ne sont pas contents, docteur.

— Les clients sont les animaux, fit remarquer Chris. Combien de plaintes avez-vous reçues de leur part ?

— Aucune, bien entendu. Vous êtes très bon avec eux. Je ne le conteste pas.

— Alors, cette conversation est donc close.

— Non !

Cheryl soupira et posa une main sur sa hanche.

Chris réprima de justesse un sourire narquois. Il l'agaçait et il en ressentait une certaine satisfaction. Jusqu'à ce que l'image de Susannah surgisse dans ses pensées. Les remarques qu'elle avait faites l'avaient titillé tout au long de l'après-midi, et il se sentait vaguement coupable de pousser sa secrétaire à bout. Ce n'était pas dans ses habitudes de s'en prendre au personnel. Il détestait ça.

Il s'efforça d'afficher un air conciliant, tandis qu'elle déclarait :

— Les clients sont effectivement contents, docteur. Mais ce sont leurs maîtres qui payent les factures et qui se plaignent. Je tenais à vous le dire et j'ai une idée pour remédier à ça.

À ce stade, elle leva les yeux. Encouragée de voir qu'il l'écoutait, elle lâcha :

— La kermesse caritative avec Susannah Harkin.

Chris ferma brièvement les yeux.

— Oh non, pas ça !

— Susannah a besoin d'aide. Elle a reçu tellement de nouveaux chiens récemment, et les refuges sont pleins. La pauvre, elle est surmenée. Et ça n'est pas donné, ce qu'elle fait.

— Ce n'est pas son métier ?

Chris se maudit mentalement d'avoir posé cette question. Avait-il besoin de le savoir ? Il n'allait pas aider Susannah Harkin. Pas l'ombre d'une chance ! Il était presque sûr qu'ils se prendraient la tête. Elle était trop… joyeuse. Voilà !

— Non, elle travaille au centre des soins palliatifs. Elle est infirmière.

Chris se figea, avec l'impression que le sang se retirait de ses veines. Ses jambes se mirent à flageoler.

— Le centre de… Vraiment !

Mille images terribles assaillirent son cerveau. Dans un effort de volonté, il parvint à les ignorer et poursuivit :

— Si elle est si occupée, elle doit bien recevoir de l'aide de quelque part.

— Non, justement. Elle est seule pour gérer tout ça. Elle se consacre à ses patients et aux chiens. Elle a besoin de faire un break. Ça n'a pas été facile pour elle. Quant à employer quelqu'un à temps partiel, ce n'est pas possible sans rentrée d'argent supplémentaire.

— Vous semblez bien la connaître. Vous êtes amies ?

— Oui, je suppose qu'on peut dire ça. Elle est venue nous voir à un moment difficile pour elle puisqu'elle venait de perdre son labrador. On lui a proposé d'accueillir un chien de la clinique. C'est devenu une activité, mais maintenant elle a besoin de cet événement caritatif afin de joindre les deux bouts. Et ça ne vous nuirait pas de faire preuve d'un peu de bonne volonté pour vous faire accepter dans ce village. Les gens parlent ici, vous savez. Il y a d'autres cliniques vétérinaires aussi, même si elles sont assez éloignées. Ce serait dommage que nous perdions des clients.

Chris fronça les sourcils.

— Je suis si odieux que ça ?

— Un client, que je ne nommerai pas, vous a traité de « mufle borné ». Un autre a dit que le Dr Spock était plus sympathique que vous. Et hier, j'ai surpris une conversation au bureau de poste. Votre nom était cité, et ça n'était pas un compliment.

Chris ébaucha une moue.

— Je suis désolé. Qui m'a traité de « mufle » ?

— Je ne peux rien dire, secret professionnel. Mais la kermesse serait la meilleure façon de renverser la vapeur. Montrez votre bon côté aux gens de Puddle Lake. Vous en avez un, n'est-ce pas ? dit Cheryl en le fixant.

— Pardon ? répondit-il, piqué au vif.

La honte le taraudait. Manifestement, il avait dépassé les bornes. Il acquiesça d'un hochement de tête.

— Oui. Enfoui quelque part, tout au fond, je suppose, dit-il en se touchant le crâne.

— C'est ce que je pensais. Allez-vous y réfléchir ?

— D'accord. J'en parlerai avec Susannah Harkin lors de la prochaine consultation de Hendrix.

Cheryl parut plutôt satisfaite de cette réponse et n'insista pas. Elle était son intermédiaire et son alliée face aux clients, et il ne voulait pas la perdre, ni rendre son travail plus difficile. Le fait d'apprendre que Susannah Harkin travaillait dans un centre de soins palliatifs l'avait d'abord sidéré. Maintenant, il comprenait mieux. Elle était si gaie, si exubérante dans ses tenues bariolées. C'était peut-être pour cette raison qu'elle exerçait ce métier. De toute évidence, elle était pleine de compassion.

Il serait incapable de travailler dans ce genre d'endroit. D'ailleurs, il ne voulait plus jamais y remettre les pieds. Il se souvenait encore des odeurs, des locaux sinistres, des sons glaçants des machines… et des nuits passées à regarder sa femme dormir, jusqu'au jour où elle avait rendu son dernier souffle. C'était du passé, une autre époque de sa vie, mais il en avait gardé tous les détails. Comme si ces souvenirs-là s'étaient imprégnés dans sa peau et se manifestaient par des rappels constants dans ses pensées et ses sens. Il suffisait qu'il capte une bouffée du parfum de son épouse parmi la clientèle pour les ranimer. Alors, ses gestes devenaient hésitants et maladroits.

Avec Karen, ils avaient dû faire des efforts pour faire fonctionner leur mariage. Comme tout le monde, sans doute, mais dans l'ensemble ils avaient été heureux. Ils avaient trouvé un équilibre à deux, n'avaient manqué de rien. Ils n'avaient pas non plus parlé d'avenir, ni de ce qui pourrait arriver. Ils s'étaient mariés lors d'une cérémonie discrète, après des fiançailles brèves. Lorsqu'ils s'étaient rencontrés, leur connexion avait été immédiate. Pas de coup de foudre, juste une entente parfaite et le sentiment d'être bien en compagnie de l'autre. Leur vie sexuelle avait été bonne et non dénuée de passion. Tous deux avaient été absorbés par leurs métiers respectifs, mais ils avaient su se réserver du temps ensemble. Ils avaient pu aussi compter sur un grand cercle d'amis aimant s'amuser.

Quand le cancer de Karen s'était déclaré, Chris avait brusquement réalisé à quel point elle comptait pour lui. Dès lors, ils avaient passé chaque moment ensemble. Une colère croissante l'avait assailli. Pas contre elle, ni contre la maladie, mais contre lui-même. Lorsqu'ils s'étaient trouvés face à face, réduits à subir les traitements et ce temps infini loin du travail, il s'était rendu compte que quelque chose d'essentiel leur avait manqué. Ils ne se connaissaient pas aussi bien qu'il l'aurait pensé. Même en restant à ses côtés jour après jour, à attendre un ultime secours qui n'était jamais venu, il avait compris qu'ils ne parviendraient jamais à rattraper le temps perdu. Puis, il avait enterré sa femme qu'il ne connaissait pas suffisamment, et sa colère avait été totale. Parce qu'il n'avait pas aimé celle qu'il avait épousée aussi fort qu'il aurait dû. Et à présent elle n'était plus qu'un souvenir…

Sa propre vie était finie. Il était en deuil, Karen lui manquait terriblement, et les souffrances qu'elle avait endurées le rendaient fou de douleur et de rage.

La vie est cruelle et impossible pour ceux qui restent…

Où était sa place maintenant ? Il était veuf au milieu d'amis, soit mariés, soit célibataires, qui ne comprenaient pas sa nouvelle situation. Sa maison était vide, et le travail n'avait plus le même attrait. Il en arrivait à se demander pourquoi il s'était autant investi dans son métier. Ce n'était pas comme s'il en avait eu vraiment besoin. Ils n'avaient pas eu d'enfants à nourrir et avaient été plus qu'à l'aise. Maintenant qu'il n'avait plus aucune raison de rentrer chez lui où personne ne l'attendait, Chris se rendait compte à quel point il avait hâte de retrouver sa maison et ses souvenirs. Rentrer tôt, embrasser sa femme dans le vestibule, lui faire l'amour, prendre son temps… Il l'aurait aimée davantage, l'aurait questionnée sur elle-même et n'aurait jamais fait passer son travail avant elle. Non, jamais. Ces regrets le hantaient sans cesse.

En rentrant ce soir-là, il s'interrogea sur sa propre folie. Il avait changé de vie, s'était installé dans ce coin de campagne à l'autre bout du pays, ne courait plus après le temps. Pourtant, il n'y avait toujours que son travail qui comptait. Le soir, il étudiait, s'informant des nouvelles techniques et des pratiques de son métier, parce que c'était pour lui une distraction.

Il s'était créé le genre d'existence qu'il pensait désirer, mais il ne se sentait que plus en colère. À quoi bon, tout cela ? Il était toujours seul, avec sa clinique, sa maison, son argent. Il ne sortait plus, ne profitait plus de son temps libre, si bien que la seule chose qui augmentait était son compte en banque. Il était devenu irascible, et un mauvais patron par-dessus le marché.

Ses clients et voisins le détestaient, et tous se liguaient pour le pousser à venir en aide à la dernière femme du village qu'il eût envie de voir. Une Miss Sunshine par excellence !

Plus il pensait à Susannah Harkin, plus il s'aigrissait. Il préférait encore affronter toutes les Mme Chan de la Terre plutôt que d'accepter de travailler avec cette folle ! Il mettrait des affiches sur la vitrine de la clinique, et son soutien à sa maudite kermesse s'arrêterait là.

Chris frissonna en imaginant déjà les flyers bariolés. Ses vitres ressembleraient à un arc-en-ciel ! Sa résolution de rester en dehors de l'événement s'en trouva raffermie. Il s'efforcerait juste d'être plus aimable envers les clients et de dompter sa mauvaise humeur chaque fois qu'il sentirait la frustration et le désespoir monter en lui.

3.

— Je t'en supplie ! Je ferai tout ce que tu veux si tu fais ce que je te demande.

Susannah prit son air le plus engageant en fixant les grands yeux bruns qui lui faisaient face.

— Tu sais que ça va arriver de toute façon, reprit-elle. Raison de plus pour être débarrassé au plus vite. Je ne supporte pas qu'on hésite comme ça.

Le regard en face d'elle demeurait impénétrable, et elle exhala un soupir de frustration. Elle était accroupie à l'extérieur de la clinique vétérinaire, le haut du corps plongé dans le massif dans lequel Hendrix avait trouvé refuge.

— Tu ne sentiras rien du tout. Mon oncle Allan a eu la même opération et, au bout d'un jour ou deux, il était sur pied. Et c'est pour le mieux. On ne veut pas d'une multitude de petits Hendrix, n'est-ce pas ?

La tête basse, le doberman émit un « wouf » qui ressemblait à une approbation. Mais il recula davantage dans le buisson jusqu'à ce qu'ils entendent des pas qui se rapprochaient.

— Tout va bien ?

— Oh ! génial, voilà le Dr Gai Luron, murmura Susannah.

Comme elle jetait un coup d'œil derrière elle, elle comprit qu'il l'avait entendue.

— Je préfère qu'on m'appelle Chris la plupart du temps. Vous savez que vous êtes en retard pour le rendez-vous ?

Elle serra les dents. Dans sa position précaire, elle ne pouvait consulter sa montre, mais elle était certaine de ne pas avoir dépassé l'horaire prévu de plus d'une minute ou deux.

— Théoriquement, je suis sur place. Et je suis arrivée pile à l'heure, répliqua-t-elle.

— Sans doute, mais l'ordre des vétérinaires n'apprécie pas qu'on castre les animaux sur un parking. Besoin d'aide ?

Pas de votre part, en tout cas ! Je préfère encore dormir là. Mais cette maudite laisse est sûrement enroulée autour de mes chevilles…

— C'est possible, dit-elle à contrecœur. Cheryl est là ?

Elle crut percevoir le rire de Chris Jennings. Il savait donc rire ?

— Non, elle a pris sa pause après m'avoir informé de votre arrivée. Elle m'envoie vous chercher.

Cheryl, je te souhaite une pause pourrie ! Pourvu que ton biscuit tombe dans ton thé, espèce de sorcière !

— Bon, alors Brenda ?

Étant donné que Brenda était la femme de ménage et qu'elle ne travaillait que lorsque la clinique était fermée, Susannah ne s'attendait pas à une réponse positive.

— Suis-je vraiment si effrayant ? J'aimerais que mes patients n'aient pas peur de moi avant que je prenne le scalpel. Allez, venez.

Il l'aida à émerger du massif et s'emmêla avec elle dans la laisse. Hendrix avait sans doute compris qu'il était perdu. Il se rejeta en arrière pour tenter de fuir, si bien que les jambes de Susannah se trouvèrent plaquées contre celles du vétérinaire. Au milieu des aboiements désespérés, elle entendit Chris pousser un juron. Puis d'un mouvement sec, il les délivra.

Il lui tendit une main, et Susannah l'accepta pour se rétablir. Il pressa alors le bouton de la laisse rétractable. Hendrix s'arrêta net et se coucha à ses pieds.

— Oh ! Maintenant, tu coopères ! dit-elle au chien d'un ton furieux.

Puis se tournant vers Chris :

— Merci.

— Le dressage se passe bien ? s'enquit-il, un sourire narquois aux lèvres.

— C'est en cours, répliqua-t-elle, piquée au vif. Mais n'importe quel mâle appréhenderait l'opération d'aujourd'hui.

Sur ce, ils se dirigèrent vers le cabinet de consultation. Vaincu, Hendrix restait calme sous la conduite de Chris. Juste avant qu'il ne soit remis à l'infirmière qui allait le préparer pour l'intervention, Susannah le rassura d'une caresse.

Puis la porte se referma, la laissant seule face à Chris Jennings.

— Prenez bien soin de lui, c'est vraiment un bon chien. Il a juste besoin d'un peu de discipline.

— Tout se passera bien. Je vous appellerai dès qu'il sera réveillé. En même temps, c'est agréable d'avoir une journée de repos, non ? Vous travaillez en fin de semaine ?

— Oui, tout le week-end, répondit-elle sans même savoir pourquoi. Il y a un autre chien que je dois aller voir dans un des refuges. Un inspecteur de la RSPCA vient de l'apporter. Si vous connaissez quelqu'un qui désire un compagnon, prévenez-moi. En attendant, je vais probablement héberger cette pauvre bête errante.

— Hum… Triste situation.

Il ne fit pas d'autre commentaire, et Susannah ne savait pas comment aborder le sujet du projet solidaire.

— Oui, honteux, n'est-ce pas ? Il y en a énormément. Toutes les familles d'accueil que je connais en ont déjà suffisamment, et ma maison est pleine à craquer. Les refuges sont surpeuplés avec toutes ces pauvres créatures dont personne ne veut.

— C'est tout le problème.

— Un problème que nous pourrions régler, vous ne pensez pas ?

— Faux, dit-il. Il n'y aura jamais un foyer pour chaque chien, car rien ne change. C'est le système qui est déficient.

— D'accord avec vous, mais il y a une chose que nous pourrions faire. La grande kermesse de charité, par exemple.

— J'ai accepté d'apposer des affiches. Cheryl ne vous l'a pas dit ?

— Si, mais nous avons besoin de plus que ça. Le Dr Ingham m'avait assuré que la clinique participerait.

— Et j'entends respecter ça.

— Il faudrait des personnes pour aider, un soutien logistique réel, dit Susannah avec conviction. Si la clinique pouvait jouer ce rôle et offrir des conseils, en rencontrant les chiens, ce serait une aide précieuse.

— La clinique tourne à plein régime, fit-il remarquer.

— Mais l'événement aura lieu un dimanche quand le cabinet est fermé, répliqua Susannah du tac au tac.

— Je suis de garde.

— Vous aurez un remplaçant, c'est prévu. Ce n'est qu'une journée.

— Une journée de travail non payée, et sur mon temps de repos. J'ai peut-être d'autres projets.

— Non payée, soit. Mais les nouveaux adoptants auront besoin d'un vétérinaire. Et à qui feront-ils appel, sinon à celui qu'ils auront rencontré ce jour-là ?

Susannah avait avancé cet argument en espérant que la perspective de nouveaux clients achèverait de le décider.

— Pensez à l'estime que vous gagneriez auprès des gens du coin, ajouta-t-elle.

Elle songea à Mme Chan qui racontait partout que le Dr Jennings était un personnage hautain et bouffi d'orgueil. Pas facile de traîner une telle réputation quand on était le seul vétérinaire du village.

— Vous avez raison sur ce point, admit-il, maussade.

— Exactement. Et ce n'est qu'une journée. Ça vous laissera encore du temps pour vos projets. Que comptiez-vous faire ? Oh ! vous n'êtes pas obligé de me répondre si vous ne voulez pas, mais…

— Justement, je n'en ai pas vraiment envie, coupa-t-il. Et maintenant, j'ai une opération qui m'attend.

Susannah leva les yeux au ciel. En voyant son expression arrogante, quelque chose en elle se brisa et lui fit perdre son entrain. Cela n'affectait qu'une petite partie d'elle-même, mais le dommage était réel. Ce type s'ingéniait à lui taper sur le système !

Elle lui décocha un regard glacial et reçut en plein l'éclat métallique de ses prunelles sombres.

Le plus dérangeant, c'est que ça le rend incroyablement sexy…

— Je suppose qu'il est inutile de prendre davantage de votre temps, déclara-t-elle froidement. Je vais vous laisser à vos patients. Vos splendides manières doivent leur manquer !

Là-dessus, elle quitta la pièce. Elle avait presque atteint la réception quand elle réalisa que tous les propriétaires d'animaux réunis dans la salle d'attente avaient entendu leur conversation. Ils baissèrent vivement les yeux quand elle regarda dans leur direction.

— Au revoir, Cheryl ! lança-t-elle avant de sortir.

La porte se referma derrière elle pour se rouvrir aussitôt. Susannah se détourna, s'attendant à voir Cheryl courir après elle. Mais c'était Chris Jennings qui marchait vers elle d'un pas déterminé.

Susannah ne lui laissa pas le temps d'ouvrir la bouche.

— C'est quoi, votre problème exactement ?

— Je n'ai pas de problème. Je ne peux pas vous aider et je n'apprécie pas que vous dérangiez toute ma clinique, répondit-il en faisant un geste du pouce par-dessus son épaule.

Regardant en direction du cabinet, Susannah vit les stores des fenêtres bouger. Elle aperçut même la truffe d'un petit chien noir avant qu'on ne le tire vers l'intérieur.

— J'ai assez à faire comme ça, étant donné que je suis nouveau ici, poursuivit le vétérinaire d'un ton acerbe.

Il croisa les bras, une posture que Susannah trouva d'une arrogance inouïe. L'éclair d'attirance qu'elle avait ressenti fut vite étouffé.

— Je m'excuse d'avoir fait cette scène. Mais vous êtes si pénible ! Dites plutôt que vous ne *voulez* pas aider. Vous vous comportez comme un ours depuis que je vous ai rencontré. Et je sais que je ne suis pas la première personne du village que vous faites enrager !

— Ha ! Vous avez cerné ma personnalité après seulement

deux entrevues ? Bravo, Agatha Christie ! Et le téléphone arabe a fonctionné pour chanter mes louanges, à ce que je vois.

À cet instant, Mme Gallagher passa devant eux, accompagnée de son fidèle schnauzer, Herbert.

— Bonjour ! Belle journée, n'est-ce pas ? leur lança-t-elle.

Ni l'un ni l'autre ne l'avaient vue remonter la rue.

— Euh oui… Magnifique, dit Chris Jennings.

Susannah ébaucha un sourire crispé.

— Oui, c'est ça. Magnifique.

Ils se turent jusqu'à ce que la vieille dame fût entrée dans la clinique. Susannah crut voir Cheryl tirer la cliente par le bras. Son interlocuteur n'avait manifestement rien remarqué, trop occupé qu'il était à pester contre elle.

— C'est tout le problème avec ces petites communautés. Les gens sont trop…

— Trop quoi ? coupa-t-elle. Gentils ? Sympathiques ? Attentionnés peut-être ?

Il esquissa une moue de mépris.

— Non. Fouineurs. Et trop joyeux !

Le regard venimeux qui accompagnait ce dernier mot l'atteignit comme une flèche. Ce misérable osait critiquer son village ? Ma parole ! Pour qui se prenait-il ?

Elle croisait et décroisait les bras, en proie à une colère sans nom.

— Vous savez quoi ? Voldemort a plus de chaleur que vous !

Comme elle se détournait pour rejoindre sa voiture, il lui emboîta le pas.

— Vous vous inquiétez aussi de mon humeur maintenant ? Comme de ce que je fais pendant mon jour de congé ! C'est quoi au juste, *votre* problème ?

Suffoquée, elle pointa son trousseau de clés vers lui.

— Je n'ai pas de problème ! J'essaye seulement de faire mon travail.

— Oh ! votre travail… Vous voulez passer pour une sainte ? Ce n'est même pas votre métier !

*Comment diable a-t-*il su ça ? se demanda Susannah. Elle

n'avait jamais eu envie de gifler quelqu'un jusque-là, à part son ex. Mais sa paume commençait sérieusement à la démanger.

— Et alors ? Vous avez aussi deux vocations dans la vie, non ? Être vétérinaire et un vieux schnoque grincheux, par-dessus le marché ! Quel âge avez-vous ? Quarante ans ? Ma grand-mère était moins ringarde que vous !

— Qu'est-ce que vous racontez ? s'exclama-t-il en plaquant ses paumes sur le capot.

De l'autre côté, Susannah fit de même, de sorte qu'ils se faisaient face en se lançant des regards hostiles.

— Je n'ai pas deux vocations, poursuivit Chris Jennings. Je suis heureux de faire mon métier et j'aimerais qu'on me laisse tranquille. Je ne cherche pas à être une Mary Poppins, prête à sauver tout le monde, comme vous ! Fichez-moi la paix et rejoignez le monde réel.

— Le monde réel ? Comme si vous saviez ce que c'est ! Vous vous cachez dans votre bureau avec votre humeur exécrable et votre mine renfrognée. Vous savez que tout le village vous prend pour un homme imbuvable ?

— Je me moque de ce que les gens pensent de moi !

— Vous changerez d'avis quand toute la clientèle aura déserté votre cabinet pour la clinique en ville et que vous n'aurez plus personne sur qui déverser votre rancœur. La kermesse nous aiderait tous les deux. Mais vous êtes trop borné pour le voir ! Soignez Hendrix. Même si vous détestez le monde, ne vous en prenez pas à lui. Pas étonnant que vous soyez seul avec un caractère pareil !

Là-dessus, elle se mit au volant. Chris Jennings contourna la voiture et se pencha à la vitre. Susannah s'en voulut de noter à quel point il était beau quand il était en colère.

Il frappa au carreau, et le charme fut rompu. Comme elle baissait sa glace, l'espace d'une seconde elle envisagea de la remonter en coinçant sa cravate. Mais traîner le vétérinaire derrière sa voiture, aussi énervant fût-il, ne ferait pas bonne impression, pensa-t-elle en souriant intérieurement.

Elle l'entendait vaguement râler, mais la vitre n'était pas suffisamment baissée, et ses paroles étaient hachées.

— Que dites-vous ? Désolée, je n'ai pas compris un seul mot.

La satisfaction qu'elle ressentit en le voyant contenir sa rage mit un baume sur ses nerfs à vif.

— Je suis peut-être seul, mais certains d'entre nous sont plus heureux ainsi, voilà ce que j'ai dit ! répliqua-t-il, excédé. Vous l'êtes aussi apparemment, même si vous êtes une peste.

— Dans ce domaine, on peut dire que vous placez la barre très haut !

Susannah remonta la vitre, ratant de peu le menton de son interlocuteur. Par l'interstice, elle lui glissa une dernière parole bien sentie.

— Les gens de Puddle Lake et leurs animaux méritent mieux que le Père Fouettard déguisé en vétérinaire !

— C'est vous qui êtes…

Le reste de sa réplique fut perdu. Comme elle effectuait une marche arrière, elle le vit brandir le poing dans sa direction.

Ce geste la sidéra. Avant de se concentrer sur la conduite, elle eut le temps de remarquer qu'il riait de sa réaction.

— Bon sang, je lui casserais bien la figure ! gronda-t-elle en frappant le volant. Et quel culot ! Je ne suis pas Mary Poppins !

Elle passa la moitié du trajet de retour à râler, et la seconde moitié à bouillir intérieurement. Elle ne perdait pas facilement ses moyens, mais ce Chris Jennings était le genre d'homme qu'elle détestait. Méprisant, grossier, égoïste, et un bourreau de travail par-dessus le marché ! La kermesse se ferait sans lui. Après ce qui s'était passé, elle ne voulait plus jamais avoir affaire à ce sombre crétin. Sa menace du poing et son sourire cynique seraient dans ses cauchemars pour une semaine au moins.

— Quel sale type ! s'écria-t-elle en se préparant une tasse de thé.

Puis elle sortit dans le jardin. Une séance de désherbage serait le meilleur moyen de juguler sa rage, décida-t-elle.

Chris vérifia pour la troisième fois les constantes de Hendrix. Ce faisant, il ne put s'empêcher de repenser à sa dispute avec Susannah Harkin. Pourquoi ses remarques cinglantes l'affectaient-elles à ce point ? Il n'était pas fier de son geste menaçant, mais elle l'avait mis hors de lui, et sa honte était encore exacerbée par le fait que tout le cabinet avait assisté à la scène. Le reste de la matinée, il s'était plongé dans le travail, déconnectant son cerveau pour se focaliser sur la médecine.

L'opération de Hendrix s'était bien déroulée. Le chien était à présent conscient, et son état était stable. Il semblait juste agacé par sa collerette de protection.

N'ayant pas de rendez-vous à cette heure, Chris se rendit à l'infirmerie et s'installa sur un tabouret devant la cage ouverte du doberman. Hendrix rampa vers lui, et Chris lui caressa le museau.

— Mon vieux, elle est odieuse, ta nounou. Tu as entendu ce qu'elle m'a dit ?

Le chien laissa échapper un gémissement bref. Chris hocha la tête.

— Exactement. Tu me comprends, n'est-ce pas ? Je suis un bon vétérinaire qui prend soin de ses patients. Et je ne suis pas seul, c'est simplement que…

Sa voix mourut sur ses lèvres. Susannah Harkin avait raison. Il s'était comporté un peu comme un ours, et envers tout le monde. Mais qu'elle se permît de le juger de cette manière, c'était horripilant ! Elle ne le connaissait pas du tout, mais à cause d'elle il se sentait coupable de vivre sa vie.

— Ce que j'essaye de dire, Hendrix, c'est que ta nounou se trompe. J'aimerais aider, bien sûr, mais je n'ai pas le temps.

La question qu'elle lui avait posée sur la manière dont il occupait son jour de congé lui revint à l'esprit. Là encore, elle avait raison. En dehors de son travail à la clinique, il restait chez lui à tourner en rond dans sa maison vide. Mais quel besoin avait-elle de savoir ça ? Ça ne la regardait absolument pas. Les gens comme elle ne voyaient jamais que le bon côté des choses, jamais le mauvais. Cette façon de penser invariablement joyeuse n'était pas son truc, voilà tout. Du reste, quel intérêt ? Les gens étaient tout le temps odieux, mais ça ne les empêchait pas de vivre. Un caractère un peu rustre ne faisait pas de lui un Voldemort.

Il était conscient qu'il n'y avait pas que ça. Le métier qu'elle exerçait dans un centre de soins palliatifs était incompréhensible pour lui. Il avait eu sa part d'expérience dans ce genre d'endroit et il ne pouvait pas imaginer y travailler. Même si cela le rendait égoïste aux yeux des autres, ça ne voulait pas dire qu'il n'avait aucune compassion.

Il soupira, et Hendrix l'imita avant de lui lécher la main.

— Tu n'es pas un mauvais bougre, toi, dit-il en le caressant. J'espère vraiment que tu auras bientôt un foyer. Personne ne devrait être seul. Fais un petit somme maintenant. Je vais appeler Cruella pour lui donner de tes nouvelles.

Tout en riant de sa blague, il alla consulter le dossier de Hendrix. Son histoire connue tenait en quelques lignes : un profil rudimentaire et des signalements pour comportement difficile.

Comme il cherchait le numéro de Susannah, son regard s'arrêta sur les coordonnées du refuge, et une pensée fugitive lui traversa l'esprit.

Retournant voir Hendrix qui dormait, Chris sut qu'il tenait là une bonne idée.

4.

Susannah n'était pas d'humeur à répondre au vétérinaire, mais elle voulait absolument avoir des nouvelles de Hendrix. Laissant sa boîte vocale prendre le relais, elle écouta le message dès que l'enregistrement fut terminé. « Hum… Dr Chris Jennings à l'appareil. Juste pour vous dire que l'opération de Hendrix s'est très bien passée et que vous pourrez le récupérer dès que vous serez disponible. Je… Hum, j'espère que votre visite au refuge s'est déroulée au mieux. À bientôt. »

Susannah resta stupéfaite. Il semblait assez… gentil. Chaleureux même, allant jusqu'à s'enquérir du chien qu'elle venait de recueillir.

Bizarre… S'est-il greffé une nouvelle personnalité, en même temps qu'il opérait Hendrix ?

Il l'ignorait, mais elle se trouvait déjà sur le parking de la clinique, avec dans son coffre, une chienne très maigre aux poils mêlés de boue et de brindilles. Cheryl lui avait demandé par texto de l'amener directement.

Susannah n'avait plus de place dans ses niches pour cette pauvre bête dont elle n'était même pas sûre de la race à ce stade. Enveloppée dans une couverture, la petite créature tremblait comme une feuille. Elle avait besoin de beaucoup de soins, mais Susannah avait déjà Hendrix fraîchement opéré à soigner. Elle en arrivait au point où elle allait devoir refuser d'héberger un chien, et cette pensée lui faisait mal au cœur.

Comme elle entrait dans la clinique, la petite chienne qu'elle tenait dans ses bras renifla l'air de la salle d'attente et se recroquevilla davantage dans la couverture. Cheryl contourna son bureau et jeta un coup d'œil à la petite boule de poils apeurée.

— Passe tout de suite derrière, dit-elle.

Susannah la suivit. Une colère sourde brûlait en elle, contre les maîtres qui négligeaient un animal à ce point. Elle sentit son téléphone vibrer dans sa poche. Doucement, Cheryl lui prit son fardeau des mains.

— Prends ton appel. Je vais en profiter pour enregistrer cette demoiselle.

C'était son collègue du chenil d'Elvedon qui l'appelait. On la contactait toujours quand un chien était opéré.

— Bonjour, Adam. Comment ça va ?

Celui-ci entra dans le vif du sujet.

À cet instant, Chris traversa la zone d'accueil. Leurs regards se croisèrent, et Susannah lui retourna une moue dédaigneuse, tout en écoutant les paroles enthousiastes d'Adam. Un sourire joua sur les lèvres de Chris, puis il se dirigea vers la salle réservée aux consultations d'urgence.

— Pff…, fit-elle avec dégoût.

— Quoi ? Tu n'es pas contente ?

La voix confuse d'Adam emplit son oreille.

— Désolée. J'étais distraite, l'espace d'une minute. Que disais-tu au sujet de Hendrix ?

En entrant à son tour dans la pièce, Susannah vit la chienne couchée sur la table de soins et Chris occupé à l'examiner. Cheryl n'était pas là. Sans doute était-elle de retour à l'accueil pour recevoir les nouveaux clients.

— Elle a le cœur solide. Les poumons sont bons.

Prenant une lingette, Chris nettoya les yeux de l'animal. Après un examen rapide, il s'intéressa à sa dentition.

— Quelques dents abîmées. Je lui donne environ huit ans.

Il continua son inspection minutieuse, tiquant de temps en temps quand il relevait des points défavorables.

— Elle a des puces, mais on va s'en occuper ici. Angie va la laver et la traiter pour ça.

Il commença à lui couper les griffes. La chienne poussa un

hurlement aigu qui alla crescendo, tandis que Chris tentait de terminer sa tâche. Affolée, elle voulut bondir de la table de soins.

Tous deux se précipitèrent pour la rattraper, de sorte que la petite bête atterrit au milieu de leurs bras emmêlés. Susannah s'écarta vivement.

— Ma parole ! C'est une pile électrique, dit-elle en tâchant de masquer son trouble.

Chris acquiesça, un large sourire aux lèvres.

— Ça, on peut le dire. Elle va bien. Elle aura juste besoin d'un peu de soins le temps qu'elle retrouve un bon poids. Vous la ramenez chez vous ou elle retourne au refuge ?

Susannah sentit la fatigue prendre le dessus. Elle allait travailler tout le week-end et elle ne savait vraiment pas comment elle allait pouvoir assurer son service.

— Ce sera chez moi, je suppose, dit-elle avec lassitude. J'ai demandé une famille d'accueil sur WhatsApp, mais tout le monde rencontre la même difficulté.

— Un groupe WhatsApp ? Et comment vous êtes-vous baptisés ? Le Club des chiens de garde ?

— Pardon ?

— Oui, comme dans la série Marvel, dit-il en souriant. Voulez-vous me rendre un service ? Tenez-la dans vos bras. L'infirmière est occupée.

Susannah prit la petite chienne et la réconforta. En même temps, elle avait une conscience aiguë de la proximité de Chris, qui finissait de tailler les griffes.

— Voilà, c'est beaucoup mieux, dit-il en caressant la chienne hirsute. Vous pouvez la reposer sur la table. C'est une belle petite femelle loulou de Poméranie.

Il passa un lecteur de puce électronique sur son encolure.

— Pas de numéro d'identification.

Susannah sentit son cœur sombrer, même si elle s'était préparée à cette déconvenue.

— J'aimerais la garder pour la nuit en observation, reprit-il. Elle est un peu déshydratée et je vais la mettre sous perfusion. En même temps, nous lui donnerons tous les soins d'hygiène.

— Merci, dit-elle avec ferveur.

Elle était soulagée de bénéficier d'une nuit supplémentaire pour se retourner.

— Vous pensez qu'elle a une chance d'être adoptée ? s'enquit Chris.

— Son âge n'est pas en sa faveur. Son placement pourrait prendre un moment. En attendant, je ne sais pas quoi faire. Entre elle, Hendrix et les autres, je suis débordée. En plus, je vais travailler tout le week-end…

Se rendant compte qu'il la regardait fixement, Susannah se ressaisit.

— Désolée, j'ai eu une mauvaise journée. Et des mois particulièrement difficiles avant ça. Mais Hendrix a un foyer, le refuge m'a appelée. C'est la bonne nouvelle du jour !

Elle se mordit la lèvre en s'apercevant que sa voix virait à l'aigu.

Chris prit la chienne dans ses bras.

— Excusez-moi une seconde, je vais l'installer. Au fait, auriez-vous un nom pour elle ? Pour son dossier.

— Euh… Attendez…

Elle réfléchit à toute vitesse, mais Chris intervint.

— Ce n'est pas grave. Nous nous en occuperons. Tout ira bien.

Il gagna l'infirmerie, et Susannah l'entendit donner des instructions à Angie, l'infirmière vétérinaire.

Elle s'affaissa contre la table, la tête dans les mains. Est-ce que tout irait bien, vraiment ? Elle accueillait tout le temps de nouveaux animaux, leur trouvait un foyer, mais il y en avait toujours plus. Plus de chiots, plus de propriétaires peu préparés à assumer leurs responsabilités, plus de problèmes familiaux qui conduisaient à la décision déchirante d'abandonner une petite boule de poils. Toujours plus de situations dramatiques…

L'accueil de chiens était un passe-temps qui prenait une part de plus en plus importante dans sa vie au point qu'elle était à présent submergée. Elle pensa à Hendrix. Le doberman était tiré d'affaire, et c'était au moins un point positif. Le nouveau propriétaire avait même annoncé qu'il viendrait directement le chercher à la clinique et qu'il surveillerait sa convalescence. C'était un soulagement, mais la chienne qu'elle venait de récupérer prendrait la place libérée par Hendrix, et les mêmes problèmes recommenceraient.

La porte s'ouvrit, et elle dut faire un effort pour se redresser.

— Susannah ?

Elle lissa d'une main ses vêtements froissés. Pour tout arranger, elle sentait le chien, se dit-elle, déprimée.

— Oui ?

Il la toisa longuement, et elle sentit l'irritation la gagner.

— Je sais, je ne suis pas présentable. Comment va-t-elle ? Et Hendrix ?

— Ils vont bien tous les deux. J'ai baptisé la chienne Loki. Angie est en train de la baigner. Nous pourrons voir à quoi elle ressemble. Hendrix est encore un peu faible, mais il est de bonne humeur. Il a dévoré sa nourriture. Il a un sacré appétit.

Susannah lâcha un rire bref.

— Ce n'est rien de le dire. J'espère que son nouveau maître est au courant.

— Je suis sûr qu'ils s'entendront bien.

— Le refuge dit que l'adoptant viendra le récupérer ici ? C'est un peu inhabituel, d'autant plus qu'il est convalescent. Je suis un peu inquiète, mais on m'a assuré qu'il serait en bonnes mains, dit-elle tout en tordant nerveusement la bandoulière de son sac.

— Ne vous tracassez pas. Aimeriez-vous le voir avant de partir ?

Susannah cilla rapidement sans répondre.

— Hé ! Vous allez bien ? demanda-t-il.

— Oui, désolée. Mais… nous ne nous entendons pas vraiment, vous et moi. Pourquoi jouez-vous cette comédie ?

Il pinça les lèvres.

— Ce n'est pas une comédie. Il se trouve que je ne suis pas totalement idiot.

— Pas totalement, non, murmura-t-elle pour elle-même.

Bizarrement, sa réponse se répercuta dans le silence, comme si elle l'avait criée.

— J'aimerais le voir, ajouta-t-elle en s'empourprant.

Il hocha la tête et, du geste, l'invita à le précéder. Ils se dirigèrent vers la cage de Hendrix, et Susannah sentit son cœur se gonfler d'émotion. Il couina en agitant la queue. Il avait l'air si heureux de la voir.

— Oui, c'est moi, mon grand. Là… Doucement.

Elle s'assit sur le sol devant la cage pour éviter que Hendrix ne se lève et déchire ses points de suture. Il portait un T-shirt en guise de protection.

— Il n'était pas fan de la collerette, expliqua Chris.

— Sam le pompier ? dit Susannah en lisant le flocage du T-shirt.

— Hum… Je les achète par lots dans des boutiques solidaires pour en avoir en stock. C'était soit ça ou « Angelina la ballerine ».

Susannah se mit à rire.

— Vous avez bien fait. Ça aurait été trop humiliant après ce qu'il vient de subir.

— Exactement. Au moins, il aura plus de crédibilité dans la rue avec celui-ci.*Mmm… Chris Jennings ne manquait pas d'humour finalement.*

Elle se concentra sur Hendrix qui continuait de réclamer son attention. Elle détestait ces moments-là, pensa-t-elle en contemplant ses grands yeux bruns. Elle essayait chaque fois de ne pas s'attacher, mais Hendrix était vraiment unique. Elle avait même envisagé de le garder, seulement ce ne serait ni juste ni pratique. Il avait besoin de beaucoup d'amour. Bien sûr, elle pouvait compter sur ses voisins et sur le personnel du refuge, mais il méritait mieux que ce qu'elle pouvait lui offrir. Elle se pencha et appliqua un baiser sur son museau.

— Tu vas me manquer, mon grand. Mes plinthes, elles, ne vont pas te regretter, mais c'est une autre histoire. J'espère que ta nouvelle maison correspondra exactement à ce que tu désires.

Sa lèvre se mit à trembler, et elle essuya vivement une larme avant que le vétérinaire ne remarque son émotion. Elle était stupide, Hendrix n'était pas mourant, il avait un nouveau foyer ! C'était la meilleure solution possible pour lui, mais la rapidité de ce placement lui causait un choc et, après les semaines compliquées qu'elle avait eues… Bref, au bout du compte, même les personnes au tempérament joyeux se sentaient un peu émotives, non ?

Elle se redressa et fit face à Chris.

— Bon, si la petite reste ici, je ferais aussi bien de m'en aller. Vous voudrez bien me dire comment elle va demain matin ?

Il hocha la tête tout en la dévisageant d'un regard qu'elle ne put interpréter.

— Pas de problème. Encore une fois, ne vous faites pas de souci. Ils se porteront bien tous les deux.

Susannah sourit avant de se souvenir de la querelle véhémente qui les avait opposés.

— Et désolée de m'être emportée ce matin. J'ai eu des paroles un peu dures.

Il la fixa à travers ses paupières plissées.

— Mais vous ne le regrettez pas, n'est-ce pas ?

Aïe… Il l'avait percée à jour. Elle essayait d'arranger les choses sans raviver leur dispute, mais cet homme était aussi têtu qu'elle, apparemment.

— Non, avoua-t-elle. Pas totalement.

En le voyant hausser un sourcil, Susannah se cuirassa dans l'attente d'un nouvel échange houleux.

— Je suis désolé aussi de ce que j'ai dit. Je sais ce que vous affrontez. J'aurais dû être un peu moins… maussade. Je ne suis pas vraiment du genre à m'impliquer dans des projets. Ces temps-ci, du moins.

— Je comprends. C'est juste que, dans mon métier comme dans mon activité bénévole auprès des chiens, on trouve insupportable les gens qui se plaignent de leur sort.

— Quand me suis-je plaint de mon sort ? dit-il sèchement.

— Ce n'est pas ce que je voulais dire…

— Bien sûr que si. Je ne vous connais pas depuis longtemps, mais je sais que vous dites ce que vous avez à dire, même quand c'est blessant. Et vous ne savez rien de moi.

— Vous ne savez rien de moi non plus, et ça ne vous a pas

empêché de me traiter comme une foldingue. Vous me jugiez ou c'était de la méchanceté pure ?

— Moi, je juge ? dit-il en se frappant la poitrine d'un air outré. La méchanceté, passe encore, mais je ne suis pas dans le jugement !

— Oh ! arrêtez, j'ai seulement dit ce que tout le monde pense. La vie est trop courte pour être un rabat-joie à longueur de temps. Si vous pouviez voir mes patients, vous comprendriez vite.

Son regard s'éteignit brusquement, et ses traits s'assombrirent. Sous l'effet de la colère ou de quelque autre émotion, Susannah n'aurait su dire. Quoi qu'il en soit, il vibrait de tout son corps, comme si ses nerfs étaient à fleur de peau.

— J'ai vu des patients comme les vôtres, lâcha-t-il d'une voix sourde. Beaucoup même, et je ne veux pas revivre ça de sitôt.

Il la fixait d'un regard si intense que Susannah eut envie de se couper la langue tant elle regrettait d'avoir parlé.

— Désolée, je ne savais pas… Quelqu'un de proche ?

— Je ne veux pas en parler.

Son expression était si triste qu'elle n'osa pas insister. Mais les choses s'imbriquèrent d'elles-mêmes dans son esprit jusqu'à ce qu'un mot s'impose à elle.

Veuf. Chris Jennings était *veuf.*

Le mystère autour de sa femme, son air maussade… Oui, tout s'expliquait. Il était en deuil, et loin de remonter la pente, apparemment.

Elle eut horriblement honte tout à coup du rôle qu'elle avait joué dans ce gâchis.

— Je comprends. Bon, eh bien… je vais partir maintenant. Merci de vous occuper d'eux.

Elle leva une main pour lui toucher le bras, mais suspendit son geste. Inutile d'en faire trop. Elle était encore affectée par leur dispute du matin. Cependant, elle le comprenait un peu mieux, et cela la déstabilisait.

Elle s'arrêta à la réception pour voir Cheryl.

— La chienne a un dossier complet maintenant. Chris l'a baptisée Loki.

Cheryl entra l'information dans l'ordinateur.

— Un beau nom pour elle, j'aime bien. Et Hendrix a aussi de la chance, non ?

Susannah sentit son cœur se serrer. Car elle ne laissait pas Hendrix seulement pour la nuit, mais bien pour de bon.

— Oui, perdre sa virilité et gagner un foyer, le tout en une seule journée ! Il va me manquer. Mais je suis heureuse pour lui, bien sûr.

— Tu as plein d'autres pensionnaires remuants pour t'occuper. Suse, ça va aller ?

— Oui, mais tu me connais. Allez, je file.

Susannah gagna la porte, mais ce que Cheryl dit ensuite l'arrêta net.

— Au moins, tu continueras de le voir. Le véto a dit qu'il l'amènerait à la clinique.

— *Quoi ?*

Susannah tourna la tête si brusquement qu'elle sentit un claquement dans le cou.

— Attends… Il est… ? *Lui*, adopter Hendrix. Jamais !

Tout en parlant d'une voix étranglée, elle agitait ses clés en direction de la porte du cabinet et jeta un regard étincelant à Cheryl.

Celle-ci se leva, éberluée.

— Il faut croire qu'il a un bon côté, répondit-elle.

Susannah se retint de justesse de hurler.

Une fois dans sa voiture, elle essaya de mettre de l'ordre dans ses pensées tumultueuses. Ses mains tremblaient si fort qu'elle n'arrivait pas à introduire la clé de contact.

Après avoir appuyé sur le bouton de verrouillage des portières, elle abaissa son siège et s'étendit en fermant les yeux et en croisant les mains sur sa poitrine. Elle avait appris ce truc juste avant de demander le divorce, après avoir voulu lancer une brique dans le pare-brise de la Porsche de son ex. Celle-ci avait été garée devant un restaurant où il dînait en galante compagnie.

Susannah avait été saisie d'une rage folle en reconnaissant une de ses anciennes collègues infirmières. Ce coup de sang l'avait choquée. Désireuse de canaliser sa colère de façon plus saine, elle avait eu recours à des techniques zen pour apaiser son esprit et s'empêcher de frapper les gens qui l'insupportaient.

Comme le vétérinaire. Rien que de l'évoquer, elle se sentait des envies de meurtre !

Ralentis ta respiration. Tout va bien. Tu ne peux pas tout changer, ni sauver tout le monde.

C'était bizarre comme mantra, mais ça marchait à chaque fois. Même dans ses jours les plus sombres, elle s'en était toujours sortie. Et elle était heureuse tout compte fait, songea-t-elle. Heureuse pour Hendrix. Chris savait le calmer, elle l'avait vu faire. C'était comme si Hendrix l'avait choisi. Ce regard d'amour entre eux et la certitude de s'être trouvés l'un et l'autre…

Elle n'avait pas reconnu ces signes, parce que l'arrogance de Chris l'avait mise hors d'elle. Hendrix ne s'était pas trompé, pourtant.

Un rire nerveux lui échappa, qui se changea vite en fou rire incontrôlable. Elle était à la fois confuse et amusée par cette nouvelle inattendue. Peut-être que Hendrix serait une bonne compagnie pour Chris Jennings. N'était-ce pas la meilleure chose qui puisse lui arriver ? Elle réalisa aussi qu'elle l'avait aidé sans le vouloir. Avec un peu de chance, ce grand chien adorable le rendrait plus sociable. Et dans ce cas sa kermesse aurait peut-être lieu, finalement. Oui, ce serait épatant.

— Le Dr Ronchon et Hendrix, dit-elle à voix haute avant de rire de plus belle.

En arrivant chez elle, Susannah se sentait de nouveau de bonne humeur.

— Salut, mes loulous ! lança-t-elle quand les chiens l'accueillirent joyeusement. J'ai tant de choses à vous raconter…

— Pour l'amour du ciel ! Vas-tu te taire ?

Chris roula sur le dos et plaqua un oreiller sur son visage en poussant des jurons.

Mais un autre hurlement monta du rez-de-chaussée, si retentissant qu'il jeta l'oreiller à travers la chambre. Un cadre se décrocha et atterrit sur le plancher avec fracas.

— Satané clebs ! s'écria-t-il en rejetant les couvertures.

Il se leva et descendit l'escalier.

— Ça va, je suis debout. Alors, quel est le problème ?

En entrant dans la cuisine, Chris sentit quelque chose de dur s'écraser sous ses pieds nus. Il poussa un cri de douleur et alluma la lumière. Des pâtes crues étaient enfoncées dans ses plantes de pieds, ainsi que des corn-flakes agglutinés dans une substance collante.

— Oh ! non !

Se tournant vers le buffet ouvert, il vit le pot de miel qui dégoulinait de l'étagère. Il y avait aussi des boîtes éventrées sur le carrelage, leur contenu réduit en poussière.

Assis dans son panier, Hendrix affichait l'innocence la plus pure. Mais son museau était couvert de miel et de flocons de maïs. Dans son T-shirt barbouillé, il ressemblait à un gamin capricieux qui vient de piquer une crise.

— *Hendrix !*

Le chien baissa la tête en laissant échapper une plainte.

— N'essaye pas de faire l'innocent ! Et inutile de répliquer, lança Chris. À la douche maintenant. Monte ! Non, attends…

Mais à la seconde où Chris se détournait pour prendre un drap dans l'armoire du vestibule afin d'en couvrir le doberman, celui-ci fila, faisant voler des miettes collantes tout autour de lui.

Chris regarda avec désespoir la moquette claire de l'escalier.

— Hendrix, ne bouge pas ! Tes points de suture… Tu ne veux pas repasser sur ma table d'opération, n'est-ce pas ?

Il tenait le drap à la manière d'un matador et gravissait lentement les marches. Dire qu'il venait de repeindre les murs en blanc et crème pour faire entrer la lumière ! En cet instant, il regrettait de ne pas avoir opté pour une décoration gothique, quelque chose de très sombre qui aurait masqué les dégâts.

Il accéléra l'allure pour coincer le chien et le pousser dans la salle de bains. Comme il s'approchait de lui, Hendrix s'ébroua.

— Non !

Chris se courba pour plonger vers lui. Hendrix dut se douter de ses intentions, car il lui sauta sur le dos et fila directement dans la chambre où il se coucha sur le lit.

Déséquilibré, Chris se heurta la tête contre le mur et s'abattit comme une masse, évitant de justesse le bord de l'escalier. Sa jambe s'était enroulée dans le drap, et il avait un pétale de maïs collé sur le bout du nez. D'après l'odeur, c'était de la bave de chien et non du miel qui le maintenait en place.

Se redressant, il vit Hendrix qui se léchait tranquillement les pattes sur le dessus-de-lit.

Oh ! misère…

Il exhala un soupir et regarda son nouveau compagnon.

— Je vais me servir un whisky bien raide, et nous réessayerons après.

Il descendit l'escalier, écrasant au passage des céréales éparses et d'autres miettes qui avaient échoué là. Dans le salon, il alla ouvrir le minibar et, n'y trouvant aucun verre, il haussa les épaules et but une longue gorgée directement à la carafe.

Rasséréné, il prit son téléphone.

— Cheryl ? Oui, c'est Chris… Non, tout va bien. Désolé de vous appeler si tard, mais je me demandais… Est-ce que le refuge a donné des consignes spécifiques pour Hendrix ?

— Des consignes ? répondit sa secrétaire. Euh… non. Rien d'autre que les conseils habituels pour son alimentation et son exercice physique. Nous ne savons pas grand-chose de lui. C'est Susannah qui s'occupe de son éducation. Elle sait ce qu'il faut faire. Y a-t-il un problème ?

— Non, non. Excusez-moi de vous avoir dérangée, Cheryl.

Il mit fin à l'appel et soupira.

Une seconde plus tard, il reçut un SMS de Cheryl.

Appelez celle qui murmure à l'oreille des chiens. Et soyez cool.

Elle mentionnait aussi le numéro.

— Tss… Soyez cool. Mais je le suis !

Et maintenant, il devait appeler Cruella… La mort dans l'âme, il prit une autre rasade de whisky et, après avoir envisagé ses options, il se résigna à composer le numéro.

— Allô ? fit la voix de Miss Sunshine.

— Hum… Bonjour…

Chris se rendit compte qu'il ne savait pas quoi dire.

Bon sang ! Cette femme !

— C'est tout ce que vous vouliez ? demanda-t-elle d'un ton où perçait l'ironie. Me dire bonjour au milieu de la nuit ? Qu'est-ce qui ne va pas ? Quelque chose d'aimable que vous auriez oublié de me dire peut-être ?

— Non… Écoutez, je déteste ça au moins autant que vous, mais j'ai besoin de votre aide. Je suis complètement dépassé. Désespéré, à vrai dire.

Il y eut un silence. Chris entendait juste le bruit de fond de la télévision.

— Hendrix fait comme chez lui, n'est-ce pas ? Vous pouvez dire adieu à vos plinthes.

— Oh ! c'est pire que ça.

— À ce point-là ? Faites appel à Mary Poppins. Elle tournera peut-être son parapluie vers vous si vous le lui demandez gentiment. Bonne nuit !

— Attendez ! D'accord, je suis un imbécile, ça vous va ?

— Que dites-vous ? La télévision est assez bruyante.

— J'ai dit que j'étais désolé.

— Et vous êtes quoi ?

— Un grand imbécile. Susanah, je n'en peux plus. Est-ce que je vous aurais appelée sinon ?

— C'est bon. Vous vous êtes suffisamment abaissé, je suppose, répondit-elle d'un ton joyeux. Vous avez besoin que j'apporte quelque chose ?

Chris était tellement surpris qu'il ne pensa même pas à choisir ses mots.

— Oui, une bouteille de whisky ne serait pas de refus.

— Je suis en route, dit-elle, plus amusée que jamais.

— Qu'y a-t-il pour votre service, docteur ? dit Susannah au moment où Chris ouvrait la porte.

— Oh ! Dieu merci, vous êtes là. Il court comme un fou dans la chambre. J'ai dû l'enfermer pour venir vous ouvrir.

Elle comprit immédiatement la situation en voyant les empreintes de pattes et le désordre qui régnait dans le vestibule. Elle lui tendit la bouteille.

— Vous êtes un ange ! dit Chris en l'invitant à l'intérieur.

— Je proposerais bien d'enlever mes chaussures, mais…

— Surtout pas ! J'ai cru me transpercer le pied tout à l'heure en marchant sur des pâtes crues. Vous êtes prête ? demanda-t-il en montrant la serviette qu'il tenait à la main.

— À baigner un chien ? Bien sûr, c'est facile comme tout.

Susannah sourit. Elle appréciait assez les événements. Elle découvrait aussi une autre facette de la personnalité de Chris Jennings. Agréable, celle-là.

Trois heures plus tard, après avoir vidé la moitié d'un flacon de shampooing pour chien et un sachet de friandises à la viande, ils s'arrêtèrent, satisfaits. Hendrix était aussi propre que possible. La maison aussi. Le fauteur de troubles ronflait dans son panier garni d'un des plus beaux draps de bain de Chris. Après l'avoir déposé là, ils s'étaient laissés tomber sur le canapé du salon, vidés de leur énergie.

Chris alla chercher des sandwichs et la bouteille de whisky, et ils mangèrent et burent au goulot comme deux contrebandiers.

— Je savais que ce serait du sport de gérer Hendrix, mais là c'était pire que tout.

Susannah hocha la tête et pointa un doigt en direction de la cuisine.

— Chez moi, j'ai placé des verrous sur les portes de placard. Il faut traiter les chiens comme des bambins, mais se montrer plus futé. Toujours garder les yeux derrière la tête.

Sa voix était de plus en plus traînante, et elle termina par un hoquet.

— Un bon conseil que j'appliquerai dès que j'aurai la force de bouger, répondit Chris, épuisé.

Susannah se mit à rire et se redressa avec effort.

— Je dois y aller. Je suis de garde la semaine prochaine. J'ai besoin de sommeil réparateur.

— Vous n'allez pas conduire maintenant, j'espère ?

— Non, je vais appeler un taxi. Ça vous va si je passe prendre ma voiture demain ?

— Et si j'allais vous chercher pour vous ramener ici demain matin ? suggéra-t-il. Je commence plus tard à la clinique, car on nous installe un nouveau système informatique.

— Vous êtes sûr que ça ne vous dérange pas ?

— Je vous ai fait venir ici et, en plus, je vous ai fait boire. C'est bien le moins que je puisse faire.

— Oui, la moindre des choses, murmura-t-elle en sentant son corps fatigué se détendre sur le canapé délicieusement profond. Je sens le chien mouillé et le miel.

Chris se mit à rire et lui tendit la bouteille de whisky.

— Une dernière, avant que j'appelle un taxi ?

Leurs doigts se frôlèrent autour de la bouteille.

— Pourquoi ne viendriez-vous pas me voir au travail ? dit Susannah tout à coup. Je vous montrerais où la kermesse va se tenir.

L'alcool aidant, et consciente qu'elle venait de le tirer d'un mauvais pas, elle n'eut aucun scrupule à le relancer sur le sujet.

— Allez, juste un après-midi. Vous n'êtes pas obligé de rester longtemps. Je vous emmènerais sur le terrain et je vous dirais ce que j'ai en tête.

— Ce n'est pas la peine. Je vous ai dit que j'aiderais…

— Oui, en apposant des affiches, mais vous savez très bien que nous avons besoin de plus que ça. En voyant le centre de soins palliatifs et le personnel, vous comprendrez exactement les actions que nous essayons de mener. Nos deux associations de bienfaisance ont tellement peu de moyens que c'en est risible…

N'obtenant pas de réponse, elle leva les yeux vers lui et ravala son souffle. La décontraction avait disparu de ses traits. Brusquement, il se leva et quitta la pièce.

Oh ! bravo, Susannah. Belle façon de dépasser les bornes.

Il revint quelques secondes plus tard et lui remit une photo encadrée. Puis il s'assit et fixa son attention sur le mur qui leur faisait face.

— Ma femme, Karen, dit-il d'un ton grave.

C'était une photo de mariage. Chris avait à son bras une jolie jeune femme blonde qui incarnait en tout point l'épouse d'un médecin. Élégante, heureuse…

— Elle est décédée dans une unité de soins palliatifs. D'un cancer, annonça-t-il, les traits crispés. On ne s'y attendait pas. Sa fin de vie a été très longue.

C'était la confirmation de ce qu'elle avait soupçonné, se dit Susannah. Elle ne se sentait pas moins mal pour autant.

— Je suis désolée. Je n'avais pas l'intention d'insister si lourdement.

Il balaya sa réponse d'un revers de main.

— Je comprends ce que vous faites, mais je ne peux pas aller dans ce genre d'endroit. C'est impossible, voilà. Pourquoi organisez-vous la kermesse là-bas ? Pour répartir les recettes ?

Susannah hocha la tête.

— L'adoption des chiens aidera les refuges. Ils bénéficieront des fonds récoltés immédiatement. Le personnel médical tient aussi des stands, et une armée de bénévoles propose des gâteaux, des articles faits main qui seront vendus. Comme le centre est entouré de jardins et d'espace, c'est pratique. Les chiens attireront beaucoup de monde, et ça réduira les frais de fonctionnement.

— Vous réunissez vos deux univers, en somme. Je vois, dit-il, la mine sombre. Je vous appelle un taxi.

Susannah prit son sac et sa veste. Hendrix dormait toujours dans son panier. Elle se pencha et déposa un baiser sur le haut de sa tête.

— Profite de ta nouvelle maison, mon grand.

Puis regardant Chris qui la fixait tout en parlant au téléphone, elle lui sourit.

— Prenez soin l'un de l'autre.

Elle crut voir l'ombre d'un sourire jouer sur ses lèvres, mais, l'appel terminé, il se rendit dans la cuisine. Elle le suivit, portant les assiettes vides qu'elle déposa dans l'évier. Mais Chris n'était pas dans la pièce.

La porte donnant sur l'arrière était ouverte, ce qui projetait un rai de lumière sur la pelouse. C'était une grande maison, l'une des plus imposantes du village. Le Dr Ingham y avait vécu de nombreuses années avec sa famille, comme des générations de vétérinaires avant lui. Une règle tacite voulait que chaque occupant partant en retraite vende la propriété avec la clinique – une manière d'assurer qu'il y ait toujours un vétérinaire en résidence à Puddle Lake.

La pelouse immense se prolongeait par quelques hectares de terrain. C'était magnifique, paisible et comme à l'écart du monde. Chris en avait-il conscience ? Elle se demanda à quoi il s'occupait quand il se trouvait seul ici.

Elle se tenait dans l'embrasure, perdue dans ses pensées, quand sa voix tout près d'elle la fit sursauter.

— J'ai tout ce terrain, dit-il en ébauchant un geste large.

— Je sais. C'est charmant. J'aime beaucoup promener les chiens aux alentours.

— Faites votre kermesse ici, dit-il brusquement comme s'il avait peur de changer d'avis.

Il pointa un doigt vers les champs au loin, au bout desquels une rangée d'arbres formait la limite avec la ferme voisine. Susannah distinguait à peine la cime des arbres contre la nuit sombre.

— Vous ne pouvez pas vous en rendre compte, mais il y a beaucoup d'espace, poursuivit Chris. Il serait possible d'installer un chapiteau sous les arbres. L'exposition canine se ferait dans le champ, et il y a beaucoup de places de stationnement.

Mais oui, dans la grande allée qui mène à la maison, par exemple… Susannah visualisait parfaitement l'ensemble : les stands, les chiens, ses collègues tenant les jeux pour enfants et vendant les objets d'artisanat… Ce serait parfait comme lieu.

Chris la regardait à présent.

— Alors, qu'en pensez-vous ?

— Il faudrait amener les patients transportables jusqu'ici. En même temps, plus besoin de demander aux gens de ne pas faire de bruit. Vous nous aiderez ? Je veux dire, ce jour-là ?

— Je serai là, dit-il. Mais il faut que ça se passe ici. Et je ne veux pas que les gens sachent pourquoi.

Susannah lui tendit la main, et Chris la serra.

— Affaire conclue, alors, dit-elle joyeusement.

— Oui, on peut dire ça, répondit-il en souriant.

Le taxi klaxonna devant la maison. Chris raccompagna Susannah jusqu'au perron et agita la main.

— Ce n'est pas drôle, déclara Susannah.

— Oh ! je trouve ça hilarant !

Le rire de Roz était tonitruant et contagieux comme toujours. Rosalind Ormsby avait une joie communicative. Elle était occupée à faire des relevés pendant un moment tranquille de leur garde de nuit. Le service était calme, tous les patients étaient stables. C'était le moment idéal pour bavarder un peu.

— Je parie qu'il maudissait le jour où il a signé le dossier d'adoption, dit Roz en pouffant.

— À sa tête, j'ai vu qu'il était complètement dépassé. Mais ça s'est arrangé pour finir, heureusement.

Susannah se remémora ce moment agréable, presque intime même, quand Chris et elle avaient parlé dehors…

— Et c'est tout ? s'enquit Roz en lui donnant un coup de coude. Vous avez bu ensemble et il t'a raccompagnée sur le pas de la porte ? Pourquoi t'a-t-il proposé son terrain si facilement ? Il me semble que tu le traitais de sale égoïste. Et le lendemain, quand il est venu te chercher pour récupérer ta voiture, ça n'a pas été trop gênant ?

— Non, parce que je me suis réveillée très tôt et que j'ai pris un taxi pour aller sur place.

— Froussarde, va.

— Pas du tout ! J'ai glissé un mot sous sa porte pour

expliquer l'absence de la voiture. Tu me connais, une fois que je suis réveillée… Et Rodney ne me réveille pas en douceur.

— Ah ! C'est la faute de ton coq maintenant. Alors, ton vétérinaire participe au projet ? Je croyais qu'il était archi-contre. La dernière fois que tu m'as parlé de lui, tu menaçais de le transformer en pâtée pour chiens.

Susannah prit une profonde inspiration.

— Je sais, mais c'était avant. Je pense que Hendrix l'a fait changer d'avis. C'est un bon maître. Le chien semble vraiment heureux avec lui.

Ce n'était pas un mensonge. Chaque jour depuis ce soir-là, Susannah les voyait se promener dans le village. Hendrix bondissait, et Chris riait en lui lançant une balle. C'était souvent très tôt le matin, avant l'ouverture de la clinique. Elle s'était mise à le guetter en se rendant au travail ou en revenant – cela dépendait si elle était de service de jour ou de nuit – et elle était toujours charmée de les voir si complices. Chris souriait et paraissait heureux.

À chaque fois, une émotion furtive et indéfinissable surgissait en elle. Mais elle en arrivait invariablement à la même conclusion : par le métier qu'elle exerçait, elle lui rappelait trop sa femme. Elle n'y pouvait rien, à part respecter son souhait et ne pas divulguer ce qu'elle savait de son combat personnel dans tout le village.

— Ils forment un drôle de duo, mais c'est un bonheur de les regarder, dit-elle à sa collègue.

— Ça te fait aussi un souci en moins, n'est-ce pas ? En parlant de ça, quand allons-nous mettre l'événement sur les rails ?

— J'ai une réunion avec lui et Cheryl demain matin, si je peux rester éveillée assez longtemps.

Elle achevait une série de gardes de nuit, aussi son horloge interne était-elle quelque peu détraquée. Elle avait réservé cette réunion pour 8 h 30, sans même penser que c'était l'heure à laquelle elle nourrissait les chiens avant d'aller se coucher.

— Tu es toujours un bourreau de travail. Tu fais tellement pour les autres. Tu dois aussi penser à te distraire parfois.

Le regard de Roz était posé sur elle. Ses lunettes à monture noire lui donnaient l'air sévère d'une bibliothécaire.

— Encore en train de me gronder ? Mais j'ai des distractions.

— Ah oui ? Quoi, par exemple ?

— Eh bien, je promène les chiens…

— Non, coupa Roz. Je te parle de s'amuser avec d'autres adultes qui peuvent tenir une conversation.

— Il y a eu ce repas le mois dernier. Tu étais là. C'était amusant.

— Tu parles ! C'était pour le départ en retraite de Sandra. Et elle ne boit pas d'alcool. À 20 h 30, on était de retour chez nous ! Ce n'est pas ce que j'appelle « faire la fête ». As-tu appelé ce type ?

— Celui à la moustache horrible qui m'a donné son numéro au dos d'un ticket de loto ? dit Susannah, sarcastique. Tu parles d'un beau gosse ! Il ressemblait à un portrait-robot de faits divers des années 1980. Les tumeurs que j'ai vues chez certains patients étaient plus attirantes.

Roz s'esclaffa.

— C'est vrai qu'il était un peu louche. Mais ils ne sont pas tous comme ça, Suse. Utilise une de ces applications de rencontres et fais-toi connaître.

— Non, merci. Je te signale que je vis seule dans un cottage à la campagne.

— Et ?

— Et je n'ai pas envie de me faire assassiner par un psychopathe et qu'on me retrouve à moitié dévorée par mes chiens.

Roz fut saisie d'un nouveau fou rire. Au même instant, une de leurs collègues passa la tête dans l'entrebâillement.

— La famille de Mme Sutcliffe est là, Roz.

Celle-ci se leva aussitôt.

— J'arrive. Helen, veux-tu lui télécharger ton appli ?

Oh ! non… , pensa Susannah en soupirant.

Mais Roz quittait déjà la pièce, la laissant seule avec Helen.

Une demi-heure plus tard, Susannah sortit à son tour du

bureau des infirmières. Dès qu'elle se sentit hors de vue, elle supprima l'application que Helen avait entrée dans son téléphone.

Ses amies étaient bien intentionnées, mais elle n'était pas prête à miser son cœur. Pour être blessée une nouvelle fois ? Non merci ! Bien sûr, Helen avait rencontré son fiancé par le biais de ce site qu'elle leur avait tant vanté, mais ça marchait… quoi ? Une fois sur un million ? Elle avait entendu suffisamment d'histoires désastreuses pour être dégoûtée de ce genre de rendez-vous. Des rencontres en ligne… Comme si elle avait besoin de ça en ce moment ! Non, ni maintenant… ni jamais.

L'application supprimée, elle poussa un soupir de soulagement. Il n'empêche que les taquineries de Roz l'avaient vexée. En repensant à ses dernières sorties, elle dut admettre qu'elles étaient en rapport avec son travail ou avec les chiens. Elle n'avait pas eu de vrai rendez-vous avec un homme depuis une éternité. L'idée d'une intimité la poussait à se jeter sur les romans d'amour, empreints de sensualité de préférence. Car une femme avait des désirs, n'est-ce pas ?

En fait, elle avait été si blessée lors de sa seule et unique expérience, si brisée même, qu'elle se sentait incapable de se lancer dans une aventure sentimentale. Elle n'avait plus assez d'énergie pour supporter ces émotions, et l'équilibre qu'elle avait retrouvé entre son métier, les chiens et son charmant cottage lui suffisait amplement.

Elle avait aussi des amies et des collègues adorables – les plus gentilles qu'on puisse avoir, même si elles aimaient se mêler de tout – et elle était même parvenue à une sorte d'alliance avec Chris. Une entente fragile, certes, mais maintenant il souriait quand il la voyait. Et quel sourire séduisant il avait !

Elle n'osait pas le lui dire, bien sûr, et se contentait de lui répondre avec sa bonne humeur habituelle en restant simplement elle-même. Il la regardait encore de travers parfois, généralement à cause de ses tenues trop éclatantes, mais elle se sentait plus à l'aise quand elle devait se rendre à la clinique. Les clients aussi semblaient un peu plus heureux.

Susannah longea le couloir et entra dans la chambre de

Derek qu'elle trouva endormi devant la télévision allumée. Elle arrangea ses couvertures et éteignit le téléviseur. Elle aimait les services de nuit et la paix qu'ils lui procuraient, du moins quand tout se passait bien. Elle essaya de voir son lieu de travail à travers le regard de Chris.

Quand les gens évoquaient ce genre d'endroit, ils pensaient généralement au cancer et à la mort. Pour ceux qui y entraient, malades ou familles, cela voulait dire qu'une étape était franchie et qu'on ne pouvait plus revenir en arrière. Susannah le comprenait parfaitement. Elle avait tenu tant de mains de mourants, avant de retrouver ses collègues dans la salle de repos et de se laisser aller au chagrin. Les moments les plus sombres de sa vie professionnelle, elle les avait passés dans cette pièce. En même temps, les unités de soins palliatifs, c'était tellement plus que ça.

Entendant Derek ronfler paisiblement, elle quitta la chambre pour continuer sa tournée. Chris détestait ce qu'elle faisait, mais elle en savait assez sur le deuil pour savoir qu'il refoulait ses émotions. Il n'était pas le seul, se dit-elle en repensant à l'application qu'elle venait d'effacer.

Quand elle eut terminé sa ronde, elle avait mis au point un plan. Elle aiderait le centre, les refuges… et Chris. Ce serait une bonne chose pour elle aussi, et cela la distrairait de la question des rencontres sentimentales. Élargir leur cercle social respectif… L'idée n'était pas mauvaise après tout.

Comme elle partait répondre à un appel venant d'une des chambres, elle se sentit impatiente de mettre ce nouveau projet en œuvre.

5.

— Votre maison ?

— Oui, répondit Chris en s'adressant à ses employées.

Sa secrétaire et les deux infirmières, Angie et Keeley, avaient pris place dans la salle du personnel et l'écoutaient avec étonnement.

— Le parc, plutôt, reprit-il. Je vais faire appel aux ambulances St. John pour qu'ils dépêchent un véhicule et des secouristes, il y aura des toilettes portables à disposition... Je sais que vous avez toutes des contacts dans le village, alors n'hésitez pas à les informer de ce que nous préparons. Et à vous adresser à Susannah Harkin. Elle devrait bientôt être ici.

Chris regarda sa montre. Il savait qu'elle avait assuré un service de nuit. Il ressentit une pointe d'inquiétude à l'idée qu'elle allait conduire malgré sa fatigue. Cette femme ne s'arrêtait jamais et vivait à cent à l'heure.

Elle n'était pas encore en retard, mais elle avait terminé son service depuis un moment, et il l'attendait avec une certaine impatience. Il considérait Susannah un peu comme une amie maintenant. Bien sûr, ils s'affrontaient encore, mais il n'était plus aussi mélancolique depuis qu'elle était entrée dans sa vie.

— Alors, c'est Susannah qui décide ? fit remarquer Cheryl avec un léger sourire.

Chris haussa un sourcil.

— Quand ne le fait-elle pas ?

Les femmes se mirent à rire, ce qui lui donna l'encouragement dont il avait besoin.

— Ce n'est un secret pour personne, je n'étais pas d'accord au début. Mais les circonstances m'ont amené à réfléchir, dit-il en regardant Hendrix qui, couché sur le dos, se laissait chatouiller.« Je sais, je ne suis pas facile à supporter depuis mon arrivée, poursuivit-il. Je tenais à vous dire que je suis heureux de travailler avec vous toutes. Donc, si vous voulez vous montrer patientes encore un peu, je vous promets qu'ensemble nous ferons fonctionner cette clinique, comme le Dr Ingham le souhaitait quand il me l'a vendue. »

— Bravo ! dit Cheryl en levant sa tasse de café. Allez, mesdames, trois hourras pour le Dr Jennings !

Angie et Keeley brandirent leurs mugs à leur tour, et Hendrix se mit à sauter autour d'elles, se joignant à sa façon à l'hommage.

Chris s'empourpra.

— Bien, bien… Merci beaucoup. En attendant que Susannah arrive, faisons l'ouverture et mettons-nous au travail, d'accord ?

Les trois femmes quittèrent la salle en bavardant. Cheryl alla ouvrir la porte principale, Hendrix sur les talons. Il avait pris l'habitude de s'asseoir derrière le bureau de l'accueil avec elle et avait ainsi accès au jardin sur l'arrière. Il s'était parfaitement adapté à la routine de la clinique et, tandis que Chris le regardait mendier des caresses, il pensa que Hendrix l'avait sauvé. Certes, à la maison, c'était toujours une véritable tornade. Il avait un appétit d'ogre, et les meubles étaient couverts de poils et de marques de crocs. La pelouse était clairsemée à cause des trous qu'il creusait pour enterrer sa multitude de jouets. Les clients de la clinique lui apportaient des cadeaux depuis qu'ils le considéraient comme un membre permanent de l'équipe vétérinaire.

Chris en avait une caisse pleine à l'arrière du cabinet, qu'il avait l'intention de donner à Susannah pour ses pensionnaires. La présence de Hendrix dans sa vie lui valait peu à peu la sympathie des propriétaires d'animaux. Il en rencontrait quelques-uns pendant ses promenades. Tous s'arrêtaient pour le saluer. Les progrès étaient lents, mais de son côté il se montrait plus ouvert dans le travail. Et plus question de maudire quelqu'un du poing sur le parking. Il ne put s'empêcher de sourire en repensant à la mine épouvantée de Susannah ce jour-là.

Il avait hâte de la revoir, mais il n'aurait pas été capable d'expliquer pourquoi. Quand elle était là, elle l'agaçait à un point inimaginable. Son enthousiasme débordant l'épuisait, elle s'habillait comme si elle avait peur du noir et elle était invariablement… heureuse. Quel contraste ils faisaient tous les deux !

Quand elle était venue chez lui, il l'avait trouvée étrangement calme pourtant et il avait été surpris de découvrir cette facette de sa personnalité. Cette femme était pleine de mystère, et plus il en savait sur elle, plus il l'appréciait. C'était d'autant plus déroutant qu'il détestait sentir les événements échapper à son contrôle.

— Roz, allez ! Rends-moi mon téléphone.

— Tu plaisantes ? répondit sa collègue en faisant glisser son doigt sur l'écran. Tu l'as déjà supprimée ? Je le savais !

Une expression furieuse imprégnait ses traits, et elle fusilla Susannah du regard par-dessus ses lunettes.

— Roz, j'ai essayé. Vraiment.

— Prouve-le ! Combien de profils ? Tu as sélectionné quelqu'un au moins ?

Susanah réfléchit à la meilleure façon de mentir et soupira.

— Rends-le-moi. Bon, c'est vrai, je l'ai supprimée.

— Au bout de combien de temps ?

— Dès que j'ai quitté la salle de pause.

— Suse !

Occupées à préparer une chambre pour un nouveau malade, elles vérifiaient que l'équipement approprié était en place. La patiente était Beryl Richards qui venait là régulièrement pour donner un peu de répit à son mari. Beryl était dévouée, et pour elle, rester éloignée assez longtemps pour qu'il se repose risquait d'être compliqué. Quoi qu'il en soit, Susannah avait hâte de la revoir.

Beryl et Errol Richards formaient un couple inspirant. L'amour inconditionnel qu'ils se portaient leur avait permis de triompher des épreuves, notamment du grave accident dont

Beryl avait été victime et dont elle gardait de lourdes séquelles. Pour autant, chaque fois qu'elle venait séjourner au centre afin de laisser son mari souffler, elle prétendait que c'était des vacances pour elle aussi.

Susannah les adorait. Quand elle était près d'eux, elle faisait le plein de bons sentiments et retrouvait foi en l'avenir. Un avenir abstrait certes, mais c'était à ce couple qu'elle pensait quand elle envisageait la possibilité de se lancer de nouveau dans une relation. Une histoire qui fonctionnait entre deux partenaires unis où chacun était la priorité absolue et qui ensemble faisaient front face à l'adversité, au lieu de capituler comme John et elle.

Inconsciemment, Susannah frotta son annulaire gauche, à l'emplacement de l'alliance qu'elle avait portée. De son côté, Roz répétait inlassablement que c'était du gâchis et qu'elle devait refaire sa vie tant qu'elle le pouvait.

— Je sais tout cela, Roz. Mais ça n'est pas plus facile. Et les sites de rencontres, c'est si froid. Les hommes qui s'en servent n'ont pas tous les mêmes motivations. Comment suis-je censée faire la différence ? Et le premier profil qui s'est affiché m'a donné envie de jeter mon téléphone contre le mur. C'était Neville.

Roz ravala son souffle.

— Neville ? Tu veux dire… Neville, le fermier de Oak Farm ?

— Oui, le Neville que nous connaissons.

— Tiens, tiens…, fit son amie d'un air pensif.

— Roz, n'y pense même pas !

— Oh ! allez. Neville est un charmant garçon. Et célibataire depuis peu. D'après Claire, du bureau de poste, il envisage d'aller en Turquie pour se faire poser des implants capillaires. Il avait une belle chevelure avant. Il était la coqueluche de l'école.

— Oui, quand il portait encore des culottes courtes. Et déjà à l'époque, il était avec Nancy Carrick !

— Et ils ont divorcé. Nancy a un nouvel amoureux, un homme de Manchester. Il vient la chercher dans sa belle voiture et l'emmène en week-end. L'autre jour, je l'ai rencontrée au salon de coiffure. Elle m'a dit que jamais plus elle ne voulait respirer le crottin !

Susannah soupira. Neville ne lui plaisait pas, mais il fallait reconnaître que c'était un homme adorable. Sa femme l'avait quitté au bout de vingt ans de mariage, et cette épreuve l'avait changé. Elle se sentait désolée pour lui. Il essayait de changer de look pour avoir une chance de rencontrer une compagne. Avec les sites de rencontres et les implants capillaires, il se donnait juste l'illusion d'aller de l'avant. Neville Rochester était un homme au cœur brisé, et elle n'imaginait pas s'entendre avec lui.

Ni avec personne d'autre d'ailleurs. Elle s'était mariée, persuadée que ce serait pour toujours. Et, quand la relation avait capoté, elle avait réalisé qu'elle n'avait pas seulement perdu un mari, mais qu'elle s'était perdue elle-même. Au fil des années, ses tenues s'étaient affadies, car leurs couleurs n'avaient pas été du goût de John qui avait trouvé aussi qu'elle riait trop fort. Pour lui, elle avait abandonné des petits morceaux d'elle-même afin de s'intégrer dans un monde qui était celui de son mari et non pas le sien. Puis il l'avait trompée, et elle avait pris conscience qu'elle ne savait plus qui elle était sans lui. Elle avait dû réapprendre à être Susannah Harkin, née Danvers. Alors, elle n'était pas prête à sacrifier de nouveau sa vie pour une relation qui n'était pas parfaite. Et comme la vie et les rencontres étaient loin de la perfection…

— C'est affreux. Pauvre Neville, dit Susannah comme pour elle-même.

— Exactement. Le voilà sur l'application à la recherche d'une gentille femme pour partager sa vie. Et il aime aussi les animaux !

— Roz, il élève des agneaux et des poulets. Et je te signale qu'il a refusé de signer ma pétition contre la chasse aux renards en disant qu'il ne voulait pas froisser qui que ce soit. Qu'est-ce que je ferais d'un homme comme lui ? Et il ne me plaît pas !

— Justement, c'est à ça que ça sert, les sites de rencontres ! Apprendre à se découvrir et s'embarquer pour un bout d'essai. Certains cœurs sont longs à s'enflammer. Il ne s'agit pas forcément de s'arracher les vêtements dès le premier soir.

— Il porte des salopettes, Roz, pas des chemises de soie et

des pantalons sexy. Nous ne sommes pas compatibles. Et je ne veux pas fréquenter quelqu'un du village. Tout le monde le saura.

— Et alors ? Tout le monde a une vie. Qui se soucie du qu'en-dira-t-on ? À moins que tu ne prévoies de te retirer du monde avec ta horde de chiens...

Susannah s'empourpra. Roz savait trop bien lire en elle, après toutes ces années à travailler côte à côte. C'était extrêmement agaçant parfois.

— Et si j'avais l'intention de rester comme je suis ? Tout va bien pour moi. J'ai ma maison, je sais réparer une prise ou changer un pneu, j'ai un salaire. À quoi bon se mettre en quête d'un homme ? Roz, toi qui es divorcée, tu peux comprendre ça, non ? Pourquoi vouloir tout recommencer ?

— Parce que la vie est faite pour être partagée ! Tu ne parles que de ce qui est ennuyeux dans une relation. Mais on ne tombe pas amoureux pour avoir quelqu'un pour payer la moitié de la facture de gaz et sortir les poubelles !

— Oh ! c'est moi qui les sortais quand j'étais mariée.

— Tu peux tout faire toute seule, bien sûr, mais pourquoi choisir ça ? Nous voyons tous les jours ici des gens qui veulent vivre, aimer et être aimés. Nous sommes témoins de tout ce temps perdu, Suse, et c'est déchirant. Quand j'ai divorcé, j'étais pareille, tu le sais.

— Oui, je me souviens de tes survêtements et des verres de gin.

— Et des nuits passées au téléphone à te demander en pleurant ce qui n'allait pas dans ma vie.

Susannah regarda son amie et ébaucha une grimace compatissante.

— Mais ça ne voulait pas dire que j'avais envie d'être seule pour le restant de mes jours, poursuivit Roz. Écoute, je ne veux pas te harceler...

Susannah chercha à l'interrompre, mais elle se mit à parler plus fort pour l'en empêcher.

— Pourtant, c'est ce que je vais faire. Je suis heureuse de sortir avec Eric maintenant, mais j'ai embrassé beaucoup de crapauds sur cette appli avant. C'est la vie, Suse, et tu ferais bien de mettre un peu de piment dans la tienne.

— Oh ! arrête avec cet air sévère, dit Susannah en la voyant regarder par-dessus ses lunettes.

— Je suis sévère quand il le faut ! Tu m'as envoyé des modèles de couvertures au tricot pour chien…

— Oui, j'ai pensé que ce genre d'article se vendrait bien à la kermesse.

— Avec l'inscription brodée dessus « Maman aime ses toutous » ? On est loin du fameux « Vivre, Aimer, Rire » !

— Bon, tu as gagné, dit Susannah en se mordant la lèvre. J'ai laissé le travail prendre le dessus, mais je suis heureuse comme ça.

Encore un mensonge ! Elle avait une fâcheuse tendance à les accumuler, ces derniers temps.

Roz répondit par un soupir exaspéré, montrant par là qu'elle n'était pas dupe.

Il était temps de passer aux chambres voisines s'assurer que les patients étaient confortablement installés. Elles bavardèrent avec chacun d'eux, vérifièrent les médicaments, le matériel qui leur était nécessaire.

Les tournées qu'elles effectuaient ensemble se passaient bien, se dit Susannah. Elles formaient une équipe soudée et plaisantaient souvent, même quand la pression était intense.

— Je sais que tu es heureuse, et c'est formidable, reprit Roz dès qu'elles sortirent dans le couloir. Tu as trouvé ton équilibre et tu n'as pas besoin d'un homme, j'en suis parfaitement consciente. Mais pense à tout ce que ça changerait dans ta vie. Tu aurais quelqu'un sur qui t'appuyer. Au fait, le vétérinaire est plutôt sympathique, à ce qu'on m'a dit. Je n'entends plus que des bonnes choses sur lui.

Susannah cochait une liste de médicaments. Après l'avoir relue plusieurs fois, elle apposa sa signature.

— Oh ! tu parles. Il adopte un chien et il se prend pour un saint.

Consciente d'être agressive, elle se raidit. Chaque fois qu'il était question de Chris Jennings, c'était pareil.

— Il est bon avec Hendrix, admit-elle, les lèvres pincées. Il n'est pas si mal, mais je ne sortirai pas avec lui.

— Qui sait ? Tout peut arriver pendant ces longues soirées à étudier ensemble la disposition des stands et à sélectionner les chiens pour l'exposition.

— Ce ne sera pas non plus l'amour fou et les murmures aux chandelles ! On se réunit à la salle des fêtes avec les autres.

Roz fit la moue.

— Quelle barbe ! Tu ne peux pas décommander les autres et trouver un endroit plus intime ?

— Roz ! C'est un grand événement, et nous avons besoin de bras. Nous devons organiser une buvette, des stands de restauration et tout le reste. Chris a apparemment parlé à son équipe, et à présent la moitié du comté se porte volontaire. C'est super, mais à ce rythme-là, je vais faire une attaque. Quant aux chiens, ils sont adorables, sauf que j'ai maintenant une chienne qui va mettre bas. Le vétérinaire du refuge n'a pas signalé qu'elle attendait des petits. La famille d'accueil qui était prévue ne peut pas la recevoir avec sa portée, parce que le mari est en arrêt de travail avec un lumbago et…

— Respire.

Susannah se tut et prit une profonde inspiration.

— Tu vois, je n'ai même pas le temps d'avoir une attaque, encore moins d'avoir un rendez-vous. Il faudrait que je m'achète une tenue… pour finir nue devant un homme ? Pas question. Je ne peux plus faire ça !

Grant, un membre du personnel, entra dans le bureau des infirmières à cet instant, en brandissant une liasse de formulaires. Son visage empourpré prouvait qu'il avait entendu ses dernières paroles.

— Pose les feuilles sur la table, je m'en occupe dans une minute, déclara Roz.

Grant obéit et fila en hâte.

— Oups, c'était embarrassant, dit Susannah. Vraiment professionnel de ma part !

— Oh ! ce n'est sûrement pas la première fois qu'il entend une femme parler de sexe. Viens, passons dans la salle de repos, dit-elle en l'entraînant.

Pour autant, Roz ne laissa pas tomber le sujet.

— Écoute, tu ne veux pas t'inscrire sur les sites, mais le vétérinaire est bel homme, célibataire, et il te tape sur les nerfs. Je crois que ça vaut la peine de creuser un peu.

— Si je devais coucher avec tous ceux qui me tapent sur les nerfs, c'est la moitié du voisinage qui passerait dans mon lit !

Comme elle prononçait ces paroles, Susannah vit que son amie avait déjà ouvert la porte de la salle de repos. Grant se trouvait à l'intérieur, installé dans l'un des fauteuils, occupé à manger un yaourt. En les voyant, il le reposa et, tête baissée, passa entre elles pour gagner le couloir.

— Oh ! mon Dieu ! Je l'ai encore embarrassé, dit Susannah avec horreur.

Roz explosa de rire dès que la porte fut refermée. Susannah essaya bien de lui donner un coup de pied sous la table, mais elle ne fit que heurter le pied en métal.

— Aïe !… C'est ta faute, je me suis fracturé l'orteil !

— Bien fait pour toi. Maintenant, va demander au vétérinaire de sortir avec toi ou je le fais à ta place. Profites-en pour lui demander d'examiner ton orteil cassé.

— Idiote ! Ce n'est pas sa spécialité.

Susannah grimaça de douleur en ôtant sa chaussure et constata avec soulagement que son doigt de pied n'était pas broyé comme elle s'y attendait.

Imperturbable, Roz entra son code dans l'ordinateur qui se trouvait dans un coin de la pièce pour vérifier ses courriels.

— Tu es toujours aussi poule mouillée, commenta-t-elle. Je suis sûre qu'il y jettera un coup d'œil.

Les meilleures amies savaient vraiment vous remonter le moral, pensa Susannah, horriblement frustrée. Une poule mouillée, rien que ça !

— Écoute, ce serait compliqué avec le vétérinaire. Il n'est pas…

— Quoi ? Sexy ? Célibataire ? Amoureux des bêtes ?

— Disponible, répondit Susannah.

— Ça, tu ne le sauras pas tant que tu ne le lui auras pas demandé.

Roz se leva, et, retirant ses lunettes, fixa sur elle un regard dur qui étincelait de défi. Susannah sut aussitôt ce qu'elle avait en tête.

— Oh ! non. Tu ne vas pas faire ça ?

— Mais si. Invite-le à sortir avant la réunion à la salle des fêtes ou je lui envoie la vidéo.

Susannah sentit une horreur sans nom l'envahir.

— Tu n'oserais pas lui montrer *ça* ! Tu m'avais promis d'emporter ce secret dans la tombe. Et je ne vois pas comment il deviendrait mon petit ami après avoir vu cette vidéo.

— Nous verrons. Je te donne deux semaines. Et pas la peine de faire appel aux collègues pour me dissuader, je les ai déjà mises au courant. Il est temps de te mouiller, Susannah Harkin. Tu vas tester les rencontres, que ça te plaise ou non.

Susannah pinça les lèvres.

— Tu sais que tu es infecte comme amie ?

Roz partit d'un rire joyeux.

— Oh oui. Je suis la pire ! Bonne chance.

À la fin de leur service, Roz fila vers sa voiture, laissant Susannah sidérée sur le parking

— Tic-tac, tic-tac, Harkin ! lança-t-elle par la portière avant d'imiter le caquètement d'une poule.

Son imitation se perdit dans un nouveau fou rire, tandis qu'elle quittait le parking.

Susannah pesta à voix basse. Le message était clair : c'était un ultimatum ! Comment allait-elle se sortir de ce guêpier sans que Roz mette sa menace à exécution ? Certes, elle commençait à apprécier Chris, mais de là à lui faire des avances…

Non, pas question. Ils étaient trop différents, pour commencer. Il était bien trop rigide et réservé. Sans parler des messages contradictoires qu'il envoyait. Si elle ressentait un début d'attirance, avant même qu'elle en prît conscience il changeait radicalement d'attitude et semblait irrité contre elle. À d'autres moments, il pouvait se renfermer en lui-même, sans qu'elle puisse s'expliquer pourquoi. Elle avait d'abord pensé que ses sautes d'humeur révélaient une double personnalité, quelque chose comme Dr Jekyll et Mr Hyde. Mais, maintenant qu'elle le connaissait mieux et qu'elle était au courant d'une partie de son histoire personnelle, bizarrement elle ne l'en trouvait que plus fascinant. Sa propre réaction la déroutait.

Deux jours plus tard, Susannah reçut un appel de la famille relais au sujet de la chienne enceinte. Celle-ci n'allait pas tarder à mettre bas, et Susannah devait la prendre chez elle sans délai.

Elle sut alors ce qu'elle allait faire : appeler Chris et lui demander de passer à Solitary Cottage. Une sorte de rendez-vous, en somme, de quoi tenir Roz à distance.

Quand elle récupéra la femelle golden retriever, qui présentait un ventre très gonflé, elle avait déjà préparé ce qu'elle dirait à Chris. Une fois la chienne installée confortablement dans un enclos douillet aménagé dans la buanderie, Susannah la laissa dormir, gardant la porte de communication ouverte pour la surveiller.

Peu après, elle reçut la visite de son amie Trudy, alors qu'elle était occupée à briquer le carrelage de la cuisine. Trudy recueillait aussi des animaux à titre temporaire, pour la plus grande joie d'Isabelle, sa fille de quinze ans qui avait la passion des chiots.

Toutes deux regardèrent Susannah et son sol étincelant depuis l'entrée.

— Suse, ça va ? Je pense que c'est propre, tu sais.

— Oh ! salut vous deux ! Merci d'être venues. Je ne veux pas la laisser seule, mais je dois promener les chiens.

La jeune Isabelle jetait déjà un coup d'œil par la porte de la buanderie.

— Oh ! elle est belle !

Trudy sourit en contemplant à son tour la chienne endormie.

— Oui, magnifique. Suse, surtout prends ton temps, elle sera très bien avec nous. Et nous avons les devoirs à faire, n'est-ce pas, Issy ?

Isabelle fit la moue.

— L'école à la maison, franchement tu aimes ça ?

À voir le visage de Trudy, Susannah savait que c'était une épreuve pour elles deux. Isabelle rencontrait beaucoup de difficultés dans sa scolarité du fait de son autisme. Les activités en plein air et les animaux étaient tout ce qui la rendait heureuse. Nul doute qu'elle suivrait les traces de sa mère qui possédait une écurie.

— Mon ordinateur est dans le bureau et il y a aussi de la papeterie, indiqua Susannah. Vous n'avez qu'à vous servir, d'accord ? J'ai aussi fait des muffins. Là, sur le buffet.

Trudy revint dans la cuisine, tandis qu'Issy démarrait l'ordinateur et se connectait à sa leçon en ligne.

— Pourquoi cette énergie débordante ? demanda-t-elle en s'assurant que sa fille ne pouvait l'entendre.

Susannah acheva de frotter le sol et ôta ses gants en caoutchouc.

— Oh ! pour rien. J'ai pensé que ce serait mieux pour recevoir Melody, c'est tout.

— À d'autres, dit Trudy, sceptique. On pourrait accoucher sur ton sol, sans parler de Melody. Qu'est-ce qui te tracasse à ce point ?

— Presque rien. Je dois sortir avec un homme alors que je n'en ai pas envie. Mais Roz…

Trudy alla mettre la bouilloire en route. Après avoir porté un Coca à sa fille et laissé la porte du bureau juste entrebâillée, elle revint dans la cuisine.

— Nous avons une demi-heure devant nous, dit-elle. Les chiens peuvent attendre. Crache le morceau. Quel homme ?

Trudy avait bu la moitié de son thé quand Susannah eut fini de lui parler du vétérinaire, du projet de kermesse à mettre sur les rails et de la menace de Roz.

— Quel secret inavouable détient-elle sur toi ? demanda son amie en souriant.

— Ma façon de danser.

Trudy essaya de ne pas rire, mais échoua lamentablement.

— Oh ! cette Roz, quelle femme rusée !

— C'est une vraie sorcière, tu veux dire ! Et elle a une vidéo comme preuve.

Trudy émit un sifflement.

— Tu n'as donc plus le choix. Vous vous entendez bien, toi et Chris, non ? Je ne l'ai rencontré qu'une fois quand il est venu pour ma jument Misty. Il m'a fait bonne impression et Misty a eu l'air de l'apprécier.

— Oui, je suppose qu'on peut parler d'entente maintenant. Seulement… Il n'est pas dans les bonnes dispositions pour sortir avec qui que ce soit.

— Mais toi, si.

— Oui… Enfin, non ! Oh ! Trude, je ne sais pas.

Susannah se laissa aller contre le dossier de la chaise en maudissant son indécision. Si seulement on pouvait se débarrasser de ce genre de problème comme on arrachait un cheveu blanc !

— Roz a raison, dit-elle en se ressaisissant. Mais d'un autre côté, je suis très bien comme ça.

— Oh ! je vois ça, dit Trudy en désignant le sol rutilant.

— Hé ! Je faisais seulement le ménage !

Trudy secoua la tête.

— C'est autre chose que du ménage.

— Un peu de nettoyage obsessionnel, ce n'est quand même pas un signe de frustration sexuelle, Trude.

— Non, mais c'est moins amusant que l'autre option, reconnais-le. Pourquoi un homme n'aimerait-il pas rencontrer une fille comme toi, pleine d'énergie et indépendante ? Tu n'as pas besoin d'en faire tout un plat. Ce n'est pas quelques rendez-vous qui vont te tuer. Écoute, j'adorerais sortir rien qu'une soirée pendant laquelle je me sentirais belle et je ne serais pas la mère d'Issy. Ce n'est pas bon de rester isolée, crois-moi.

Susannah eut honte tout à coup de s'être déchargée de ses problèmes sur son amie. Les troubles d'Issy obligeaient Trudy à rester chez elle. Elle recueillait des animaux pour s'occuper. Susannah se sentit affreusement égoïste.

— Je suis désolée, je ne voulais pas me lamenter devant toi.

Trudy balaya ses remords d'un revers de main.

— Ne sois pas sotte ! Je suis contente de mon sort. J'ai ma maison, mon travail, et Issy est ma priorité. Tu as une vie charmante ici, toi aussi, dit-elle en regardant l'intérieur immaculé et douillet. Mais j'aimerais que tu réalises que tu n'es pas obligée de rester seule si tu n'en as pas envie.

Se sentant percée à jour, Susannah pensa aux longues soirées d'hiver où elle se calfeutrait avec ses chiens. Même si le tableau semblait idyllique, cette solitude hivernale perdait vite de son attrait. Les animaux avaient beau être un réconfort, ils ne remplaçaient pas une présence humaine. Quelqu'un avec qui parler et qui vous prenait dans ses bras après une mauvaise journée... Hendrix avait réussi à gagner le cœur du vétérinaire. Peut-être pourrait-elle essayer d'en faire autant, elle aussi.

Elle revint de sa promenade avec les chiens à l'heure du déjeuner, alors que Trudy et Issy venaient de terminer les devoirs et s'apprêtaient à rentrer chez elles.

La balade lui avait fait du bien, constata Susannah une fois seule. Elle avait maintenant les idées plus claires. Trudy, Roz, Helen, Cheryl... Toutes étaient déterminées à la sortir de sa solitude. Peut-être avaient-elles raison. Il y avait longtemps qu'elle n'avait pas regardé un homme.

Elle alla voir Melody et lui donna de la nourriture. La chienne mangea avec appétit. Rassurée, Susannah sortit son téléphone de sa poche. La clinique allait fermer dans une demi-heure. Elle devait cesser de tergiverser une fois pour toutes et prendre une décision.

Chris venait de raccompagner son dernier client de la journée quand son téléphone se mit à sonner.

Susannah.

Il prit l'appel et annonça d'emblée en souriant :

— Ne me dites pas que vous avez recueilli un guépard et que vous voulez que je lui coupe les griffes !

— Haha… Très drôle.

Il y eut un silence, et Chris lança avec une pointe d'inquiétude :

— Susie, vous êtes toujours là ?

— Oui… Désolée. Et laissez tomber « Susie ». Personne ne m'appelle comme ça.

Ce que je viens d'apprendre me plaît. Et Susie restera, en ce qui me concerne.

— Alors, que vous arrive-t-il ?

— Oh ! rien…

Sa voix était mal assurée, et Chris se demanda si quelque chose était survenu dans son travail qui l'avait bouleversée.

— En fait, j'aimerais que vous veniez voir un des nouveaux chiens que j'ai recueillis. Une femelle de trois ans qui peut mettre bas à tout moment.

— Toutes mes félicitations à la future grand-mère, dit-il d'un ton malicieux.

— Très drôle encore une fois. Si vous êtes libre ce soir, je pensais vous inviter à dîner à la maison.

Chris n'était pas certain d'avoir bien entendu.

— Dîner ? Chez vous ?

— Ce soir, oui. Seulement si vous avez le temps, bien sûr.

Il était tellement interloqué qu'il se mit à bafouiller.

— Euh, non… Je veux dire, oui, je suis disponible. Ce serait formidable.

— Vraiment ? Oh ! génial, alors.

— Dois-je apporter quelque chose ?

— Non, juste vous, assura-t-elle. Et votre trousse pour Melody.

— Une amie à vous qui viendra dîner ?

— Il s'agit de la chienne, Chris.

— Oh !… Alors, ce sera juste nous deux.

De nouveau, il perçut sa légère hésitation.

— Oui, c'est ça. 19 heures, ça vous va ?

— C'est parfait.

— À ce soir, alors.

— Au revoir.

Juste avant de raccrocher, il crut entendre un gémissement étouffé. Une minute plus tard, Susannah rappela.

— Vous avez changé d'avis ? demanda-t-il.

— Non… Pourquoi ? Vous ne voulez plus venir ?

— Pas du tout. Il y a longtemps que je n'ai pas passé une soirée en dehors de chez moi. Et je dois examiner votre chienne.

— J'ai oublié de vous donner l'adresse, expliqua-t-elle.

Elle lui indiqua l'itinéraire, et Chris fit semblant de le noter. En fait, il avait déjà cherché son adresse sur Internet. Cela n'avait rien à voir avec du harcèlement, mais le nom de Solitary Cottage qu'elle avait mentionné à quelques reprises, l'avait intrigué.

— Très bien. Je trouverai. À ce soir.

Elle raccrocha. Chris fixait encore son téléphone quand Cheryl entra. Elle avait enfilé son manteau et tenait son trousseau de clés.

— Chris, tout va bien ?

— Je crois qu'on vient de me proposer un rendez-vous, déclara-t-il en souriant.

Le visage de Cheryl trahissait son étonnement.

— Vraiment ? C'est… une surprise.

Chris mit à rire. Puis il éteignit l'ordinateur et suivit son assistante jusqu'à l'accueil. Hendrix était déjà devant la porte, tenant sa laisse dans sa gueule. Il avait parfaitement intégré le rythme de travail et les horaires de la clinique.

— Qui est l'heureuse élue ? s'enquit Cheryl comme ils se dirigeaient ensemble vers le parking. Quelqu'un que je connais ?

— Melody, répondit Chris en souriant. Et non, je ne pense pas que vous l'ayez rencontrée.

6.

Chris frappa à la porte du cottage et sourit en entendant un joyeux concert d'aboiements. L'endroit, assez reculé, était ravissant, à l'image de Susannah. Avec ses couleurs éclatantes et ses allées bien entretenues, le jardin vous enveloppait comme une étreinte chaleureuse.

Le battant s'ouvrit. Elle apparut, presque timide mais si éblouissante qu'il ne vit plus qu'elle. Sa robe blanche toute simple épousait divinement sa silhouette. Le décolleté révélait sa peau pâle ponctuée de taches de rousseur, et sa chevelure rousse était plus flamboyante que jamais.

Elle darda sur lui son regard d'un vert lumineux.

— Bonsoir.

Elle se trémoussait gauchement, ce qui attira l'attention de Chris sur ses jambes longues et fuselées et sur ses chevilles fines qui disparaissaient dans… de drôles de babouches.

— Bonsoir, Susannah. J'adore vos pantoufles.

Elle baissa les yeux et s'empourpra violemment en voyant ses mules fourrées ornées d'une licorne. Sa confusion rehaussa encore l'éclat de ses yeux. L'espace d'une seconde, Chris en oublia l'objet de sa venue.

— Oh ! cadeau d'une collègue. J'ai oublié de les envelopper. Entrez.

Chris lui tendit la bouteille qu'il tenait à la main.

— Pour vous remercier du dîner.

— Attendez, vous ne l'avez pas encore goûté, dit-elle avec un sourire rayonnant.

Elle prit le vin et se débarrassa de ses babouches dans un coin du vestibule.

— Voulez-vous vous asseoir ou voir d'abord Melody ?

Il montra sa sacoche médicale.

— Amenez-moi jusqu'à elle.

Il régnait une bonne chaleur dans la buanderie. Chris s'accroupit devant l'enclos et laissa la chienne venir à lui et lui renifler la main. Les bêtes n'aimaient pas qu'on envahisse leur espace. À cet égard, elles ressemblaient beaucoup aux humains.

À partir de l'inspection visuelle, il pouvait déjà dire que la mise bas était imminente, que la chienne semblait en bonne santé, même si elle était un peu maigre. Ses blessures cicatrisaient, et son poil commençait déjà à repousser. Il devait encore procéder à d'autres vérifications pour savoir si la délivrance serait facile.

— Avez-vous pensé à quelqu'un pour prendre le relais auprès d'elle quand vous êtes de service ?

— Ça dépend de mes horaires. La plupart de mes collègues ont une famille, et les autres sont de garde. Normalement, j'arrive à m'organiser, mais cette fois, j'avoue que c'est un peu compliqué.

— Quels sont vos prochains horaires de travail ?

— Demain soir. J'entame la première de quatre gardes de nuit consécutives. Il y a eu des défections, et nous faisons comme nous pouvons pour les remplacements. Pour en revenir à Melody, elle a été examinée, mais sa grossesse n'a pas été repérée. Donc, il va falloir que j'improvise.

Chris leva les yeux au ciel.

— Quel vétérinaire a pu manquer ça ?

— Je ne sais pas. Certains chiens sont tellement traumatisés quand ils arrivent au refuge… Mais vous savez tout ça. Je vous laisse continuer, elle semble vous accepter.

En effet, Melody léchait la main de Chris. Susannah en était à la fois surprise et ravie. Il savait s'y prendre avec les animaux. En dépit de ses humeurs changeantes, Chris avait charmé chaque patient qu'elle l'avait vu soigner. Cette image de lui ne coïncidait pas avec l'opinion que les habitants de Puddle Lake s'étaient faite du nouveau vétérinaire au début.

Quand il eut fini son examen, il la rejoignit dans la cuisine, où elle s'activait devant la cuisinière.

— Vous pensez qu'elle tiendra jusqu'à la fin de mes gardes de nuit ? demanda-t-elle.

— Non. Le travail peut se déclencher n'importe quand maintenant. Personne en vue qui pourrait l'accueillir pendant votre absence ?

— Malheureusement non. Je l'ai prise en urgence, mais je trouverai une solution. Vous êtes prêt à manger ? C'est juste mon ragoût de bœuf, mais on m'a dit qu'il était très bon.

La table était mise simplement, mais l'ensemble était joli et chaleureux. Susannah posa la marmite au centre sur un chauffe-plat, ainsi qu'une corbeille de pain croustillant. La bouteille de vin rafraîchissait dans un seau à glace. Pendant que Chris se lavait les mains, elle alluma quelques bougies autour de la pièce.

Il haussa les sourcils. Un dîner aux chandelles ? S'agissait-il d'un rendez-vous romantique, finalement ?

— Ça sent divinement bon, dit-il en souriant. Je vais servir le vin, si vous permettez.

Les odeurs délicieuses et l'ambiance douillette du cottage étaient incroyablement réconfortantes. Il y avait longtemps qu'il ne s'était pas senti aussi bien.

— Comment va Hendrix ? demanda Susannah en prenant place.

Chris remplit les verres à pied et lui adressa un sourire malicieux.

— Je lui ai laissé la télécommande en lui disant de ne pas regarder les programmes payants.

Susannah se mit à rire.

— Il va supporter de rester seul ?

— Oui. Je l'aurais bien amené, mais j'ai pensé que vous aviez suffisamment de chiens comme ça.

Il leva son verre, tandis qu'elle commençait à servir le ragoût.

— Waouh, ça a l'air délicieux. Si nous portions un toast ?

Son humeur joviale la troublait. Néanmoins, elle prit son verre.

— Si vous voulez. À quoi allons-nous boire ?

— Oh ! je ne sais pas… Au dîner, à la bonne compagnie, à la réunion que nous aurons lundi soir à la salle des fêtes.

— Vous êtes prêt à célébrer un événement auquel je vous ai forcé à participer, au début du moins ? dit-elle d'un ton espiègle.

Chris esquissa un sourire contrit.

— Eh bien, oui. J'accepte de trinquer à votre kermesse et aux chiens. Je sais que nous ne sommes pas partis du bon pied, vous et moi. Mais je vois que vous faites du bon travail. Je parle de votre activité avec les chenils.

Il s'éclaircit la gorge et avança son verre. Mais Susannah écarta le sien.

— *Tout* mon travail est important.

— Je n'ai pas dit le contraire.

— C'était sous-entendu. Je sais que mon métier d'infirmière vous pose problème, mais…

— Qui a dit ça ? Votre profession ne me pose aucun problème. Je ne m'en prends jamais aux métiers des autres.

— Je sais, mais à cause de ce qui est arrivé à votre femme…

— Karen ? Qu'a-t-elle à voir là-dedans ? jeta-t-il d'une voix dure.

Susannah reposa son verre. Quelle idiote ! Elle avait tout gâché. Tout avait si bien commencé pourtant. Bien qu'un peu frileuse à l'idée de ce rendez-vous, elle avait décidé d'utiliser cette occasion comme un test, pour voir ce qu'elle ressentirait. Mais ils n'avaient pas entamé le repas qu'ils se disputaient déjà. La soirée s'annonçait tendue.

Chris était en train d'émietter une tranche de pain d'un geste nerveux. Remarquant qu'elle le fixait, il s'immobilisa.

— Désolé. Je ne voulais pas être si brusque. Seulement, je n'aime pas parler de tout cela.

— Je comprends, répondit Susannah en s'emparant de ses couverts. Mais parfois, c'est nécessaire.

Il se raidit, mais elle choisit d'ignorer sa réaction.

— Dites-moi quelque chose au sujet de Karen. Rien de médical ou de triste. Vous avez dû garder de bons souvenirs.

Il se renversa contre le dossier et passa nerveusement une main dans ses cheveux. Ses mèches restèrent dressées en tous sens, lui conférant un air doux et juvénile, maintenant que son accès de colère s'était dissipé. Susannah vit aussi les efforts qu'il faisait pour dompter ses émotions. Elle était sûre qu'il avait besoin de parler.

— Elle n'aurait pas aimé être ici, à Puddle Lake, lâcha-t-il enfin.

Susannah sourit.

— Vraiment ? Très citadine, je parie ?

Sur quoi, elle attaqua le contenu de son assiette. Elle ne voulait pas que Chris se sente dévisagé pendant qu'il lui faisait ces confidences.

— Oui, tout à fait. Un endroit comme celui-ci ne l'aurait jamais intéressée. Il lui fallait une connexion wi-fi haut de gamme, des endroits à la mode et un accès direct à son travail. Nous étions comme ça tous les deux, mais je songeais à ralentir.

— Quel était son métier ?

— Elle était avocate. Nous nous sommes rencontrés à l'université, dans la même bande d'amis. Nous avons partagé ces années-là tous ensemble.

— Une jeune femme motivée. On dirait aussi que vous vous êtes beaucoup amusés.

— Oui, dit-il pensivement. C'est vraiment ça.

— Chris, mangez. Le dîner va être froid.

Ils gardèrent le silence pendant un moment. Les chiens semblaient s'être endormis. Après avoir terminé son assiette, il se leva pour aller voir Melody.

— Elle dort profondément, dit-il en reprenant sa place. Je pense que nous sommes tranquilles pour cette nuit.

— Tant mieux, dit Susannah sans trop savoir pourquoi elle faisait ce commentaire.

D'un souffle léger, elle écarta une mèche qui s'égarait sur son visage, avant de constater que Chris la regardait en souriant.

— Qu’y a-t-il ?

— Vous me faites rire.

Elle haussa les sourcils de surprise, et il se mit à rire pour de bon.

— Vous voyez ! C’est la vérité. Je commence à m’habituer à vous. Vous êtes très expressive, comme Jim Carrey et sa figure élastique, dit-il en décrivant un cercle devant le visage de Susannah. Je dis ça à cause de vos mimiques.

Son doigt décrivit un nouveau cercle et, par jeu, Susannah fit mine de le happer. Chris eut un geste de recul, ce qui projeta un peu de vin sur sa chemise.

Il poussa un juron et, s’emparant d’un torchon accroché à proximité, il se mit à éponger son torse.

Susannah se retenait de rire à grand-peine.

— Désolée, dit-elle d’une voix saccadée. Oh ! mon Dieu, veuillez m’excuser… Juste une réaction nerveuse. Enlevez votre chemise.

— Pardon ? dit Chris en s’escrimant à faire disparaître la tache.

— Vous êtes mouillé et vous sentez le vin. Enlevez-la et enfilez votre veste. Je vais la mettre dans la machine à laver.

Elle jeta un coup d’œil vers la buanderie où la chienne dormait. Le bruit du lave-linge risquait de l’effrayer.

— Je vais plutôt la laver à la main, ajouta-t-elle.

Quand elle reporta son attention sur lui, Chris s’était dévêtu. Susannah eut le souffle coupé. La vue de son torse, dans sa cuisine, avec les bougies et les ondes romantiques qui planaient dans l’air lui causèrent un véritable choc.

Chris était musclé. Elle avait eu l’intuition qu’il était bien bâti. À sa démarche un peu trop assurée peut-être, elle avait cru au début qu’il frimait. Mais non, et il avait les atouts pour le prouver.

— Je le ferai chez moi, répondit-il en souriant.

Puis il se couvrit de sa veste qu’il laissa ouverte. Susannah continuait de fixer son torse superbement sculpté sans pouvoir détourner les yeux.

— Merci quand même, reprit-il. Et cette allusion à Jim Carrey n'était pas voulue comme une insulte.

Son corps viril la faisait fantasmer, et elle avait complètement oublié sa remarque maladroite.

— Oh ? fit-elle en relevant enfin les yeux. Je n'ai pas la figure élastique, alors ?

— Si... *Non !* Oh ! je ne sais jamais quoi dire avec vous.

— Ça, j'en doute ! s'exclama-t-elle en riant.

— C'est la vérité pourtant. Vous avez toujours une longueur d'avance.

— Non. Et je pourrais vous dire la même chose. Vous n'étiez pas à prendre avec des pincettes quand je vous ai amené Hendrix la première fois.

— À ce point-là ? Je ne me souviens pas de m'être comporté comme un mufle.

— Un... mufle ?

Il prit un morceau de pain et le trempa dans son reste de sauce.

— Oui, apparemment un client m'a traité ainsi. En fait, il a dit « mufle borné ».

Susannah s'éclaircit la voix.

— Je parie que cette personne pensait que son commentaire resterait confidentiel.

Cheryl, tu n'es qu'une sale bavarde ! ajouta-t-elle en elle-même.

Brusquement, le regard de Chris s'aiguisa.

— C'était vous !

— Oui ! J'ai dit ça, je suis désolée. Mais vous le méritiez un peu.

Il ouvrit la bouche pour protester, puis se ravisa et avala sa bouchée de pain.

— Si vous le dites.

— La prochaine fois que je vois Cheryl, je vais l'étrangler ! assura Susannah en se levant pour prendre le dessert dans le réfrigérateur.

Il rassembla les assiettes sales et les rangea dans le lave-vaisselle.

— Surtout pas. Je ne sais pas comment je dirigerais la clinique sans elle. Mais j'y pense… Je pourrais vous aider pour Melody.

— Pas vraiment, répondit-elle. C'est la nuit qu'il faut quelqu'un.

— Justement, ce serait la moindre des choses. Waouh, ce gâteau est magnifique ! C'est vous qui l'avez fait ?

Susannah découpait de belles tranches du cheese-cake qu'elle avait confectionné.

— Oui. C'est plein de sucre, mais le goût est divin. Tenez, goûtez.

Elle prit une fourchette à dessert et lui en offrit une portion. Chris s'approcha, et elle sentit le parfum de son eau de toilette. Une senteur sauvage et boisée qui convenait parfaitement à Chris… Charmée, elle se surprit à fixer ses lèvres sensuelles au moment où il prenait le morceau dans sa bouche.

Il exhala un gémissement de pur plaisir.

— Oh là là… Divin, c'est le mot !

Susannah sourit et goûta une bouchée à son tour.

— Oui, pas mal.

Elle posa le gâteau sur la table, et ils le dégustèrent avec gourmandise, à même le plat.

— Je regrette de ne pas en avoir fait deux. Mes collègues l'adoreraient.

— Vous faites souvent de la pâtisserie pour régaler votre service ?

— Oui. Je m'ennuie certains soirs. J'aime ma maison, dit-elle en jetant un regard circulaire à son intérieur, mais elle n'est pas située sur une rue passante. Une fois rentrée, je me retrouve seule avec les chiens, et les soirées sont parfois difficiles à combler.

— Je connais ça. J'ai mon travail et maintenant Hendrix. Il est un peu remuant, mais il m'a permis de réaliser que je vivais comme un ours. En le promenant par ici, j'ai rencontré plus de gens que je n'en voyais avant en ville.

— Les bienfaits de Puddle Lake ! Ici, chacun sait tout des affaires de son voisin, mais tout le monde est bienveillant. Et ça fonctionne. Que faites-vous en dehors du travail ?

Son visage sans expression était très révélateur, nota-t-elle.

— Pas grand-chose, pour être franc. C'est pourquoi je me propose de vous aider avec Melody. Je peux veiller sur elle pendant votre service de nuit.

— Mais je ne peux pas la déplacer encore une fois. Ce serait trop pénible pour elle.

— D'accord, mais je suis prêt à venir ici. Si vous ne voyez pas d'inconvénient à ce que je dorme sur votre canapé, bien sûr.

Un homme sur mon canapé… Ce serait tellement inhabituel.

— J'ai une chambre de libre, Chris, ce n'est pas la question. Mais je ne pourrais pas vous demander ça. Et Hendrix ?

— Il viendrait avec moi. Je suis sûr qu'il ne causera aucun problème. Et si les chiots naissent en pleine nuit, je serai sur place. Vous aurez l'esprit plus tranquille au travail.

— Je ne peux pas vous demander ça, répéta Susannah, gênée.

Il posa une main sur la sienne.

— Vous ne m'avez rien demandé, et vous m'avez offert à dîner. Faites un cheese-cake supplémentaire la prochaine fois que vous ferez de la pâtisserie, et nous serons quittes. Cheryl et les autres filles vont m'adorer si je ramène un gâteau comme celui-ci au cabinet.

Susannah gardait les yeux fixés sur leurs mains jointes. Chris toussota et retira la sienne pour prendre la bouteille de vin.

— Il en reste une goutte. Je prendrai un taxi pour le retour. Ça vous dérange si je laisse ma voiture devant chez vous ?

Elle secoua la tête. N'avait-elle pas fait la même chose la nuit où il l'avait appelée au sujet de Hendrix ?

— Aucun problème. Mais pour Melody, vous êtes sûr que… ?

— C'est ma patiente. Ça vous coûterait cher de la laisser la nuit à la clinique. Et je n'ai rien de prévu, de toute façon. Tant que ça ne vous gêne pas de me laisser seul chez vous.

Elle eut du mal à l'imaginer dans son environnement plutôt éclectique, mais elle avait vraiment besoin d'aide. L'idée d'avoir un vétérinaire chez elle pour s'occuper des chiens et de Melody lui procurait un immense soulagement.

— Ça me va. Si ce n'est pas trop vous…

— C'est moi qui vous l'ai proposé, coupa-t-il. Je viendrai demain soir après le travail, et vous me montrerez tout ce qu'il faut.

Il avait englouti deux grandes parts de cheese-cake et tapota son ventre plat en fronçant les sourcils.

— Je vais devoir marcher après ça. Le dîner était délicieux. Merci, Susannah.

— De rien. C'est le moins que je puisse faire. Et pour la kermesse ?

— Nous n'en avons pas parlé, c'est vrai. Ne pensez-vous pas que nous devrions déjà nous organiser avant la réunion ?

— J'ai composé un dossier énorme. Il est dans le salon.

Regardant la pendule, elle constata qu'il était encore tôt.

— Êtes-vous obligé de rentrer maintenant ? Nous pourrions y jeter un coup d'œil ?

Elle essaya de ne pas rire en le voyant soupirer. De toute évidence, il avait trop mangé.

— J'ai du Pepto pour faciliter la digestion, si vous voulez. Je vous suis très reconnaissante de votre aide. Et désolée d'avoir tant insisté. Je peux être têtue parfois.

— Moi aussi. Je n'ai pas été agréable lors de notre première rencontre. Bien, si nous allions étudier l'organisation de cette journée ? dit-il en montrant la porte du salon.

Se levant, il prit leurs deux verres.

Susannah s'assura d'un rapide regard que la pièce était bien rangée. Un livre était posé sur l'accoudoir de son fauteuil favori, avec un plaid étalé négligemment. Elle alluma les deux lampes, et une lumière douce éclaira l'espace. Un feu crépitait dans la cheminée, créant une atmosphère douillette.

Comme elle s'asseyait dans le grand canapé aux coussins moelleux portant des messages amusants, elle capta l'expression de Chris.

— C'est vraiment vous, cette pièce, dit-il en souriant de façon séduisante.

Il prit place auprès d'elle, et Susannah étala le volumineux classeur sur la table basse devant eux.

— Ah, le fameux dossier. Waouh, tout ça ?

— Oui, je suis très méthodique, à ce qu'on m'a dit. Vous voulez le regarder ou pas ?

Dans un geste maladroit, elle le heurta du coude.

— Oh…

Puis elle se mit à rire en constatant qu'il faisait mine d'être mortellement blessé.

— Cessez de faire l'idiot !

— Un idiot, maintenant ? C'est toujours mieux que « mufle borné ».

Par jeu cette fois, elle lui envoya un nouveau coup de coude, et il fit de même. Susannah riait comme une folle à présent. Il lui fallut une minute pour réaliser que Chris avait retrouvé son sérieux et qu'il se tenait tout près d'elle.

— J'adore vous entendre rire, Susannah, dit-il en la regardant au fond des yeux. Vous m'irritez énormément, mais vous égayez ma journée.

Susannah en resta muette de surprise. Mais il n'en avait pas fini.

— J'ai vraiment aimé notre tête-à-tête. Je tenais à vous le dire avant que nous commencions à parler de l'installation des fanions et des toilettes mobiles.

Le fou rire la secoua, et il la regarda avec un sourire amusé.

— Vous êtes un vrai pitre, en fait. Vous cachez bien votre jeu, dit-elle quand elle fut un peu calmée.

— Oui, je ne suis pas qu'un triste sire. Dommage que vous ne m'ayez pas connu avant, quand j'étais plus jeune. Je n'étais pas le même.

— La vie se charge de nous changer, dit-elle, philosophe.

— Ça n'est pas vrai pour vous.

— Oh ! si. Il m'a fallu du temps après mon divorce pour panser mes blessures. J'ai acheté ce cottage et je m'y suis cachée au début.

— Ça ne vous ressemble pas.

Il parlait comme s'il la connaissait depuis longtemps. Pour Susannah, cela semblait presque une évidence.

Elle prit une profonde inspiration.

— Non, ça n'était pas vraiment moi. Chris… Je suis contente

que vous soyez venu vivre ici. Je ne sais pas si quelqu'un vous l'a déjà dit.

Il était si proche à présent. Son regard sombre et ardent l'enveloppait et, au fond d'elle-même, l'attirance allumait des étincelles.

— C'est agréable à entendre… surtout venant de vous !

— Décidément, vous ne me ménagez pas, dit-elle d'un ton malicieux. La vie ne nous a pas épargnés. Nous formons une belle paire, tous les deux.

Quelque chose changea dans l'air entre eux. C'était si ténu, si léger qu'elle faillit ne pas s'en rendre compte. Puis Chris détourna les yeux et prit la bouteille de vin pour remplir leurs verres.

— Nous ferions mieux de nous atteler à la tâche. Je dois rentrer et retrouver Hendrix.

Le charme était rompu. Fini la décontraction. Même s'il n'avait pas parlé d'un ton autoritaire, Chris redevenait cet homme rigide qu'il était le plus souvent.

Déçue, elle cacha son visage empourpré derrière le verre de cristal. Ce rendez-vous n'en était pas un, finalement, en dépit de ce moment brûlant où elle avait cru sentir… quoi ? Une connexion ? Mais non. Manifestement, il ne s'était rien passé.

Elle posa son verre et, prenant un stylo sur la table, ouvrit le classeur en même temps qu'elle verrouillait son cœur.

— C'était juste une réunion de travail et un repas, Roz. Occupe-toi de tes oignons, espèce de fouine !

Non, elle n'allait pas lui servir cette dernière réplique, finalement, se dit Susannah devant le miroir de la salle de repos où elle se trouvait seule.

Elle était arrivée très en avance pour prendre son service, car Chris s'était présenté tôt chez elle. Toute la journée, elle avait écrit puis effacé les messages qu'elle avait voulu lui envoyer pour le décommander. Puis elle avait fini par admettre que c'était stupide de se passer d'un vétérinaire de nuit qui proposait des gardes gratuites. Elle devait penser en priorité à Melody. Et quelle excuse invoquer de toute façon ?

Le reste de la soirée avait été cordial, avec cependant une distance palpable entre eux. Chris s'était renfermé dans sa réserve, et elle avait dissimulé tant bien que mal sa vexation. Savait-il seulement qu'il l'avait rejetée ? Non, sans doute pas, et c'était là le pire. Il avait eu conscience de ce moment de complicité, elle en était sûre, mais ils avaient réagi différemment.

Ce soir, quand il était revenu pour garder Melody, elle avait été prête. Elle l'avait accueilli avec gentillesse, et ils avaient échangé quelques plaisanteries. Elle avait cuisiné pour lui – le plat était au réfrigérateur, soigneusement étiqueté – et elle avait laissé une feuille avec quelques instructions utiles ainsi que le numéro de téléphone de son travail. Elle avait même pensé à préparer un panier pour Hendrix.

En avait-elle fait trop ? Mais elle n'allait pas en vouloir à un homme qui ne savait même pas qu'il l'avait vexée, n'est-ce pas ? Et encore moins à un chien innocent. Par ailleurs, elle aimait la compagnie de Chris. C'était réciproque, il le lui avait dit la veille. De toute façon, c'était impossible de l'éviter totalement. Il lui faudrait quitter le village et s'installer ailleurs. Non, elle n'allait pas commencer à réagir de façon excessive.

Au moment où elle allait partir, il l'avait embrassée sur la joue en lui souhaitant bon courage pour sa nuit de garde et en lui recommandant de conduire prudemment.

Elle l'avait trouvé charmant et aussi attirant que la veille. Aussi avait-elle agité la main comme une idiote, alors qu'il se tenait sur le seuil, entouré des chiens. Puis elle avait démarré la voiture en faisant voler le gravier de l'allée.

Quand il avait été hors de vue, elle avait pesté contre elle-même. Quel besoin avait-elle de se comporter de façon aussi stupide pour un homme si compliqué ?

À présent, elle se trouvait au travail, sachant que Roz ne manquerait pas de la questionner juste après le changement d'équipe.

En attendant, Susannah rassembla sa crinière bouclée qu'elle attacha avec un chouchou et se prépara une tasse de thé.

La passation des consignes prit un certain temps, car les collègues avaient eu beaucoup à faire. Roz était si fatiguée qu'elle l'avait juste prise dans ses bras avant de partir se coucher sans un mot.

La garde de nuit s'annonçait tout aussi dense, avec beaucoup de surveillance et de soins à assurer. Pas le temps de souffler. À l'heure de la pause, Susannah but un café avec plaisir, regrettant qu'il ne lui fût pas administré par voie veineuse. Elle alla chercher son téléphone dans son casier et vérifia ses messages. Quelques amis, des mails indésirables pour des sites de rencontres ou de la nourriture pour chiens – ces publicités ciblées, quelle barbe ! Il y avait aussi un texto de Chris.

Melody va aussi bien que possible, mais elle devient nerveuse. Je pense qu'elle mettra ses petits au monde demain soir. Vous voulez parier ? Aucun problème pour les autres, ils dorment. Merci pour le dîner. Ce plat de pâtes était une merveille ! J'espère que tout se passe bien au travail.

C'était agréable de l'imaginer en train d'écrire ce message dans son petit cottage. Susannah posa sa tasse pour pianoter sa réponse.

Merci de prendre soin d'eux. Je ne me risquerais pas à parier contre vous sur ces questions. Tant mieux si le dîner vous a plu. Un chili demain soir ?

Le message de Chris arriva immédiatement :

Avec de la crème fraîche ?

Bien sûr. Et désolée si je vous ai réveillé.

Susannah venait de réaliser tout à coup qu'on était au beau milieu de la nuit.

Je ne dormais pas. J'apporterai le dessert.

D'accord !

Elle appuya sur la touche Envoyer après avoir effacé la réponse plutôt impertinente qu'elle lui destinait. C'était si facile de glisser vers un échange malicieux avec lui.

Je me suis réveillé, car cette chambre m'étouffe avec son décor bariolé !

Susannah se mit à rire. Oui, c'était un peu trop lumineux, admit-elle. Mais cette chambre destinée aux amis, elle l'avait voulue joyeuse.

Regardant l'horloge, elle écrivit rapidement :

Je dois y aller. Et ne vous plaignez pas de mes goûts, votre maison aurait bien besoin d'une touche de couleur !

La réponse ne se fit pas attendre :

Vous devrez m'apprendre. On pourrait faire les courses ensemble, déjeuner compris.

Lui proposait-il un rendez-vous ? Il ne lui restait que quelques minutes. Terminant son café, elle réfléchit à une réponse rapide, quelque chose qui clarifierait la situation sans qu'elle eût besoin de le demander expressément.

Elle rinçait sa tasse, quand son téléphone grésilla de nouveau.

Ça n'a pas besoin d'être un rencard.

Il avait donc remarqué que l'ambiance avait changé entre eux l'autre soir ? Et il lui offrait une échappatoire.

Que répondre ?

Elle n'avait pas ouvert le message. Chris n'avait aucun moyen de savoir qu'elle l'avait lu. Elle pourrait toujours dire qu'il était arrivé alors qu'elle était retournée travailler. Cela lui laisserait le temps de penser à une réponse adéquate.

Éteignant son téléphone, elle quitta la salle de repos en essayant de ne plus penser au dernier message de Chris.

Chris s'éveilla dans la chambre d'amis, et la première chose qui lui vint à l'esprit fut de vérifier son téléphone.

Pas de réponse.

Elle n'avait pas répondu à ses deux derniers textos, et il avait l'impression d'avoir tout gâché.

Sans perdre de temps, il se prépara, s'assurant de laisser tout en ordre. Il alla s'occuper des chiens, puis de Melody qu'il trouva en bonne forme.

En attendant le retour de Susannah, il s'assit sur la terrasse avec une tasse de café et regarda Hendrix et ses congénères courir comme des fous.

Il avait préparé du café pour elle – avec la machine reléguée dans un coin et qui semblait ne jamais avoir servi – ainsi que du thé bouillant. Il se sentait heureux de l'aider, et ce constat ouvrait de nouvelles perspectives. Il tenait à elle, ils étaient amis. Alors, pourquoi ne pas aller plus loin ?

Susannah était charmante, ils s'entendaient plutôt bien, et il savait sans l'ombre d'un doute qu'il était attiré par elle. L'autre soir, il avait senti une vraie connexion entre eux. Puis brusquement, cette proximité l'avait effrayé, à cause de la puissance des sentiments qui l'avaient envahi. Il avait voulu la prendre dans ses bras et l'embrasser passionnément. Au lieu de quoi, il avait tout gâché, se comportant comme un chien tremblant et traumatisé. Était-ce ainsi qu'elle le voyait ? L'image était peu flatteuse, d'autant qu'il rêvait toujours de l'embrasser.

Une vague de culpabilité lui enserra la poitrine, et il songea à Karen. Alors, la colère et l'abattement le submergèrent, comme à chaque fois. Le cycle infernal recommençait…

Il jeta un coup d'œil à son téléphone.

Toujours rien.

Il reporta son regard sur les chiens quand il vit sa voiture remonter l'allée. Prenant une profonde inspiration, il alla à sa rencontre.

— Bonjour, dit-elle en bâillant. Oh ! désolée.

— Vous avez l'air épuisée. La nuit a été mauvaise ?

— Pas vraiment, mais j'ai été tout le temps occupée. Les alarmes sonnaient sans arrêt. J'espère que l'équipe de jour a pu récupérer, car le rythme était encore effréné quand je suis partie.

Elle entra dans la cuisine et, repérant le pot de café fumant, elle se précipita pour prendre une tasse.

— Oh ! je vous adore, Chris !

Puis, consciente de ce qu'elle venait de dire, elle se tourna vers lui, rouge de confusion.

— Vous… Vous voyez ce que je veux dire, n'est-ce pas ? Je ne savais même pas comment faire marcher ce truc. C'est incroyable ! s'exclama-t-elle en soulevant la cafetière avec émerveillement.

Ayant rempli son mug, elle le tint à deux mains et sirota une gorgée de café.

— Oh ! mon Dieu ! C'est exactement ce qu'il me fallait. Plus il est fort, mieux c'est. Ça devrait me donner assez d'énergie pour monter jusqu'à ma chambre. Comment va Melody ?

— Toujours enceinte, et quelques flatulences. Elle a embaumé votre buanderie !

Susannah hocha la tête en étouffant un bâillement.

— Je vais vous laisser vous reposer, dit Chris. Je vous reverrai ce soir.

Il se pencha vers elle et déposa un baiser furtif sur ses lèvres. Un geste si furtif que Susannah n'eut pas le temps de réagir.

— Dormez bien, murmura-t-il.

Il l'enveloppa d'un long regard sensuel, puis appelant Hendrix, il sortit de la maison et monta en voiture.

Susannah le suivit des yeux jusqu'à ce qu'il la perde de vue.

Il l'avait embrassée sur une impulsion, il n'avait pas pu résister. Il ne regrettait rien.

Avant qu'il eût atteint la maison, son téléphone placé sur le tableau de bord se mit à sonner.

Le message suivant s'afficha :

Mais si, c'est un rendez-vous.

Dès qu'il eut garé la voiture devant chez lui, il pianota sa réponse en souriant comme un idiot.

Heureux de l'apprendre. Vous étiez superbe ce matin.
À ce soir.

7.

— Madame Chan et le petit Gustav ! Quel plaisir de vous voir !

La cliente posa son panier à terre et toisa Chris d'un regard soupçonneux.

— Qu'est-ce que vous avez aujourd'hui ?

— Moi ? demanda-t-il, une main sur le cœur. Mais rien, pourquoi ?

— Vous êtes tellement… joyeux. C'est bizarre.

Ouvrant le panier, elle prit Gustav dans ses bras et le posa sur la table d'examen.

Chris découvrit la silhouette légèrement amincie du chat, et son sourire s'élargit.

— Je suis heureux de voir que Gustav pourra bientôt lécher ses parties intimes. Bravo, madame Chan. Il est superbe.

— Pas de sarcasmes, docteur. Il me regarde toujours avec de grands yeux tristes. Mais j'ai tenu bon. J'ai donné toutes ses friandises au refuge. Il m'a fait la tête pendant deux jours.

— Ce n'était pas du sarcasme. Vous vous occupez très bien de lui. Au bout de quelques semaines, on voit la différence. Gustav va être heureux et en pleine forme quand l'été arrivera.

Elle lui lança un regard intrigué.

— Merci, docteur. Je vous prenais pour un rustre quand vous êtes arrivé, mais vous n'êtes pas si mauvais, au fond.

— Merci pour le compliment, madame Chan. Si vous pouviez aussi convaincre vos connaissances de baisser leurs fourches, je vous en serais très reconnaissant.

La vieille dame éclata de rire.

— Ah, vous êtes vraiment drôle ! Je verrai ce que je peux faire.

Elle gloussait encore quand Chris acheva d'examiner son chat.

La journée s'était déroulée dans de bonnes conditions, pensa Chris. Tous les patients et leurs propriétaires semblaient contents. Comme vétérinaire, il se sentait meilleur que jamais et il espérait que ce sentiment durerait.

C'était grâce à Susannah. Elle était entrée comme un tourbillon dans sa vie et l'avait inondée de couleurs. Il avait hâte de la retrouver ce soir, avant qu'elle ne parte prendre son service. Il aimait rester chez elle. Il s'y sentait en paix au milieu des choses qui lui appartenaient. Elle lui préparait de quoi manger. Il avait le sentiment d'être choyé, et c'était agréable.

Karen aussi avait été farouchement indépendante, mais elle n'avait jamais eu ce genre d'attentions pour lui. Toutes deux étaient animées d'une passion pour leur métier, mais, à la différence de Karen, Susannah trouvait beaucoup de joie aussi dans le contact des gens, des animaux. Elle donnait l'impression de vouloir aider la Terre entière.

Chris se demanda qui prenait soin d'elle. Il connaissait ses amies, et toute la communauté de Puddle Lake l'aimait, à en croire les photos disposées partout et les petits mots sur la porte du réfrigérateur. Elle était aimée, mais seule. Comme lui. Ils avaient leurs chiens pour seule compagnie, et maintenant il y avait eux deux.

Il ne savait pas vraiment analyser ce qu'il ressentait, mais Susannah le changeait, transformait son univers, et c'était une bonne chose.

À l'heure de la fermeture, comme il raccompagnait ses collègues sur le parking en compagnie de Hendrix, il se sentit pris de remords.

Il avait comparé Susannah et Karen. Certes, c'était inévitable puisqu'il sortait maintenant avec Susannah. Seulement, il les avait comparées alors qu'elles étaient totalement opposées. Non qu'il préférât l'une à l'autre, ça n'était même pas la question. Il avait aimé son épouse et leur vie heureuse, hyper active, incroyablement dense. Quand elle était morte, il avait su que cette vie-là était terminée. Celle qu'il menait à présent était complètement différente.

Karen n'avait jamais voulu d'un animal de compagnie à cause de leurs horaires. Et maintenant, il avait Hendrix et il vivait dans un village de carte postale. Ses désirs et ses besoins avaient changé et étaient centrés sur une vie tranquille et sur le travail. Il avait rencontré Susannah, et ils sortaient ensemble.

Voulait-il recevoir une part de cette affection qu'elle avait pour tout le monde ? Était-elle pour lui une façon de rebondir ? Il n'en savait rien, mais il avait conscience que ses sentiments pour elle s'intensifiaient de jour en jour. Il devait y voir clair au risque de la blesser ou de souffrir lui-même. Ce n'était pas facile quand il y avait une part d'elle-même qu'il ne tenait pas tellement à connaître. Un obstacle qu'il ne savait comment franchir.

Il mit le moteur en route, pressé de rentrer chez lui et de se changer pour se rendre à Solitary Cottage. Le simple fait de la voir remettrait ses sentiments en ordre.

— Hendrix, nous avons beaucoup à faire, mon vieux.

Le doberman aboya, ce qui pouvait passer pour une approbation.

— Susie ? lança-t-il en entrant.

— Je suis dans la buanderie ! Oh ! Dieu soit loué, tu es là. Peux-tu éloigner Hendrix ?

Chris empoigna sa sacoche. Après avoir poussé Hendrix dehors vers le jardin, il courut vers la buanderie.

Susannah était accroupie devant l'enclos, vêtue d'un peignoir très court en satin blanc, ses cheveux relevés en hâte en chignon. Un stress intense se lisait sur ses traits.

— Ça va ? dit-il en tombant à genoux auprès d'elle.

Il enfila une paire de gants, puis lui désinfecta les mains. Il se rendit compte qu'elle tremblait.

— Je n'ai pas osé la laisser pour aller chercher mon téléphone, dit-elle, affolée. Il y a beaucoup trop de sang, n'est-ce pas ?

Chris s'efforça de la calmer.

— Un peu plus que je ne le voudrais, mais pas de panique. Tu vas aller te préparer. Pendant ce temps, je vais l'examiner.

Mais elle ne pouvait détacher son regard de Melody.

— Susie ? Je suis là maintenant. Tu peux aller t'habiller.

Il réussit cette fois à capter son attention. Dès qu'elle eut quitté la buanderie, Chris se mit au travail. Dès les premières secondes, il sut que le problème de la chienne était sérieux.

— N'aie pas peur, nous allons faire naître ton bébé qui est coincé.

L'hémorragie était causée par la tension autour du chiot. Chris procéda avec beaucoup de douceur, tout en s'assurant qu'il n'y avait pas d'autres pertes de sang.

Au bout d'un long moment, le chiot fut enfin expulsé. Il le plaça devant sa mère, laissant l'instinct maternel opérer sa magie. Melody entreprit de lécher son petit. Celui-ci était complètement sorti de la poche quand un second chiot pointa le bout de son museau.

Susannah arriva bientôt. Elle s'était ressaisie, mais son angoisse restait palpable.

— Elle va bien, dit Chris. Deux petits déjà. Melody est une championne.

— Oh ! Dieu merci ! Elle poussait des gémissements horribles. Je ne voulais pas la toucher de peur d'aggraver les choses.

— Tu as fait ce qu'il fallait. Le premier était coincé, ce qui causait le saignement, expliqua-t-il en montrant le plus gros des deux chiots. Je l'ai baptisé Tank. Il est massif pour un nouveau-né.

Susannah l'enlaça si brusquement que Chris n'eut pas le temps de comprendre ce qui arrivait. L'instant d'après, elle plaqua un baiser sur ses lèvres.

— Merci. J'étais si inquiète.

— Ce remerciement était bien agréable, dit-il en souriant. Est-ce que j'en recevrai un pour chaque chiot de la portée ?

Susannah leva les yeux au ciel en riant. Pour autant, elle se laissa aller contre lui. Quand leurs lèvres se joignirent à nouveau, Chris l'étreignit avec fougue, et leur baiser se prolongea.

Quand ils se détachèrent l'un de l'autre, Melody nourrissait ses deux petits. Tank, le plus glouton, portait bien son nom.

— Tu sais que ton haut est à l'envers ?

Susannah baissa les yeux et étouffa un gémissement.

— Oh ! mon Dieu ! Si je m'étais présentée au travail comme ça, Roz s'en serait donné à cœur joie. Veux-tu un café avant que je parte ?

Chris la suivit, en laissant la porte de la buanderie ouverte pour pouvoir surveiller la chienne.

— Avec plaisir. J'ai apporté quelques provisions. Je file les chercher.

Il était presque à la porte d'entrée quand il fit demi-tour.

— Pourquoi Roz s'en serait-elle donné à cœur joie pour un haut enfilé à l'envers ?

Susannah s'empourpra et fixa la bouilloire comme si elle espérait en faire sortir un génie.

— Oh ! tu sais…, répondit-elle d'un ton vague.

— Non, justement. Il va falloir que tu m'expliques.

Elle soupira.

— Elle sait que tu m'aides pour Melody, c'est tout.

— Ah, et bien sûr, toutes les visites de vétérinaire se terminent par un T-shirt mis à l'envers.

Elle devina qu'il souriait.

— Non, ce n'est pas ce que je voulais dire…

— Dans ce cas, j'ai besoin d'autres explications.

Il la taquinait, et sa voix était de plus en plus proche. Susannah s'affairait comme une barista devant la cafetière pour éviter de croiser son regard. Mais il était trop près d'elle, et elle sut que sa petite comédie ne tiendrait pas longtemps.

— Tes amies sont au courant pour moi, c'est ça ? Moi, toi, et des scénarios incluant des T-shirts à l'envers ?

Il souriait comme un gamin, et Susannah hésitait entre le désir de l'embrasser et l'envie de faire disparaître ce sourire narquois sur ses lèvres. Ils étaient à quelques centimètres l'un de l'autre, le café était oublié.

— Eh bien, oui, j'ai dit qu'on sortait ensemble. C'est la

vérité, n'est-ce pas ? répondit-elle en sentant qu'elle perdait un peu de son assurance.

— Oui. Je pense que nous aurons besoin d'en parler un peu plus ensemble à un moment donné.

— Je suis d'accord.

— Bon, je file à la voiture.

Il se pencha pour l'embrasser, le regard ardent. Susannah l'attira contre elle pour une étreinte plus intime. Le contact de sa bouche la ravissait, et elle approfondit leur baiser, testant ses propres émotions autant que les siennes. Chris lui répondit avec une fougue égale à la sienne. Ils s'étreignaient presque avec rage. Les bras de Chris étaient partout à la fois. Ses propres mains n'étaient pas en reste.

C'est la sonnerie de son téléphone qui les arrêta… après avoir essayé de l'ignorer pendant une bonne minute.

— C'est peut-être le travail, murmura-t-elle à contrecœur.

Haletante, elle tira l'appareil de sa poche, notant que Chris la contemplait, encore submergé par l'ardeur et l'émerveillement. Cela lui donna presque envie de jeter son téléphone par-dessus son épaule, en même temps que son haut, et de se ruer sur lui comme une folle assoiffée de sexe.

— Allô ? Roz ?

— Salut, Suse. Alors, des chiots déjà ?

— Pardon ?… Euh, oui…

Susannah fut soulagée en voyant Chris s'esquiver vers la buanderie. Cela lui permettrait de se ressaisir.

— Roz ? Qu'y a-t-il ? dit-elle à mi-voix.

— Rien ! Pourquoi es-tu si essoufflée ?

— Je… J'étais occupée.

— Occupée à ce que je pense ? répondit son amie d'une voix suggestive.

— Occupée avec les chiots !

— Hum, hum… D'accord, c'était pour prendre de tes nouvelles.

— Me surveiller, plutôt.

— Oui, ça aussi. Mais tu avais besoin d'un petit encouragement, non ?

Susannah entendit Chris revenir dans la cuisine. Il posait toutes ses courses sur la table.

— Oui, répondit-elle à contrecœur. Je serai là pour la relève.

Ils s'attablèrent pour un dîner rapide. Chris avait apporté du pain, des fromages, du jambon de pays, des olives et du jus de pomme artisanal. Tout ce qu'elle adorait !Lorsqu'elle partit au travail, il l'embrassa délicieusement.

Susannah était incapable de se souvenir du trajet jusqu'au centre, mais, une fois sur place, elle ne pouvait s'empêcher de sourire. Roz la complimenta sur sa mine épanouie, mais ne songea même pas à la taquiner.

Susannah se sentait comme sur un nuage. Chris était tellement différent de ce qu'elle avait pensé de lui au début. Et ce moment de passion tout à l'heure… Elle n'avait plus aucune hésitation maintenant. Elle était folle de lui et elle savait que c'était réciproque.Pendant sa pause, elle vit qu'il avait envoyé des photos. Les chiots étaient à présent au nombre de sept, et Tank était toujours reconnaissable du reste de la portée à cause de sa corpulence. Melody était en forme, et Chris rapportait qu'elle s'était comportée admirablement.

Susannah se hâta de lui répondre.

Ils sont tellement adorables. Merci infiniment, Chris. J'apprécie vraiment tout ce que tu as fait. Je t'inviterai à déjeuner quand nous irons faire les magasins.

Comme toujours, il ne tarda pas à répondre.

Et ma facture ? Tu oublies que j'ai un chien affamé à nourrir ! Plus sérieusement, est-ce que ces chiots ont déjà des foyers prêts à les accueillir ?

La blague la fit rire, mais elle reprit très vite son sérieux en pensant qu'il lui fallait trouver sept nouveaux adoptants. La réunion au sujet de la kermesse devenait une urgence.

Non. Une autre tâche à laquelle nous devons nous atteler.

Mais les chiots seront l'attraction vedette de notre fête de charité.

Nous y arriverons. Je te souhaite une bonne nuit de travail, j'ai besoin de dormir. Rentre vite à la maison.

Le fait qu'il emploie le mot « maison » en ce sens était certainement un lapsus. Il n'empêche que cela lui procura une douce sensation de chaleur. Elle avait oublié ce qu'on ressentait à partager son espace avec quelqu'un. Il n'était chez elle que depuis deux nuits, mais elle se rendait compte que cette histoire de rendez-vous lui plaisait de plus en plus au point d'en être emballée.

Helen entra dans la salle de repos. Ensemble, elles se rendirent dans la chambre d'un patient, Freddie, un petit monsieur tranquille dont l'état réclamait des soins réguliers tout au long de la nuit.

— Cela vous fait toujours mal ? lui demanda Susannah en tapotant doucement du doigt sa hanche gauche.

Freddie se tourna lentement pour voir l'endroit qu'elle désignait et hocha la tête. Le vieil homme était du genre silencieux. Ancien musicien de jazz qui s'était produit sur les scènes du monde entier, il passait son temps à écouter de la musique sur son iPad. Atteint de la maladie d'Alzheimer, il était tombé et s'était fracturé la hanche.

Il grimaça quand Susannah et sa collègue retirèrent son pansement et nettoyèrent la plaie avant d'appliquer une crème pour le soulager.

— Votre plaie guérit bien, assura Susannah. Dans une semaine, vous serez sur pied.

Au moins pour un petit moment, espérait-elle. Car son état se dégradait rapidement.

Un sourire vague éclaira le visage de Freddie, tandis que ses écouteurs déversaient ses musiques préférées.

Une fois qu'elles l'eurent installé dans une position confortable, elles mirent le chariot de soins en ordre. Helen profita de ce moment pour lui glisser à voix basse :

— Roz m'a dit que tu avais supprimé l'application. Pourtant, tu as l'air très contente de toi tout à coup.

Susannah tira la porte de Freddie et se dirigea vers le chariot de médicaments en vue de la visite au prochain patient. Ignorant la question, elle s'appliqua à relire la liste.

— Allô ? La Terre à l'infirmière Harkin ?

— Je t'ai entendue, Helen. Et je n'ai pas envie de te répondre.

— Oh ! allez ! Je sais qu'il se passe quelque chose. Roz est très évasive depuis une semaine, et toi, on dirait que tu as sniffé de la poudre magique. Qui est l'heureux élu ?

Susannah leva les yeux au ciel, mais finit par capituler.

— D'accord. C'est Chris, le vétérinaire. Nous sortons ensemble.

Les yeux de sa collègue s'arrondirent comme des soucoupes.

— Écoute, c'est nouveau, poursuivit Susannah. Je n'ai pas envie que ça s'ébruite. Tu connais Puddle Lake, ce n'est pas le meilleur endroit pour garder un secret.

Helen se mit à sautiller sur place.

— Que t'arrive-t-il ? Tu veux aller aux toilettes ?

— Non ! Mais je suis tellement contente pour toi ! Et c'est encore un médecin.

— Ça n'a rien à voir.

À peine avait-elle fait cette réponse que Susannah sentit une chair de poule courir sur sa peau.

— D'accord, mais tu t'imagines, passer d'épouse de médecin de ville à celle de médecin de campagne, ici, dans ton village natal ? Une histoire digne d'un roman à l'eau de rose ! s'exclama sa collègue.

Susannah avait conscience du côté romanesque. Mais « femme de médecin » ?

— Il n'est pas comme mon ex, tu sais. En fait, ils ne pourraient pas être plus différents l'un de l'autre. C'est vraiment ce que tu penses ?

Elles étaient de retour au pôle infirmier. C'était le moment où elles complétaient les dossiers des patients nouvellement entrés. Comme elles faisaient les mises à jour du parcours de soins, Helen leva les yeux en tenant son stylo en l'air.

— Que voulais-tu dire par « c'est vraiment ce que tu penses » ?

Susannah avait beau minimiser l'incident, le commentaire

de Helen l'avait frappée au cœur, au point qu'elle ne pensait plus qu'à ça. Était-ce la même histoire qui se répétait ? Cherchait-elle inconsciemment à être femme de médecin ?

— Que j'ai un type d'homme, répondit-elle.

— Oui. N'est-ce pas le cas de tout le monde ? Je sais que tu as souffert, mais tout n'était pas si mauvais, n'est-ce pas ? Tu as dû être heureuse avec lui pendant un certain temps.

Susannah était si tendue qu'elle pouvait à peine respirer.

— Helen, je ne faisais que survivre. J'étais heureuse, mais seulement parce que je ne savais pas qui était vraiment celui que j'avais épousé.

Le fait que John ait été médecin n'entrait pas en ligne de compte. Elle n'avait pas jeté son dévolu sur lui, c'était lui qui l'avait courtisée. John avait été facile à vivre et, très vite, elle avait cru qu'il était l'homme de sa vie. À partir de là, elle avait complètement changé pour correspondre aux désirs de son mari. Mais il avait délibérément tout gâché et l'avait détruite. Elle n'était certainement pas prête à refaire la même erreur.

Réalisant que sa collègue la fixait bouche bée, elle s'en voulut.

— Écoute, Helen, je…

— Je suis désolée. Je ne voulais pas te blesser.

— Tout va bien. Maintenant, je dois aller voir Heather. Tu peux te charger du reste des visites ?

Visiblement, Helen se sentait rejetée, mais Susannah décida d'ignorer son regard blessé. Elle avait hâte d'être seule et de ne plus penser « aux bons moments avec son ex ».

Elle en arrivait à regretter d'avoir entamé cette histoire avec Chris. Il ne voulait rien brusquer, c'était évident, mais c'était parce qu'il était encore à moitié amoureux de sa femme décédée. Or, faire son deuil, c'était comme apprivoiser un monstre qui rampait dans l'ombre.

Elle aussi avait dû faire les siens. Celui de son mariage, entre autres. Elle s'en était tellement voulu de ne pas avoir su repérer les signes flagrants que John n'était pas le mari rêvé. Son divorce avait laissé des traces.

Un frisson la secoua. Dire que, cinq minutes plus tôt, elle

pensait à un avenir avec Chris et maintenant elle remettait ses défenses bien en place.

Elle prit une profonde inspiration et entra dans la chambre de Heather.

Heather Anderson était une vieille amie. Elle avait été la voisine de ses parents et l'avait vue grandir. Depuis la mort de Wilfried, son mari, l'année précédente, elle savait que son temps était compté.

Elle frappa un léger coup à la porte, ce qui était parfaitement inutile, car même à cette heure avancée de la nuit, Heather ne dormait pas et regardait sa série policière préférée.

— Bonsoir, ma chérie, dit-elle en lui faisant signe d'approcher. Oh ! on dirait que quelque chose te tracasse.

Susannah vint s'asseoir auprès d'elle. Elle lui prit la main pour vérifier son pouls. Son amie était détendue, ce qui était bon signe.

Heather ébaucha un hochement de tête en direction du moniteur.

— Si c'est à cause de ça, pas la peine de t'en faire, dit-elle en souriant. Je vais bien.

Susannah lui tapota le bras de sa main gantée.

— Je sais. Ça se voit. Pas de douleurs ?

— Non, ma chérie. Wilf m'attend. Je suis prête.

C'était la vérité malheureusement. Heather était fatiguée dans son corps et dans son esprit.

— Je peux faire quelque chose pour toi ?

Heather mit le film sur pause. Le beau William Petersen, l'acteur de la série, se figea sur l'écran.

— Tu peux me dire ce qui ne va pas. Tu n'as pas l'air heureuse.

— Ça va très bien.

Mais Heather la regardait fixement, et elle n'eut d'autre choix que d'avouer.

— Ce n'est pas rien. Sortir avec quelqu'un, ce n'est pas si simple, et on vient de me dire un truc qui me donne à réfléchir, dit Susannah en se levant pour noter les constantes qu'elle avait relevées.

— Dis-moi ce qui ne va pas avec ce nouvel homme dans ta vie, dit Heather, le regard bienveillant.

— Tu tiens vraiment à savoir ça ?

— Presque autant que recevoir la visite de William Petersen.

Susannah sourit. Elle se sentait privilégiée de prendre soin d'une femme comme Heather.

— Chris est gentil. Je le trouvais susceptible au début, mais il est veuf et… Pardon. C'est lourd à gérer, je suppose. Il connaît donc des hauts et des bas, et il arrive qu'on se dispute.

— Logique. J'étais un véritable dragon quand mon Wilf est parti. C'est donc le nouveau vétérinaire ? C'est super, non ? Vous adorez tous les deux les chiens.

— Oui, et c'est bien là le problème. John et moi, ça faisait sens aussi au début. Mais c'est chez moi ici. Alors, imagine comme ce sera embarrassant quand nous nous séparerons.

— Tu veux rompre ?

— Non. Et nous ne faisons que sortir ensemble.

— Ça revient à dire que vous êtes presque un couple, dit Heather. Il te plaît, et ce n'est pas parce qu'il est médecin, n'est-ce pas ?

Heather se pencha soudain, et une vive douleur contracta son visage. Au lieu de courir vers elle pour la réconforter, Susannah se retint et consulta discrètement le moniteur. Elle mettait un point d'honneur à préserver la fierté de son amie.

— Oh non, certainement pas, répondit-elle quand la crise de Heather fut passée. C'est quelqu'un de passionné. Et si doux avec les animaux. Si tu savais comme il est touchant dans l'exercice de son métier. Il est chez moi en ce moment à s'occuper d'une portée de chiots.

— Alors, Solitary Cottage n'est plus aussi solitaire. Mais tu paniques à l'idée de faire deux fois la même erreur.

— Voilà, c'est exactement ça ! Et si jamais ça se produit et que je doive faire face à une rupture pénible ? Et devant tout le village en plus !

Heather secoua la tête.

— Il n'y a pas de honte à ça. Les divorces ne sont plus ce

qu'ils étaient, et heureusement. Wilf et moi avons eu de la chance, mais nous avons dû faire des efforts pour que notre mariage tienne. Quant aux gens du village, ils en verront d'autres ! Il ne faut pas que cela t'arrête.

Elle lui serra les doigts, et Susannah eut les larmes aux yeux.

— Ce qu'il y a entre vous est précieux, poursuivit Heather. Ne le gâche pas. Tes parents auraient le cœur brisé si leur petite boule de feu n'était pas heureuse.

Susannah laissa échapper un petit rire malgré ses larmes. Son père l'avait toujours appelée sa « boule de feu ». Un surnom affectueux que leur cercle d'amis avait repris. Heather était l'une des dernières à l'employer maintenant, et cela l'attristait plus qu'elle ne pouvait le dire.

— On dirait que John et lui sont deux hommes très différents. Avoir un diplôme en médecine ne fait pas de Chris un mauvais choix. Et je pense que tu as déjà pris ta décision. Tout ce que tu as accompli jusque-là fait de toi la personne que tu es, et je suis fière de toi. Je sais que tout ira bien.

L'émotion les submergea. Puis peu à peu, la tristesse fit place au rire.

Susannah reprit bientôt sa tournée des chambres. Le visage serein, elle se plongea dans le travail jusqu'à la fin du service. Ce n'est qu'en rentrant chez elle qu'elle comprit que Heather avait raison : elle avait déjà pris sa décision.

8.

Chris fut réveillé par l'alarme de son téléphone, et les choses se dégradèrent à partir de là. Les notifications de son agenda apparurent sur l'écran et, en les lisant, il reçut un choc, comme un coup de scalpel en plein cœur.

Anniversaire. Dispositions à prendre.

Un rappel inoffensif en apparence, vestige de son ancienne vie. Mais, vu qu'il se trouvait dans la chambre d'amis de Susannah, le moment était terriblement mal choisi.

Bon sang ! Il pensait les avoir supprimés.

Il ouvrit l'agenda et effaça l'alerte. Puis il se renfonça sous la couette en soupirant. Quand avait-il entré cette alerte ?

Le jour où tu as oublié votre deuxième anniversaire de mariage…

Oui, il se rappelait maintenant. Pris par le travail, il avait complètement zappé l'occasion. Cela avait failli provoquer une dispute, puis Karen avait avoué qu'elle s'en était souvenue juste à temps, mais pas assez tôt pour lui offrir une carte.

Bien sûr, il s'était rattrapé ensuite, car il détestait l'idée qu'on puisse oublier un événement aussi important. Karen et lui avaient été amoureux, finalement, même si quand elle était tombée malade, le vide entre eux avait été immense sans le travail, les sorties chics, les dizaines d'amis.

Cette alerte sur son portable lui fit prendre conscience qu'il avait eu une première vie et qu'à présent il essayait d'en vivre une autre, plus centrée sur l'essentiel.

Il se rappela que cette date était également celle de la réunion avec les volontaires pour l'organisation de la kermesse. Mauvais timing décidément, d'autant que ce serait le premier événement public où Susannah et lui apparaîtraient ensemble. Ce hasard était de très mauvais goût.

Il se leva et s'habilla en hâte pour aller s'occuper des chiens. Il avait une consultation de très bonne heure et devait partir une demi-heure avant le retour de Susannah. Trudy allait le remplacer et, ce soir, elle garderait la nichée de Melody, car sa fille réclamait de voir les chiots.

Chris n'avait pas voulu refuser, mais il était secrètement déçu de ne pas rester plus longtemps. Il aimait être dans l'univers de Susannah. Une fois la réunion passée et l'événement lancé, ils pourraient se concentrer sur leur histoire. Oui, après ce lundi, ce serait beaucoup plus facile.

— Il y a beaucoup de monde, murmura Susannah en entrouvrant la lourde tenture. Je ne pensais pas que tant de gens viendraient.

— J'ai l'impression d'être Bon Jovi, dit Chris, maussade. On peut y aller ? Vivement que tout ça soit fini.

Il parlait sans la regarder, son attention concentrée sur les gens par la fente du rideau. Susannah fut incapable de cacher sa vexation.

— Bien sûr. Si tu es prêt, répliqua-t-elle sèchement.

Et, sans lui laisser le temps de répondre, elle écarta le rideau et marcha vers l'estrade.

On avait disposé une table sur le devant de la scène, face à l'assemblée. Tous les habitants de Puddle Lake semblaient être là. Assis sur les chaises en plastique, ils bavardaient entre eux. Cheryl, au premier rang avec les infirmières de la clinique, câlinait Hendrix. En la voyant, elle leva un pouce d'un air enthousiaste.

Susannah prit place, et Chris la rejoignit. Elle percevait contre ses cuisses la chaleur qui émanait de lui. Il feuilletait un bloc-notes d'un air solennel et hermétique. Cette attitude l'agaçait, mais elle ne pouvait pas le montrer, face à une audience qui épiait chacun de leurs gestes. Seigneur ! Ils avaient tous le cou tendu, de peur de rater quelque chose.

Elle se leva et ouvrit la séance en se présentant, puis détailla son projet. Pour la première fois, la kermesse de charité se tiendrait sur la propriété du Dr Jennings.

Chris s'empourpra quand les applaudissements retentirent. De nouveau, elle essaya de capter son attention, mais il ne la regardait toujours pas.

C'est quoi son problème ?

Sa mauvaise humeur ravivait les doutes dans son esprit.

Les présentations terminées, les équipes des refuges prirent la parole, expliquant leur travail et ce qu'elles attendaient de cet événement. Tout en écoutant les intervenants, Susannah sentait croître la tension entre Chris et elle.

Discrètement, elle posa une main sur son genou. Il sursauta si violemment qu'elle la retira.

— Qu'est-ce qui ne va pas ? murmura-t-elle.

— Rien. J'essayais de me concentrer. Ça te dérange ?

— Non, pas du tout, répondit-elle du même ton sec.

Sur quoi, elle s'éloigna vers la table des rafraîchissements et se versa un verre. Comme elle regagnait sa place, Chris daigna enfin la regarder. Mais son visage était de marbre et ne trahissait aucune émotion.

— Désolé, mais je me sens mis en vedette, dit-il d'une voix sourde. Et ça a été une journée un peu bizarre.

Susannah ne répondit pas et se focalisa sur la réunion. Quand celle-ci prit fin, tout le monde se retrouva autour du buffet. Tous deux se mêlèrent aux gens, parlant des chiens à sauver, présentant les bénévoles qui tiendraient les stands, répartissant les tâches entre les volontaires. En tant qu'hôte de l'événement, Chris s'occuperait de l'aspect légal, et elle de l'aide médicale disponible et de la sécurité. Un projet solide commençait à s'ébaucher, les choses prenaient forme.

Elle était confiante aussi en ce qui concernait les adoptions. Les chiens risquaient d'être un peu stressés, mais elle savait que des personnes seraient touchées au cœur en les voyant.

Tout allait donc pour le mieux, à part l'attitude de Chris. Elle avait des remords tout à coup de l'avoir entraîné dans cette aventure, mais il n'était plus possible de revenir en arrière. Et comme tout se passerait chez lui, elle se sentait affreusement mal à l'aise.

Une fois les dernières personnes parties, ils allèrent saluer le gardien de la salle des fêtes. Susannah n'aspirait plus qu'à rentrer chez elle.

Elle était presque rendue à sa voiture quand Chris déclara :

— Je suis désolé pour tout à l'heure.

Il se tenait juste derrière elle. Les bras chargés de son sac, du volumineux dossier du projet et d'un tableau d'affichage encombrant, elle se tourna vers lui, se préparant à une conversation qu'elle ne désirait pas.

— Désolé pour quoi ?

Savait-il à quel point elle était en colère contre lui ? Il osait se montrer distant, alors qu'elle était déjà tourmentée par des doutes et des sentiments mitigés. Bien sûr, il ignorait l'état d'esprit dans lequel elle se trouvait, mais…

Oh ! pourquoi était-ce si compliqué ? Elle sentait qu'elle finirait par être blessée. Parce qu'ils portaient en eux trop de fardeaux. Jamais ils ne pourraient tout résoudre.

Chris s'avança et, devinant qu'elle devait prendre ses clés de voiture, il souleva pour elle le lourd panneau d'affichage.

— J'avais hâte que la réunion se termine, dit-il.

— C'est ce que j'ai cru comprendre. Mais ces sautes d'humeur, Chris, à quoi ça rime ? dit-elle en déverrouillant les portières.

Chris ouvrit le coffre.

— Je sais. Comme je te l'ai dit, c'est une journée bizarre.

Après avoir déposé ses affaires, elle se dirigea vers l'avant de la voiture.

— Attends, Susie.

— Susannah, s'il te plaît. Je suis vraiment fatiguée. Les derniers jours ont été difficiles. Et mon amie est… malade. On peut se parler demain ?

— Je voulais seulement m'excuser. Je sais que tu as beaucoup travaillé et je suis désolé pour ton amie. Mais il faut que nous parlions. Je peux t'expliquer.

Susannah sentit son cœur sombrer. *Vais-je me faire jeter avant même le début de l'histoire ?*

— Oui, nous devons parler, répondit-elle en lui jetant un regard direct. J'ai aussi des choses à dire.

Le visage de Chris s'éclaira.

— Bien, mais pas aujourd'hui, c'est impossible. Je dois aussi travailler tard demain soir. Le cabinet va proposer des cours de formation en soirée…

— Plus tard dans la semaine ? coupa-t-elle.

— Samedi donc ?

— Samedi…, répéta-t-elle, perplexe.

Quelque chose lui revenait à la mémoire. Mais quoi ? Chris dut remarquer son désarroi, car il se raidit.

— Notre tournée des magasins, dit-il.

Susannah se frappa le front. Elle aurait voulu que le sol l'engloutisse.

— Oh ! je suis désolée. Mais oui, évidemment, nous pourrons parler ce jour-là. Maintenant, je ferais mieux d'y aller…

— Susannah, regarde-moi.

Elle se figea. Ses mains étaient si moites qu'elle pouvait à peine tenir ses clés. Mais elle obéit à son injonction.

— Chris… Je ne pense pas pouvoir continuer comme ça.

Elle vit son visage se contracter.

— Tu es fatiguée, mais samedi, nous trouverons le moyen de…

— Non. Je parle de… ce qu'il y a entre nous, dit-elle d'une voix saccadée, en pointant un index de sa poitrine vers la sienne.

Il se rapprocha, et elle ramena vivement sa main avant qu'il puisse la saisir.

— Susie, je sais que j'ai été maussade, mais tu me plais vraiment.

— Tu me plais aussi, mais ça ne marchera pas. Je me suis promis qu'on ne me ferait plus jamais passer au second plan. Nous sommes déjà tellement impliqués l'un envers l'autre que tout ça finira mal. Puddle Lake est tout petit, les gens parlent et…

— Envoie-les au diable ! Et je ne te ferai jamais passer au second plan.

— Tu n'as pas encore fait le deuil de ta femme.

Elle ne lui avait jamais dit ça aussi directement, mais c'était la vérité. La douleur le consumait même s'il le cachait bien.

— C'est déloyal. Et pas tout à fait vrai.

— Bien sûr que si, Chris. Je ne te blâme pas. Tu ne devrais jamais t'en vouloir d'aimer encore ta femme.

— C'est tellement plus compliqué que ça…

Susannah ne tenait pas à l'entendre s'expliquer là-dessus. Elle connaissait le deuil, le vivait au quotidien dans son métier.

— Je ne prendrai pas ce risque une nouvelle fois, décréta-t-elle.

— Risquer quoi ? Susannah, c'est de la folie. Pourquoi fuis-tu ?

— Je suis fatiguée ! Fatiguée de tout faire pour les autres sans rien attendre en retour. Mon ex-mari me traitait comme une chose accessoire qu'on jette quand on n'en a plus l'utilité. Comme ces pauvres chiens dont je m'occupe ! Je ne veux pas d'une autre relation de ce genre.

Chris était livide.

— Tu n'y es pas du tout, Susie.

— Ah non ? Tu penses toujours à ta femme, oui ou non ?

Il pinça les lèvres.

— Ce n'est pas aussi simple. Nous étions très différents…

— Je t'en prie, sois franc.

Il ferma brièvement les yeux.

— Oui. Tu ne m'en veux pas pour ça, j'espère ?

— Bien sûr que non ! Je veux dire par là que c'est encore trop frais. Et avec tout le reste…

— Quel reste ?

Il ne comprenait pas, et elle avait du mal à s'expliquer, à exprimer tout qu'elle ressentait. Une partie d'elle-même lui intimait de se taire, parce que ses paroles blessaient l'homme en face d'elle, et c'était la dernière chose qu'elle souhaitait. Mais l'autre moitié, celle qui ressentait encore la brûlure de son divorce sordide, la poussait à fuir vers son cottage, à en verrouiller la porte et à ne plus jamais en sortir.

Finalement, elle haussa les épaules et se mit à babiller pour meubler le silence autant que pour empêcher Chris de lui dire quelque chose de gentil qui la déstabiliserait.

— Je ne sais pas… Ton travail est important pour toi, le mien l'est tout autant…

En le voyant grimacer, elle retrouva toute sa détermination.

— Tu vois ? Tu ne supportes pas que je parle de mon métier. Ça, ajouté à ton deuil et à mes anciens problèmes, c'est trop lourd. Même si je ne veux pas perdre ton amitié.

Il laissa échapper un rire amer.

— Nous n'avons jamais été de simples amis, Susie. Et tu le sais.

Elle voyait son torse se soulever rapidement. Son cœur battait-il aussi vite que le sien ? Il avait au moins raison sur un point : il n'avait jamais été question d'amitié entre eux. C'était plus fort que ça, et personne ne la comprendrait de vouloir y mettre fin. Mais cette relation était vouée à l'échec, et elle ne voulait pas être forcée de quitter Puddle Lake. Tant pis si elle devait se languir du beau vétérinaire pour le reste de sa vie. C'était moins risqué comme ça.

— Je pense que ce n'est pas le bon moment, Chris.

Elle regarda au loin pour ne pas rencontrer son beau regard sombre qui scrutait ses traits.

Comme elle ouvrait la portière, il reprit la parole.

— Alors, c'est tout ? Tu as juste décidé que ça ne fonctionnerait pas ?

Il ne la retint pas quand elle prit place derrière le volant. Elle mit le moteur en route et était sur le point de quitter l'aire de stationnement, quand il frappa à la vitre. Elle l'abaissa, le regard fixé droit devant elle.

— Susie, regarde-moi.

Elle se tourna vers lui, et l'attirance familière la traversa de part en part, comme une décharge électrique. Dans ses prunelles hypnotiques, elle lut la trace d'une blessure.

— Je suis désolée, Chris. Mais je pense vraiment que c'est pour le mieux. Maintenant, je dois y aller.

Elle réussit à retenir ses larmes jusqu'à ce qu'il fût hors de vue. Plus tard, quand elle se tamponna les yeux devant le rétroviseur, elle vit qu'ils étaient empreints de la même blessure.

Arrivée à Solitary Cottage, Susannah passa la soirée à s'occuper des chiens en maudissant sa lâcheté et sa peur. Chris appela deux fois, mais elle laissa la messagerie vocale enregistrer les appels. La troisième fois, elle éteignit son portable et le fourra dans le tiroir de la table de nuit.

Chris essaya encore une fois de la joindre, mais l'appel fut dirigé sur la messagerie sans même attendre la sonnerie. Il exhala un soupir de frustration et jeta le téléphone sur le canapé. Hendrix sauta et saisit l'appareil entre ses crocs avant de le lâcher entre ses pattes.

Chris leva les yeux au ciel. Super ! L'écran était tout barbouillé maintenant.

— Hendrix, j'ai essayé, je te jure. Elle ne veut pas me parler.

Le chien pencha la tête et laissa échapper un gémissement.

— Je te dis que ce n'est pas ma faute. Elle a décidé d'en rester là.

Puis voyant que Hendrix poussait le téléphone avec son museau :

— Depuis quand es-tu un expert en rencontres amoureuses ? Tu n'as même plus de testicules.

Le pauvre Hendrix émit une plainte pathétique, comme s'il était sincèrement blessé par cette remarque. Pris de remords, Chris se pencha pour le caresser.

— Désolé, c'était méchant de ma part. Tu sais que ça n'est pas dans mon tempérament de dire des méchancetés. Mais ça ne sert à rien d'insister, mon vieux, elle pense que je suis un citadin irrécupérable doublé d'un bourreau de travail.

Un aboiement bref salua son commentaire.

— Ça, c'est un coup bas. Je dirais qu'on est quittes maintenant.

Et, reprenant son téléphone, il écrivit le message suivant :

J'espère que tu es bien rentrée. Je voudrais reparler de tout ça. Veux-tu y réfléchir ?

Il faillit ajouter un smiley. Un baiser ou un chien peut-être ? Finalement, il effaça le texto d'un doigt rageur et jeta le téléphone au même endroit. Hendrix ne chercha pas à le récupérer. Il avait regagné son panier pour piquer un somme. Un moment plus tard, des ronflements sonores emplirent la pièce.

Chris soupira et, s'emparant de la télécommande, il alluma la télévision. Il y avait justement une émission sur les vétérinaires. Tout en regardant son confrère expliquer les soins qu'il prodiguait à une vache, Chris se rappela une conversation qu'il avait eue avec Karen dans leur ancienne maison…

— Encore cette émission ? Ce vétérinaire a beaucoup trop de chance.

Chris avait ri, avant de remarquer la pâleur de sa femme.

— Ça va ? As-tu assez chaud ?

Emmitouflée dans un amas de couvertures, Karen leva les yeux au ciel.

— Je suis bien serrée là-dedans. J'ai assez chaud, je t'assure. Et je veux que tu arrêtes d'être aux petits soins pour moi. Tu sais à quoi ressemble la chimio.

Il hocha la tête d'un air sombre. Karen était toujours horriblement malade après chaque séance. Ils restèrent silencieux à suivre l'émission. Il y avait beaucoup trop de silence entre eux à présent, comme s'ils avaient épuisé tous les sujets de conversation. Les choses dont ils parlaient avant n'avaient plus leur place dans leur vie.

Puis Karen montra l'écran.

— C'est ce que tu devrais faire.

— Je ne vois pas souvent d'animaux de ferme à la clinique, tu sais, répondit-il, amusé.

— Non, dit-elle en essayant de s'emparer de son verre d'eau.

Chris voulait l'aider à mettre la paille entre ses lèvres, mais il se retint, sachant qu'elle lui demanderait de le faire en cas de besoin.

— Non, je te parle d'ouvrir une clinique à la campagne.

— Tu plaisantes ?

Elle s'étrangla et se mit à tousser. Chris accourut auprès d'elle, mais elle leva une main pour l'arrêter.

— Ça va, dit-elle en reprenant difficilement son souffle. Je t'en prie, ne fais pas tant d'histoires.

— Je ne ferai plus d'histoires quand tu arrêteras de faire de mauvaises blagues.

— Ce n'est pas une blague. Je te vois bien en vétérinaire de campagne. Vivre au grand air, zéro stress.

— Et recevoir des coups de sabot ? Ce n'est pas exactement sans stress. Tu détestes la campagne de toute façon.

— Ça n'a plus vraiment d'importance, n'est-ce pas ? Désolée, ajouta-t-elle en le voyant pâlir. Mais tu sais ce que je veux dire.

Il prit sa main dans la sienne.

— Ça ira pour moi. Je t'aime tellement, dit-il en portant ses doigts à ses lèvres.

— Je t'aime aussi, murmura Karen en lui offrant ce sourire qu'elle ne réservait qu'à lui. Je veux que tu profites de la vie quand je ne serai plus là, c'est la seule chose que je désire. Ne t'enferme plus dans le travail.

— Ça n'arrivera pas, promis.

Il lui avait souvent répété cette promesse ce soir-là, et elle n'avait pas manqué de la lui rappeler chaque fois qu'elle évoquait la vie qu'il aurait sans elle. Chris la priait de changer de sujet. Tout ça lui semblait si abstrait, si lointain à l'époque. Puis Karen était morte, et il avait fonctionné en mode automatique. Après les funérailles, il avait essayé de reprendre le cours de sa vie. Les paroles de sa femme avaient tourné en boucle dans son esprit jusqu'à ce qu'il prenne une décision radicale.

Il était maintenant le vétérinaire de ce village au fin fond du Yorkshire. Mais, pour ce qui était d'être heureux, il avait échoué, et le travail avait repris le dessus.

Jusqu'à l'apparition de Susannah et du chien qui ronflait à présent comme un morse à ses pieds. Tous deux avaient déferlé dans sa vie avec leurs tempéraments joyeux et leur univers coloré.

— Elle m'a sorti de ma torpeur, dit-il en s'adressant au chien.

Un sifflement rauque lui répondit. Hendrix agitait frénétiquement une patte tout en dormant. Sans doute rêvait-il qu'il poursuivait un lapin.

Même s'il parlait dans le vide, Chris espérait que Karen l'entendrait. Et il savait ce qu'elle aurait répondu : « Une promesse est une promesse. »

Il aimait sa nouvelle existence et il était prêt à la partager avec quelqu'un, là n'était pas la question. Mais la journée qui venait de s'écouler avait été un fiasco. L'anniversaire avait ravivé sa culpabilité. Parce qu'il s'était senti seul au chevet de son épouse et, qu'au lieu de la mettre sur un piédestal, il avait choisi de donner la priorité à son métier. Mais le travail ne vous consolait pas dans les moments pénibles. Il ne vous appelait pas pour vous dire qu'il vous aimait. Il avait essayé de se racheter auprès de Karen avant sa mort en lui donnant toute son attention. Mais il avait été trop tard…

Au second plan. C'est ce que Susannah avait dit. Son ex aussi l'avait négligée, mais d'une manière différente. Ce salaud avait joué les maris volages, en la traitant comme un objet. Et maintenant elle avait peur d'être blessée, au point de ne pas réaliser que lui, Chris, ne lui ferait jamais aucun mal.

Pourtant, il était retombé dans ses anciens travers aujourd'hui, à cause de la date anniversaire. Oui, c'était ça, Susannah avait eu un aperçu de l'ancien Chris, le type hargneux qui ne pensait qu'au travail, et elle n'avait pas voulu aller plus loin.

Bon sang ! Il avait envie de se gifler, tant il se sentait stupide. Pourquoi fallait-il qu'il comprenne les choses une fois qu'il était trop tard ?

Il se leva d'un bond, prit son téléphone et ses clés.

— Hendrix, je sors.

Comme sa voiture remontait l'allée de Solitary Cottage, Chris capta un mouvement dans la lumière de ses phares. Une silhouette colorée sortait précipitamment de la maison. Il se gara et descendit.

Il entendit un bruit de clés et la voix paniquée de Susannah.

— J'arrive tout de suite ! Je ferme ma porte.

Elle rangea le téléphone dans la poche de son manteau et se mit à jurer quand le trousseau de clés lui échappa des mains.

— Susannah ? Tout va bien ?

Elle se redressa vivement, et Chris sentit son cœur manquer un battement. Elle pleurait et tremblait comme une feuille, en triturant ses clés sans parvenir à trouver la bonne.

— Que fais-tu là ?

— Je suis venu pour… Que t'arrive-t-il ?

— C'est mon amie, aux soins palliatifs… C'est bientôt la fin… Je dois y aller.

Les sanglots la submergèrent, et un éclair de colère traversa son regard, comme si elle s'en voulait d'être si émotive.

Se détournant, elle essaya de nouveau de verrouiller sa porte. Chris s'avança et, lui enlevant doucement le trousseau des mains, il donna un tour de clé.

— Tu ne peux pas conduire dans cet état, Susie. Je t'emmène là-bas.

Il sentit son cœur battre à tout rompre en réalisant ce qu'il venait de dire. Susannah en prit conscience elle aussi, car ses yeux pleins de larmes s'arrondirent de surprise. Sans lui laisser le temps de réagir, il l'entoura de ses bras et l'entraîna vers sa voiture.

Il garda le silence pendant le trajet. D'après les paroles brèves qu'elle échangea au téléphone avec Roz, il comprit que Heather réclamait sa présence. Il saisit sa main tremblante et la garda dans la sienne. Susannah ne la retira que lorsqu'ils arrivèrent devant le centre.

— Merci, dit-elle en descendant. Je sais que c'était dur pour toi de venir jusque-là.

— De rien, dit-il en la rejoignant.

Elle sourit et, comblant l'espace qui les séparait, elle se haussa sur la pointe des pieds pour déposer un baiser sur ses lèvres.

Chris l'embrassa, en l'étreignant avec ardeur comme s'il voulait l'arracher à la douleur qui la dévastait.

— Je n'oublierai pas ce que tu as fait pour moi, murmura-t-elle en posant une dernière caresse sur sa bouche. Tu es une belle personne, Chris.

Là-dessus, elle courut vers le hall d'entrée brillamment éclairé.

Chris resta immobile, savourant le souvenir de leur baiser. D'une main distraite, il essuya la trace des larmes qu'elle avait laissées sur sa peau et décida de regagner sa voiture.

Mais, vingt minutes plus tard, il était toujours devant les portes vitrées.

— Allez, vas-y ! dit-il tout haut en commandant à ses pieds d'avancer. Franchis cette porte ! Elle a besoin de toi.

Il avait beau se bourrer les cuisses de coups de poing, il reculait et revenait au même point. Il s'exhortait ainsi quand une femme sortit du bâtiment.

— Chris, n'est-ce pas ?

Embarrassé par ce qu'elle avait dû voir, il hocha la tête.

— Oui… Chris Jennings. Heureux de vous rencontrer. Roz, c'est ça ?

— C'est bien moi, dit-elle en souriant. Puis-je vous aider ?

— Merci, mais je ne crois pas.

— Vous entrez ?

— C'est ce que j'essaye de faire, avoua-t-il. Je veux y arriver.

Il prit une profonde inspiration avant d'ajouter :

— Ma femme est décédée dans une unité de soins palliatifs. Je… Ça ne me réussit pas de remonter le passé. Comment va Susannah ?

Roz soupira.

— Elle tient le coup. Mes sincères condoléances pour votre deuil.

— Merci, cela fait un moment maintenant.

— Ça ne rend pas les choses plus faciles. Mais sachez qu'il n'y a pas de honte à admettre une défaite. Susannah ne vous en voudra jamais pour ça.

Chris hocha la tête.

— Je ne sais pas comment vous faites pour exercer ce métier.

Je n'arrive même pas à franchir cette porte. Je veux être là pour elle, dit-il en se passant une main dans les cheveux.

— Vous êtes venu jusqu'ici. C'est un bon début, non ?

— Oui, mais un début de quoi ? En ce moment, c'est plutôt une crise de panique.

— Je pense que c'est à vous de décider, dit Roz.

Un signal retentit, provenant de la poche de sa blouse. Elle prit son téléphone et se détourna pour regagner l'entrée.

— Une tasse de thé ? demanda-t-elle par-dessus son épaule. Je peux vous l'apporter ici, avec peut-être un sandwich. Si en sortant, je vois que vous n'êtes plus là, je ne lui dirai pas que vous êtes resté.

Elle lui sourit avant d'ajouter :

— C'est bien de pouvoir mettre un visage sur un nom.

Chris sentit son cœur se gonfler d'espoir. Susannah avait parlé de lui à ses amies. Peut-être que tout n'était pas perdu. De son côté, il n'arrêtait pas de penser à elle. Elle l'obsédait. L'idée qu'elle puisse ressentir la même chose pour lui l'emplit d'une douce chaleur.

— Ravi de vous avoir rencontrée également, dit-il en s'avançant pour lui tendre la main.

Roz la serra et, comme elle retournait à l'intérieur, Chris prit une profonde inspiration et lui emboîta le pas.

9.

Heather mourut paisiblement quelques heures plus tard, entourée des siens. Susannah réussit à contenir ses larmes le temps d'embrasser tous les amis présents, mais une fois dans la salle de repos elle s'effondra sur le canapé, donnant libre cours à son chagrin. Bientôt, elle s'endormit à force de pleurer.

Ce fut Roz qui la réveilla un peu plus tard.

— Hé, Suse, dit-elle doucement.

Prenant place auprès d'elle, elle lui tendit une des tasses qu'elle tenait. Susannah la remercia et avala une gorgée de café.

— J'ai appelé Erika, dit Roz. Elle va me remplacer pour la journée. Je ne peux pas me concentrer sur le travail.

Susannah remarqua que son amie avait pleuré et lui pressa le bras.

— Sage décision. Pour ma part, je suis soulagée d'être en congé. Même si ça ne rend pas les choses plus faciles, n'est-ce pas ?

— Non, mais ça m'aide de savoir que nous avons fait tout ce que nous pouvions. Cet endroit…

Roz balaya la pièce du regard. Les cartes, les photos et les messages émouvants des familles couvraient l'un des murs.

— Ce n'est pas un lieu de fin de vie, reprit-elle. Mais un endroit qui rend supportable la séparation ultime.

Susannah pensait la même chose. Les proches de Heather les avaient remerciées à maintes reprises, disant que leur amie s'était sentie choyée dans ce lieu rempli d'amour et de bienveillance.

Malgré elle, Susannah sentit son esprit dériver lentement vers une autre source de chagrin. Chris, qu'elle venait de quitter et qui était amoureux d'elle tout en pleurant son épouse disparue.

C'était la vérité, même si cela semblait fou. D'instinct, elle savait que les sentiments qu'il lui inspirait n'étaient pas raisonnables. Si elle n'y prenait pas garde…

Mais il est trop tard, et tu le sais.

Elle but une nouvelle gorgée de café et exhala un soupir si plaintif que Roz se méprit.

— Elle est libérée maintenant, dit-elle doucement en passant un bras autour de ses épaules. Heather était prête. Ça va aller ? Viens chez moi si ça te dit. On regardera une série débile à la télévision et on mangera des sucreries.

— Je ne pensais pas seulement à Heather, avoua Susannah. Bizarrement, je pensais aussi à Chris.

— Oh… Eh bien, c'est bon signe, non ?

— Pas vraiment. C'est fini entre nous. Il y avait trop d'obstacles.

Son métier, par exemple. La peur qu'elle lisait sur ses traits à la moindre allusion à son activité… Cela l'avait hantée même pendant qu'elle se trouvait au chevet de Heather. Mais c'était sa mission d'infirmière d'être là pour les gens au moment le plus sombre. Comment pourrait-elle vivre avec Chris et ne pas partager ça ?

— D'accord…

La réponse tardive de Roz l'arracha à ces pensées chaotiques.

— C'est tout ce que tu trouves à dire ? « D'accord » ?

— Hé, tu ne m'as pas laissé le temps de continuer, fit valoir son amie.

— Désolée, je suis fatiguée et je ne suis pas capable de prendre une décision en ce moment.

— Je sais. Tu as eu peur de te lancer, n'est-ce pas ? Avec Chris.

Susannah lui jeta un regard oblique. Mais l'avertissement n'eut pas l'effet escompté, car Roz se mit à rire.

— Oh ! allez. Je ne suis pas méchante. J'ai peut-être été un peu insistante.

— Le moins qu'on puisse dire, répondit Susannah. Toi et Helen !

— Oui, mais tu en avais besoin. Helen t'aime beaucoup aussi. On a vu que tu avais changé quand tu l'as rencontré.

— Je le méprisais !

— Non. Pas vraiment.

— Mais si. Je souhaitais que toutes les catastrophes s'abattent sur sa tête !

— Parce qu'il te plaisait.

— Pas du tout…

— Si, Suse. Il t'agaçait, c'est un fait. Mais tu n'avais jamais autant parlé d'un homme que tu disais mépriser. Il te plaisait, mais tu préférais le considérer comme un mufle borné, car tu avais peur de recommencer à sortir. De là, l'idée de l'application ! Nous voulions te donner un coup de pouce.

Susannah secoua la tête et ne put réprimer un sourire.

— Et moi qui vous prenais pour deux teignes !

Elles se mirent à rire, et Susannah sentit la tension se dissiper.

— Helen avait peur que tu le prennes mal. J'ai dû lui assurer que ça marcherait et que je prenais tout sur moi. Heather était dans le coup.

Elles restèrent silencieuses en réalisant que l'une des conspiratrices n'était plus là pour partager ce moment. Mais elles sentaient sa présence dans la pièce.

— Merci, Heather, murmura Susannah, le cœur lourd. En fait, c'est à lui que je m'en suis prise. Je lui ai crié que je refusais de passer au second plan.

Elle cacha son visage dans sa main.

— Oh ! mon Dieu ! Et j'ai parlé de sa femme. Je me sens horrible !

— Hé ! Arrête, dit Roz.

Susannah se redressa si brusquement que du café jaillit de sa tasse.

— J'ai tout gâché. Je l'aime vraiment, mais je ne veux pas revivre ce que j'ai subi. Ça va te sembler stupide, mais j'attends un peu le conte de fées. Le prince charmant qui te donne la première place dans sa vie et le sentiment d'être aimée vraiment. Tu vois ?

— Il n'y a rien de stupide là-dedans, Suse. Seulement, c'est moins facile à trouver dans le monde réel que dans les romans.

Tout le monde attend la même chose. C'est dans la nature humaine de vouloir être aimé.

— Il me fait penser à John parfois. S'il laisse entrevoir une émotion, il renferme tout en lui-même, l'instant d'après, et devient inaccessible. Mieux vaut que je prenne mes distances, au moins le temps d'y voir clair dans mes sentiments.

Ses paroles sonnaient faux même à ses propres oreilles. Avait-elle convaincu Roz ? Celle-ci se taisait, mais son regard étrange disait qu'elle n'était pas dupe.

— Parle, dit Susannah. Je sais que tu as quelque chose à dire.

Roz fit d'abord semblant d'être surprise, mais, sous l'œil insistant de Susannah, elle ne tarda pas à capituler.

— Je pense que tu te trompes sur lui. Il est ici, je lui ai proposé de dormir dans l'un des salons réservés aux familles.

— Pff… Très drôle. Il ne mettrait jamais les pieds dans un centre de soins palliatifs.

Roz posa une main sur son bras.

— Suse, tu peux être bornée parfois. Il n'a pas quitté le parking après t'avoir déposée. Je l'ai trouvé dehors. Il voulait être là pour toi. Ce n'est pas ce que j'appelle faire passer quelqu'un au second plan.

Mille questions se bousculèrent dans l'esprit de Susannah.

— Quelle chambre ? réussit-elle à formuler.

Il était étendu sur le canapé, profondément endormi. Un pan de la couverture avait glissé sur le sol. Au moment où Susannah la rajustait, il s'éveilla. Elle nota ses traits tirés. Combien de temps avait-il dormi ?

— Oh…

Il se redressa et lui fit signe de s'asseoir à côté de lui. Susannah prit place.

— Puis-je faire quelque chose pour t'aider ? demanda-t-il aussitôt.

— Non, mais merci quand même. Heather est partie

paisiblement. Merci de m'avoir amenée ici. Tu avais raison, je n'étais pas en état de conduire. Tu n'avais pas besoin de rester.

— Roz m'a trouvé un hébergement, comme tu vois. Elle a un sacré tempérament.

Susannah laissa échapper un rire bref malgré la fatigue qui l'accablait.

— Oui, elle est vraiment unique. Je n'arrive pas à croire que tu sois là.

Chris se leva et fit quelques pas dans la pièce en s'étirant. Ses cheveux ébouriffés et ses vêtements froissés lui conféraient un air juvénile qu'elle trouva adorable. Elle voulut le prendre dans ses bras pour le remercier encore d'être resté pour elle, mais l'expression de son visage l'arrêta. Il balayait la pièce du regard comme s'il cherchait une issue.

— Moi non plus, répondit-il. J'ai même failli être malade, mais je tenais à le faire. Écoute, il faut que je me rende à la clinique.

De nouveau, il inspecta la chambre. Susannah se demanda ce qu'il voyait et ce qui lui passait par la tête. Il s'était forcé à demeurer une nuit ici, pour elle. Elle sentit son cœur fondre à cette pensée. Quelque chose d'autre lui apparut avec une clarté presque effrayante.

Le regard de Chris rencontra le sien, mais elle sut qu'il n'était pas complètement avec elle. Le serait-il jamais ?

— Tout va bien ? se força-t-elle à demander. La nuit dernière a dû être difficile pour toi.

Elle pria pour l'entendre dire qu'il était guéri, qu'il avait vaincu ses démons. Elle voulait ajouter qu'elle avait conscience des efforts que cela lui avait coûtés et combien elle appréciait qu'il l'eût placée avant sa propre douleur. Elle désirait l'impossible, elle le savait. Néanmoins, elle espérait de toutes ses forces.

— Je vais bien, répondit-il finalement.

Puis jetant un coup d'œil à la pendule murale, il lui toucha l'épaule.

— Je dois y aller. Je suis désolé de te laisser ainsi.

Il se dirigea vers la porte et lança :

— As-tu besoin que je te ramène ?

— Non, merci. Roz est là. Chris ?

— Tu n'as pas besoin de me remercier, Susie. Nous sommes amis, n'est-ce pas ? Je voulais t'aider.

Il lui sourit, mais cette fois encore elle eut le sentiment qu'il ne la voyait pas vraiment.

— Je suis vraiment désolé pour Heather, ajouta-t-il. Prends bien soin de toi aujourd'hui.

De nouveau, il consulta l'horloge.

— Je t'appelle plus tard, d'accord ?

Il se pencha pour l'embrasser, mais elle tourna la tête, si bien que ses lèvres lui effleurèrent la joue. Il lui donna un autre baiser, sur le front. Au lieu de l'esquiver, Susannah ferma les yeux pour mieux le savourer.

— Le fait que tu sois venu, ça représente beaucoup pour moi, dit-elle. Ça ira… Merci d'être mon ami.

Elle fixait le sol, incapable de le regarder en face. Lire du soulagement ou de la déception sur le visage de l'homme qu'elle aimait l'aurait anéantie.

La porte se referma, Chris était parti.

Il y avait longtemps que le bruit de ses pas s'était estompé quand Susannah releva la tête, les yeux noyés de larmes.

— Voilà… On dirait que c'est fini pour de bon.

10.

Les semaines passèrent, et le changement de saison apporta une météo plus ensoleillée. Même à Puddle Lake, le temps ne s'arrêtait pas, pensa Susannah, désabusée.

Ses journées se partageaient entre son travail d'infirmière et les chiens. Les chiots de Melody avaient grandi, et Tank restait le plus vigoureux d'entre eux. Elle avait souvent eu envie d'envoyer des photos à Chris, mais chaque fois elle s'était abstenue.

Il avait assisté aux funérailles de Heather – elle l'avait aperçu au fond de l'église – mais, quand elle l'avait cherché après l'office, Cheryl lui avait dit qu'il avait été appelé pour une urgence. Même chose quand elle se rendait à la clinique. Et, quand il lui arrivait de le croiser dans le village, ils échangeaient juste quelques mots, au sujet des chiens et de la kermesse à venir.

Le projet allait bon train à présent. Les habitants, comme le club d'artisanat du centre de soins palliatifs, mettaient la main à la pâte, tandis que le pub et les commerces du village offraient des lots pour les tombolas. À une semaine de l'événement, une nouvelle réunion devait avoir lieu, sur le site même cette fois, donc chez Chris.

Ce soir-là, Susannah quitta son service un peu plus tôt dans l'espoir de le voir avant les autres. Même s'ils gardaient leurs distances et se parlaient à peine, il était important qu'ils établissent une bonne relation, n'est-ce pas ?

Comme elle montait en voiture, elle crut voir celle de Chris traverser le parking pour rejoindre l'aire de stationnement réservée aux visiteurs.

— Bizarre…

Elle attendit, en surveillant l'entrée principale qu'il devait emprunter. Mais au bout d'un quart d'heure, ne voyant personne, elle décida qu'elle avait rêvé. Ce n'était pas la première fois, d'ailleurs. Un jour, elle avait cru le reconnaître de loin dans un couloir du service. Après avoir terminé les soins à son patient, elle était allée vérifier, mais il n'était plus là.

— Voilà que j'ai des hallucinations maintenant.

Elle pensa au face-à-face qui l'attendait et soupira. Vivement que ça soit passé !

Et, mettant le moteur en route, elle prit la direction de la villa.

— Tu crois que j'en ai acheté trop, c'est ça ? dit Chris en voyant Hendrix se lécher les babines.

Le chien, qui venait de faire disparaître une portion de tarte au porc, émit un wouf approbateur.

— C'est bien ce que je pensais.

Depuis le matin, il ne pensait qu'à cette réunion. La moitié de Puddle Lake allait débarquer chez lui. Quant à ceux qui n'y assisteraient pas, ils seraient informés du déroulement de la soirée par le bouche-à-oreille. Il y avait longtemps qu'il ne s'était pas senti aussi nerveux. D'habitude, il ne se souciait pas de ce que les gens pensaient de lui, mais il était de plus en plus déterminé à s'intégrer dans la vie du village et, surtout, à aider Susannah.

Tout en regardant Hendrix planifier son prochain chapardage, Chris ne put s'empêcher de sourire. Sa vie n'était plus dénuée de joie. Certes, ses vieux sentiments de désespoir étaient encore là parfois à son réveil, mais ce matin Hendrix avait sauté sur son torse, lui procurant son premier moment de rire et de complicité. Ces dernières semaines, il s'efforçait de sortir davantage, pour guérir de sa morosité et pour donner à Susannah le temps de faire le deuil de son amie. En travaillant sur lui-même, il espérait arriver à poser sur ce village le même regard qu'elle.

Ainsi, il s'attardait à bavarder avec des gens du coin, même avec Mme Chan qui lui avait apporté un magnifique gâteau à l'ananas – version sans sucre – pour le remercier de la nouvelle

vitalité de Gustav. Les gens venaient plus facilement vers lui. Mais pas la personne qu'il attendait. Susannah… En même temps, il l'évitait autant que possible pour lui donner l'espace qu'elle réclamait. Elle aussi sans doute. En tout cas, elle n'avait pas questionné Cheryl à son sujet, ou alors sa réceptionniste avait choisi de rester discrète.

Aux funérailles de Heather Anderson, il n'avait vu qu'elle. Dans sa tenue colorée, Susannah avait eu un mot de réconfort pour chacun. Pendant l'office, elle avait pris la parole, parlant de Heather et s'adressant à elle, mais sans tristesse. Elle avait évoqué des souvenirs qui avaient fait rire toute l'assemblée. L'église s'était remplie d'amour et de douceur, et Chris avait été stupéfait encore une fois par la générosité qu'elle dégageait. Il ne pouvait imaginer une seconde qu'un homme puisse la reléguer au second plan. Son ex n'avait été qu'un imbécile.

Hypocrite, va !

Car, au fond, lui non plus n'avait pas accordé la priorité à son épouse, se dit-il avec remords. Le tourbillon de la vie moderne les avait emportés, Karen et lui, sans qu'ils s'en rendent compte. En s'installant à Puddle Lake, il avait eu l'impression de se réveiller et de découvrir la vraie vie. Il avait une grande maison, une clinique florissante et un bon salaire, rien de tout cela n'avait changé, mais ce n'était plus sur ces critères-là qu'il évaluait le chemin parcouru.

Assis dans l'église ce jour-là, il avait vu des gens partager des souvenirs et se soutenir dans la peine. Et Susannah entourée de ses collègues infirmières dire adieu à l'amie qu'elles avaient soignée et aimée jusqu'à la fin.

Il voulait cette vie-là plus que tout, se dit Chris. Être au grand air dans cette campagne colorée, au milieu de gens chaleureux qui le pleureraient quand il serait mort, parce qu'ils l'avaient connu et aimé. Par-dessus tout, il voulait être l'homme que Susannah méritait. En la regardant ce jour-là parler de son amie, sans verser une larme, sans tremblement dans la voix, il avait eu l'envie folle de remonter l'allée centrale et de la prendre dans ses bras. Oui, à cet instant, il avait compris qu'il l'aimait.

Déjà, la nuit où il l'avait conduite au chevet de Heather, il avait été sur le point de lui avouer ce qu'il ressentait, mais il n'avait pas saisi sa chance.

Ce n'était plus possible maintenant. Le temps avait passé, mais elle gardait toujours ses distances avec lui. Quand ils se rencontraient, elle était polie et amicale.

« J'espère que nous pourrons rester amis. » Il avait cru recevoir un coup de massue quand elle avait dit ça. Avaient-ils jamais été amis ?

Elle avait aussi évoqué le deuil qui le concernait. Certes, il avait aimé Karen, mais dans une autre vie. Une existence dans laquelle il n'avait plus sa place et qui ne lui manquait pas aujourd'hui. Il était chez lui à Puddle Lake et il avait besoin de la femme qui s'intégrerait parfaitement dans son nouveau destin.

Cet amour qu'il n'avait pas cherché était l'arc-en-ciel qui chassait ses nuages sombres. Pour elle, il était entré dans le centre de soins palliatifs. Il avait tremblé comme une feuille en franchissant le seuil, attendant quelque chose qui déclencherait ses souvenirs douloureux. Une odeur de désinfectant, une affiche sur les murs, les bips des appareils… Mais il n'y avait rien eu de tout cela. Il n'avait vu qu'une symphonie de couleurs, des tableaux pleins d'originalité. L'endroit était chaleureux comme l'étreinte d'un être cher.

— Ne renoncez pas à elle maintenant, lui avait murmuré Roz. Heather comptait beaucoup pour elle. C'était la meilleure amie de sa mère. C'est un peu comme perdre ses parents une deuxième fois.

Elle lui avait tapoté l'épaule en souriant.

— Vous lui faites beaucoup de bien.

Ses derniers mots l'avaient frappé en plein cœur, le laissant hébété, exsangue. Il les avait ressassés encore et encore, mais il en arrivait toujours à la même conclusion. S'il était cet homme-là, Susannah et lui seraient ensemble, non ? Elle était lumineuse, attentionnée, et il lui avait ôté sa joie de vivre, lui donnant le sentiment de ne pas être importante. Il ne l'avait pas fait délibérément, mais cela revenait au même. Ce constat le plongeait dans un abîme de culpabilité. Il voulait partager sa vie avec elle, ne pas la reléguer à la périphérie pour travailler comme un acharné. Non, il ne referait pas les mêmes erreurs. Pourtant, quand elle était venue vers lui dans ce salon réservé aux familles après avoir vu son amie mourir sous ses yeux, il était parti.

Elle était apparue, brisée et affreusement triste. En même temps, il avait su que l'infirmière en elle était soulagée, parce que la souffrance de Heather avait pris fin. Il avait ressenti la même chose, et c'est alors que les souvenirs terribles avaient déferlé dans son esprit. Un sentiment d'oppression et d'étouffement l'avait saisi, et il avait perçu l'odeur du désinfectant. À ce moment-là, il avait su qu'il ne pourrait lui offrir ce qu'elle méritait. Du moins, pas encore.

Dès le lendemain, il s'était investi à fond dans la vie du village, en s'efforçant de créer des liens. Grâce à Roz, il intervenait aussi auprès des patients en soins palliatifs quand Susannah n'était pas de service. Il faisait la lecture à ceux qui étaient seuls et jouait aux cartes dans la salle à manger avec les plus valides. Retourner au centre l'aidait à exorciser ses démons. Partout, il sentait la présence de Susannah et se rendait compte combien les malades l'estimaient.

La kermesse aurait lieu dans quelques jours, et il tenait à ce que tout se passe du mieux possible. Il voulait lui dédier cette journée, lui montrer, en même temps qu'à tous ceux du village, le nouveau Chris, celui qui se souciait des autres et qui avait le cœur sur la main. N'était-ce pas l'occasion ou jamais ? Pour cela, il fallait que son plan fonctionne, et il avait besoin de toutes les bonnes volontés.

Il y eut un coup de sonnette, et Hendrix bondit vers la porte d'entrée. Roz, Helen et Cheryl se tenaient là, avec des airs de conspiratrices.

— Entrez, mesdames. Merci d'être venues. J'ai vraiment besoin de votre aide, déclara Chris en s'effaçant.

Comme il indiquait à Roz et Helen où se trouvait la cuisine

pour y déposer leurs sacs de provisions, Cheryl le serra amicalement dans ses bras.

— Oh ! dit-il, surpris. En quoi ai-je mérité ça ? Je suis un bon patron ?

Cheryl s'écarta en riant.

— Oui, et parce que vous avez enfin demandé de l'aide. Franchement, Chris, je ne pensais pas que vous le feriez. Vous vous sentez d'attaque ?

Il repensa à tout ce qui l'avait mené jusqu'à sa vie d'aujourd'hui. Ce village, la nouvelle clinique, Susannah et sa bande d'amies incroyables. Ces femmes feraient n'importe quoi pour elle. Ce même sentiment l'animait depuis des semaines.

— Pas du tout, mais j'en ai assez de laisser la vie décider pour moi. Et vous, toujours déterminées à jouer le jeu ? Susannah va être folle de colère.

— Oh ! Christopher, vous n'avez pas idée, dit Roz en revenant. Elle sera blême ! Mais c'est justement pour ça que vous devez aller jusqu'au bout. Faites-nous confiance, ce sera parfait.

Chris se mit à rire en regardant les trois amies qu'il commençait à bien connaître. Il comprenait pourquoi Susannah les aimait.

— Oui. Allez, nous n'avons pas beaucoup de temps. Tout le monde est informé. Vont-ils garder le secret ?

— Personne ne va vendre la mèche. Même à Puddle Lake, on sait tenir sa langue, n'est-ce pas, Hendrix ? Ça va marcher du tonnerre. Si vous voyiez le nombre d'inscriptions… Oh ! la voilà ! s'exclama Helen en jetant un coup d'œil par la fenêtre.

— Alors, je compte sur vous, dit Chris.

Recommandations inutiles, car ses trois drôles de dames étaient prêtes à passer à l'action.

— Que font-elles ici ?

Serrant le frein à main, Susannah fixa les voitures familières garées devant chez Chris. Roz, Helen et Cheryl étaient déjà là ? Elles ne lui avaient rien dit. Il se passait des choses bizarres ces temps-ci. Chris semblait être partout à la fois, et tout le monde chantait les louanges du gentil vétérinaire et de son chien si comique. Quelle ironie ! Quand elle avait apprécié Chris, tout le village l'avait détesté, et maintenant qu'elle avait pris ses distances avec lui, tout le monde l'adorait !

— Et toi, tu as l'air bien amère…

Voilà qu'elle parlait encore devant son rétroviseur ! C'était bien la preuve qu'elle était aigrie.

En tout cas, Chris semblait mieux dans sa peau, plus heureux même. Il sortait et avait une vie sociale. Tant mieux pour lui.

De son côté, elle pouvait se mentir tant qu'elle voulait devant son miroir, elle n'arriverait pas à se leurrer sur la nature des sentiments qu'elle avait pour lui. Elle était tombée follement amoureuse de Chris Jennings. Elle avait même annoncé au refuge qu'elle garderait Tank. Elle ne pouvait supporter l'idée de se séparer du chiot qu'il avait sauvé et baptisé. C'était aussi pathétique que ça !

La porte de la villa s'ouvrit avant même qu'elle soit descendue de voiture.

— Hé ! s'écria Roz en sortant en compagnie de Helen. Tu es en avance, Suse.

— Euh… oui, répondit Susannah en regardant sa montre, même si elle savait pertinemment l'heure qu'il était. J'ai fini plus tôt pour une fois. Mais comment se fait-il que vous soyez venues si tôt toutes les trois et que vous partiez déjà ?

— Oh ! Helen et moi, nous avons un truc ce soir, lança-t-elle en se hâtant vers sa voiture, tandis que Helen était déjà au volant de la sienne et agitait la main. On se voit au travail !

— Roz, attends…

En guise de réponse, sa collègue lui adressa un large sourire par la portière. La voiture s'éloignait déjà.

Susannah sortit son téléphone, puis se ravisa. Elle s'était montrée désagréable ces derniers temps. Pas étonnant que ses amies n'aient pas eu envie de s'attarder pour bavarder.

Bizarrement, plus Chris se montrait sociable et gentil, plus elle était d'humeur exécrable. Et, maintenant qu'elle y pensait, toutes les personnes du village qu'elle avait croisées récemment avaient été quelque peu distantes aussi.

Susannah regarda son reflet dans le miroir et soupira. Elle avait les traits tirés. Vivement, elle appliqua une touche de rouge à lèvres et se dirigea vers la maison. Elle atteignait les marches du perron quand les gens du village commencèrent à arriver. Sa chance de passer un peu de temps en tête à tête avec Chris s'envolait.

Que faire ? Elle devait relever Trudy de sa garde, nourrir les chiens…

Sans réfléchir davantage, elle rebroussa chemin. De retour chez elle, elle vaqua à ses occupations jusqu'à l'heure du dîner. Au moment de se coucher, elle posa un baiser sur la truffe de Tank et se demanda pourquoi tout le monde autour d'elle se comportait de façon bizarre.

Mais peut-être était-ce seulement elle ? Où était passée la Miss Sunshine qu'elle était habituellement ? Cela ne lui ressemblait pas d'être grognon, et même jalouse parfois. C'était stupide, mais ça l'irritait de penser qu'au même moment le vétérinaire que tout le village avait un jour détesté devenait la star de la communauté. Si ça continuait, il deviendrait l'homme de l'année. Et elle ? Une de ces femmes revêches filmées en train de perdre son sang-froid dans les embouteillages et qui se retrouvaient en boucle sur les réseaux sociaux ?

Si elle n'était pas aussi malheureuse, ce rôle lui plairait sûrement !

11.

Susannah ouvrit les rideaux et plissa les yeux dans la clarté de l'aube. Une belle journée d'été s'annonçait, le sol était sec, des conditions idéales pour une fête en plein air.

Elle soupira, le cœur battant. Le grand jour était enfin arrivé !

Se détournant de la fenêtre, elle sentit Tank se frotter contre ses pieds. Le chiot exubérant essayait de déchiqueter une de ses mules.

— Veux-tu lâcher ça ?

Elle le souleva et déposa un baiser sur son museau avant de le remettre dans son panier.

— Trudy passera tout à l'heure. Sois sage, d'accord ?

Trudy et sa fille viendraient en effet chercher trois de ses pensionnaires qu'elle destinait à l'adoption. Elle avait bon espoir qu'ils trouvent un foyer aujourd'hui, comme d'autres chiens des refuges.

Sa voiture chargée, Susannah traversa le village en direction de la villa de Chris. Sur la route, elle dépassa des dizaines de personnes portant des marchandises et des tréteaux. Quand elle tourna dans l'allée de la propriété, elle fut étonnée de découvrir toute l'activité qui régnait. Les camions des refuges étaient déjà sur place, et les bénévoles montaient les équipements pour l'exposition canine. Les premiers stands s'alignaient devant la maison.

— Waouh ! Incroyable…

La kermesse dont elle avait tant rêvé devenait enfin réalité, et elle promettait d'être encore plus belle que ce qu'elle avait espéré. Elle trouva une place pour se garer et entreprit de vider son coffre.

— Bonjour ! lança Mme Chan qui passait près d'elle, les bras chargés de gâteaux faits maison. N'est-ce pas magnifique ? Bravo pour cette belle organisation.

Susannah sourit.

— C'est un effort collectif. Tout le village s'y est mis.

Partout, on s'affairait, et Hendrix aboyait en observant cette agitation depuis la fenêtre du salon. Chris s'était montré prévoyant en le maintenant à l'écart des préparatifs… et de la nourriture !

Comme elle longeait le côté de la maison, elle pila net. Ce qu'elle avait vu jusqu'à présent n'était rien, comparé à ce qui se passait à l'arrière, dans le parc. Un parcours d'agility, des tentes, des jeux, des kiosques… C'était fantastique !

Chargée de ses caisses, elle se dirigea vers les stands de l'unité de soins palliatifs où régnait une joyeuse ambiance.

— Suse ! Il était temps que tu arrives, déclara Helen, assise derrière un bureau, prête à recevoir les dons des visiteurs. Tout a fini par se mettre en place. Roz est aux anges.

— Je vois. Où est-elle ?

Mais Helen parut ne pas l'entendre. Laissant là son chargement, Susannah prit son bloc-notes et alla rejoindre les équipes des refuges qui posaient des panneaux d'information sur chaque chien mis à l'adoption. Elle passa l'heure suivante à vérifier que tout était en bonne voie. Chris était introuvable, mais elle savait qu'il devait tenir la permanence à la tente de la clinique. Sans doute était-il occupé à régler des détails de dernière minute. De nouveau, elle chercha Roz et Cheryl du regard et, ne les voyant pas, elle reprit son inspection. Il restait beaucoup de choses à superviser. Elle retrouverait ses amies plus tard.

L'événement avait attiré une foule considérable, l'équivalent de deux fois la population de Puddle Lake au moins. Les gens souriaient, ravis de s'amuser aux différents stands et attractions. La radio locale s'était déplacée et interviewait les bénévoles qui expliquaient leurs missions avec plaisir, parlant des chiens et du centre de soins. L'exposition canine rencontrait avec vif succès. Invité, Hendrix remporta un prix pour avoir accompli le parcours d'agility en un temps record.

Les pensées de Susannah dérivaient une fois de plus vers Chris, quand le DJ engagé pour l'occasion fit une annonce.

— Mesdames et messieurs, comme vous le savez, cette journée est un magnifique succès. Tout le monde se mobilise pour soutenir les bonnes causes, et aux dernières nouvelles, plus de vingt chiens ont trouvé un foyer !

Susannah applaudit avec le reste de la foule. Vingt chiens en l'espace de quelques heures ! Une vague de soulagement et d'émotion la submergea, et elle essuya furtivement une larme.

Et Chris, où était-il ? Elle aurait tellement voulu partager ça avec lui. Comme elle jeta un regard autour d'elle, elle aperçut Cheryl qui poussait une forme volumineuse recouverte d'un drap sur un chariot. Neville, le fermier de Oak Farm, l'aidait. Il était bluffant avec ses implants capillaires. Des femmes le hélèrent en agitant la main.

C'est bon signe, Nev.

Mais qu'est-ce qu'ils traînaient tous les deux ? Ce n'était pas prévu…

Neville amena la structure jusqu'au centre de la pelouse. Susannah se demandait de quoi il s'agissait quand tout devint noir tout à coup.

— Hé ! protesta-t-elle avant que quelqu'un ne pose une main sur sa bouche.

— Chut… C'est moi, murmura Roz à son oreille.

Susannah sentit qu'elle lui nouait un bandeau derrière la tête. Puis une autre paire de bras chercha à l'entraîner. Elle se défendit en lançant un coup de pied à l'aveuglette.

— Aïe ! s'exclama Cheryl.

— Cheryl ? Roz ? Mais qu'est-ce qui vous prend ? Enlevez-moi ça tout de suite ou je…

De nouveau, une main la réduisit au silence. Puis on la souleva de terre pour l'asseoir sur une chaise dure. Enfin, on la relâcha.

Tendant les bras pour tâcher d'attraper l'une ou l'autre de ses amies, elle rencontra une paroi. *Un mur ?*

Bon sang, les filles ! C'est quoi, cette farce ? Elle voulut arracher le bandeau, mais reçut une tape sur la main. Puis, comprenant qu'il n'y avait des parois que sur trois côtés, elle essaya de se jeter en arrière. Mais on la repoussa sur sa chaise.

— Cheryl, tu vas me le payer quand je te mettrai la main dessus !

À cet instant, elle entendit la voix de Roz dans le micro. Celle-ci remercia différentes personnes présentes avant d'annoncer d'un ton théâtral :

— Et maintenant, nous accueillons celui que nous aimons tous, ainsi qu'un numéro surprise. Applaudissons notre hôte et vétérinaire, le Dr Christopher Jennings !

Une grande clameur monta de la foule, et Susannah crut entendre Mme Chan crier : « Vas-y, mon garçon ! »

— Merci, déclara Chris au micro. Merci à Puddle Lake de m'avoir accueilli si chaleureusement. À mon tour, je suis heureux de vous recevoir aujourd'hui. Le moment est venu de fêter une personne qui nous est chère. Cheryl, à toi l'honneur.

Susannah prit conscience que son amie tirait le tissu autour de sa tête. Elle en profita pour lui enfoncer ses ongles dans le bras.

— Hé ! Arrête ! s'écria Cheryl. Fais-moi confiance. Et paye-toi une séance de manucure !

Susannah relâcha son emprise.

— Tu as mérité que je t'égratigne ! J'espère que je ne vais pas basculer dans un bac d'eau glacée maintenant.

— Oh ! c'est tellement mieux que ça. Prête ?

Il y eut des coups sourds autour d'elle, puis le bandeau noir tomba de ses yeux.

Oh ! mon Dieu ! Tout le village la regardait. Les « murs » avaient disparu, et il ne restait qu'une structure en bois surmontée d'un fronton. Mais, de sa place, impossible de lire l'inscription qui s'y trouvait.

Chris se tenait au milieu de la pelouse, et elle n'eut d'yeux que pour lui. Il était si beau, si serein aussi, en chemise blanche à col ouvert, avec ses cheveux ébouriffés. Elle sentit un élan brûlant jaillir dans sa poitrine.

Lentement, il s'avança vers elle et, quand il fut tout près, il lui adressa un clin d'œil. C'était terriblement intime et sexy.

— Rien de ce qui se déroule aujourd'hui n'aurait été possible sans notre infirmière locale et amie des chiens, Susannah Harkin, annonça-t-il dans le micro. Pour ceux qui ne la connaissent pas encore, Susannah est facilement repérable à ses tenues multicolores. Elle est aussi incroyablement dévouée à ce village. Je n'ai jamais vu une femme comme elle et, personnellement, je suis heureux qu'elle ait surgi un jour dans ma clinique, avec ce lascar dans son sillage.

D'un hochement de tête, il montra Hendrix, qui se mit à aboyer, ravi qu'on parle de lui. Tout le monde se mit à rire.

— Je suis sûr que ce n'est un secret pour personne, reprit-il. À mon arrivée ici, j'étais… assez maussade.

— C'est l'euphémisme du siècle ! claironna Mme Chan avant de lui envoyer un baiser.

L'assistance jubila.

— Merci, madame Chan. J'étais un peu perdu en venant à Puddle Lake. Susannah est celle qui m'a fait comprendre tout ce que la vie avait à offrir dans ce joli coin. Aussi, je voudrais lui rendre hommage et la remercier pour son dévouement envers ses patients, ses amis et les animaux qu'elle recueille. Je suis sûr que vous savez mieux que moi que, sans elle, notre village ne serait pas aussi beau.

Le regard de Chris était rivé au sien, et Susannah pouvait à peine respirer.

— Ce qu'on sait moins, poursuivit-il, c'est qu'elle aime arranger les rapprochements entre les chiens et leurs futurs propriétaires. Alors, quel meilleur moyen de lui faire honneur que de proposer notre propre… kiosque de rencontres ?

Là-dessus, il tira sur un bout de tissu qui masquait apparemment le fronton. Il y eut des exclamations, puis un tonnerre d'applaudissements.

Les règles sont simples : la personne cherchant un partenaire doit s'inscrire pour trouver des prétendants parmi le public ! En tout bien tout honneur, dit-il avec une pointe d'humour.

Des rires fusèrent. Susannah restait figée au bord de sa chaise. Chris n'était plus l'homme maussade qu'elle avait connu. Il était transformé !

— Donc, avant que nos candidats se mettent en place dans notre cabine, à commencer par notre sympathique fermier… Fais-nous signe, Neville ! lança-t-il.

Celui-ci se leva et fléchit ses muscles comme un athlète, pour la plus grande joie des spectatrices. Parmi elles, son ex, Nancy, nota Susannah.

C'est vraiment bon signe pour toi, Nev. Peut-être que les secondes chances existent après tout.

Chris attendit qu'il eût repris sa place, puis glissant une main dans sa poche, il en sortit une liasse de billets.

— Le tour de Neville viendra bientôt, mesdames, annonça-t-il. Mais j'aimerais être le premier à participer.

La foule l'encouragea bruyamment, et Susannah sentit son cœur battre la chamade.

Il se pencha par-dessus l'étroit comptoir qui les séparait.

— Susannah, je fais un don de mille livres pour avoir une chance de matcher avec toi, déclara-t-il.

Le public chaviré de bonheur se mit à scander :

— Fonce ! Prends-le !

Susannah sourit, hébétée et charmée à la fois. Craignant que ses paroles ne soient amplifiées par le micro, elle murmura :

— Mais qu'est-ce que tu fais ?

Il se pencha davantage, et elle capta son parfum viril et envoûtant. Mon Dieu, comme elle aimait cet homme… Il savait se montrer insupportable et têtu, et parfois elle avait envie de l'étrangler. Mais en même temps elle voulait le prendre dans ses bras et ne plus le lâcher.

— Je veux te prouver que, pour moi, tu ne seras jamais à la deuxième place, murmura-t-il en retour. Rien ni personne ne te devancera. Tu m'as guéri, Susie, et je ne peux même pas imaginer consacrer le reste de ma vie à quelqu'un d'autre que toi. Quand tu as pris tes distances, quand je suis venu au centre… c'est devenu une évidence. Tu m'exaspères, et je veux que tu le fasses pour toujours. Je sais que tu me trouves têtu et maussade…

— N'oublie pas « mufle », dit-elle malicieusement.

Il esquissa un sourire dévastateur.

— Oui, ça aussi. Mais ce n'était pas seulement parce que j'avais perdu une femme. J'ai réalisé trop tard que nous aimions d'abord nos carrières respectives. On se souciait l'un de l'autre, bien sûr, mais ce n'était pas comme toi et moi, dit-il en pointant un doigt de sa poitrine vers la sienne, rappelant le geste qu'elle avait eu des semaines plus tôt. Le destin m'a envoyé ici, pour toi. Pour ça aussi…

Se tournant à demi, Chris fit un large mouvement du bras pour désigner la foule qui semblait retenir son souffle. Puis il mit les billets dans le bocal que Cheryl avait apporté.

— Maintenant, quoi que tu décides, cet argent est dans la cagnotte. Je veux simplement que tu saches que je t'aime, Susie. De tout mon cœur.

La gorge nouée, Susannah sentit une larme rouler sur sa joue. Chris l'essuya doucement du pouce. Puis rapprochant le micro, il s'adressa de nouveau à la foule.

— Susannah Harkin, veux-tu faire de moi l'homme le plus heureux de ce village en devenant ma femme ?

Dans la foule, ce fut du délire, mais Susannah n'entendait plus rien. Toute son attention était rivée sur Chris.

Chris qui la courtisait dans ce village où elle avait grandi, où elle était revenue brisée par son divorce, pour devenir une femme indépendante. Elle avait à présent un homme dans sa vie qui chérissait comme elle les choses simples. Tous deux avaient eu le cœur brisé, et le chagrin avait blessé leur âme. Malgré tout, ils s'étaient trouvés.

Silencieusement, elle remercia sa bonne étoile, puis elle se leva et prit le micro des mains de Chris.

— Dr Jennings, j'ai cru que vous ne le diriez jamais.

La foule se mit à hurler de joie. Comme Chris l'enlaçait et capturait sa bouche avec fougue, Susannah perçut les acclamations et un concert d'aboiements. Les cris de Cheryl, Roz et Helen dominaient le tumulte.

Chris l'embrassait comme un fou, et elle voulait qu'il ne s'arrête jamais. Quand, à bout de souffle, ils s'écartèrent enfin, le village applaudit à tout rompre. Puis Roz prit le relais au micro pour annoncer que c'était au tour de Neville de tenter sa chance.

Comme Chris l'entraînait vers la villa, Susannah aperçut Nancy qui jouait des coudes pour être la première de la file.

— Bonne chance, Neville, lança Chris.

Une fois dans la villa, ils s'embrassèrent longuement.

— Tu es fou, dit-elle quand elle put reprendre sa respiration. Payer mille livres pour quelque chose que tu aurais obtenu gratuitement !

Chris rit de bon cœur.

— Bah, ce n'est que de l'argent. Et je pensais déduire ça de mes impôts.

Elle lui donna une tape sur le bras en riant, et il en profita pour lui prendre la main et entrelacer leurs doigts. Sous son beau regard sombre qui l'enveloppait, Susannah se sentait chérie et plus vivante que jamais.

— J'aurais donné jusqu'à ma chemise pour te prouver à quel point tu comptes pour moi, dit-il en posant ses lèvres sur son cou.

Un long frisson de plaisir la traversa. Encouragé, Chris traça un sillon de petits baisers jusqu'au creux de son épaule.

— Si seulement il n'y avait pas un million de personnes à nous épier ! Nous pourrions nous donner beaucoup de plaisir tous les deux. Je t'aime tellement.

— Je vous aime aussi, docteur, répondit-elle en le regardant au fond des yeux. Je suis si heureuse que tu sois venu à Puddle Lake.

L'expression de joie et de soulagement qu'elle lut sur ses traits séduisants la fit fondre.

— Pas autant que moi, dit-il en se pressant contre elle. Et maintenant, si nous allions finir cette folle journée ? Nous avons encore des chiens à sauver et des fonds à récolter. Et ce soir, si tu es d'accord…

Il couva sa silhouette d'un regard brûlant.

— J'aimerais beaucoup rejouer cette scène du T-shirt à l'envers.

Susannah s'empourpra, tandis que le désir et l'amour l'inondaient tout entière.

— Hum, dans l'intérêt de la science, je suis sûre qu'on peut arranger ça.

Un sourire ravageur illumina les traits de Chris. Jamais elle ne l'avait vu aussi heureux.

— J'aime entendre ça. Et maintenant, allons-y.

À contrecœur, il relâcha son étreinte autour d'elle, puis main dans la main, ils sortirent de la maison. Hendrix qui attendait sur le perron agita la queue en les voyant.

— Tu crois qu'il s'entendra avec Tank ? demanda Susannah. Je l'ai adopté.

— C'est vrai ? dit Chris, ébahi.

— Oui. Je n'avais pas le cœur à le laisser partir. C'est toi qui lui as sauvé la vie.

Hendrix se mit à japper comme un fou. Mais, sur un claquement de doigts de Chris, il se calma.

— J'ai l'impression que nous allons rudement bien nous entendre tous les quatre.

Une salve d'applaudissements salua leur retour sur la pelouse, et Susannah agita la main en riant. Pendant le reste de la fête, Chris ne la quitta pas une seconde. Il en fut de même les jours suivants.

Susannah sut alors que plus jamais elle ne se sentirait délaissée. Elle pensa avec tendresse à toutes ces pauvres créatures à quatre pattes qui les avaient rapprochés. Elle aussi avait enfin trouvé un foyer heureux et elle le garderait pour toujours.

LUANA DaROSA

Le bébé secret de Rio

Traduction française de
ANNE DAUTUN

BLANCHE

HARLEQUIN

Titre original :
HER SECRET RIO BABY

1.

En descendant au bar de l'hôtel, Eliana n'était pas à la recherche d'une aventure. Concentrée sur le match de *futebol* diffusé à la télévision, elle ne prit garde à l'homme d'une beauté ravageuse installé au comptoir à un tabouret du sien que lorsqu'il engagea la conversation avec elle à propos d'une des équipes. Les hommes supposaient en général qu'elle ne connaissait rien au foot.

Il avait tout d'un élégant businessman ayant trouvé refuge au bar après une longue journée de travail, mais plus elle le regardait, plus elle était troublée par sa sidérante beauté.

Son costume à la coupe parfaite, d'un noir profond, mettait son corps viril en valeur. Sa personnalité, sa sensualité à la fois réservée et magnétique étaient évidentes. Seule excentricité, des cheveux d'un noir de jais lui descendaient aux épaules et étaient négligemment renvoyés sur le côté pour dégager son visage. Eliana eut envie de plonger les doigts dans cette épaisse chevelure, d'attirer à elle le visage de cet homme superbe. Ce fantasme la prit de court, et elle secoua la tête. Ce devait être un effet de la fatigue. Lorsqu'il regarda sa bouche, elle contint une étrange envie de se passer la langue sur les lèvres.

Elle avait passé la journée à voyager de Belo Horizonte à Rio de Janeiro. Un deuil l'amenait à Rio : deux jours auparavant, son père, Marco, et son demi-frère, Vanderson, avaient trouvé la mort dans un accident de voiture. Elle était encore sous le choc.

Elle n'avait jamais été proche de l'un ni de l'autre, et n'était pas allée à leur enterrement. Une part d'elle aurait voulu saisir cette ultime occasion de dire adieu à la seule famille qui lui restait, mais elle avait renoncé au dernier moment. Elle était restée dans sa chambre d'hôtel pour tenter de prendre la mesure de la situation. Elle était aujourd'hui l'héritière de la fortune de son père et de son hôpital – un tour du destin dont elle était la première surprise.

— Vous permettez ? demanda l'inconnu, désignant le tabouret vide qui les séparait.

Elle acquiesça et prit une gorgée de vin tandis qu'il se glissait sur le siège tout proche du sien. Perçut-elle vraiment la chaleur de son corps ? Ils discutaient du match de foot, pourtant elle réagissait physiquement comme s'il lui murmurait une troublante invite.

Elle jeta un coup d'œil à sa montre. Il était assez tard pour se retirer sans paraître impolie. Son avion décollait tôt le lendemain, et la journée avait été longue et pénible. Elle devait préserver ce qu'il lui restait d'énergie. Seulement voilà, elle n'avait pas envie de s'en aller. Les paroles décontractées du bel inconnu lui faisaient oublier qu'elle avait le cœur lourd, et ses yeux noirs posés sur elle embrasaient sa peau.

Elle ne s'était pas attendue à réagir ainsi, mais après tout, c'était la vie, non ? Les gens se rencontraient dans des bars, décidaient de prendre un peu de bon temps…

— Je m'appelle Diego, dit-il.

Elle s'aperçut qu'elle le dévisageait, et apprendre son prénom enflamma de nouveau son corps tout entier. Pourquoi avait-elle la sensation, alors qu'il venait de se présenter, qu'il lui faisait une proposition torride ?

— Ana, répondit-elle, serrant la main qu'il lui tendait.

Il avait une poigne ferme, et, retenant sa main un peu plus que nécessaire, ses doigts esquissèrent une brève caresse.

— Qu'est-ce qui vous amène à Rio ?

Un sourire incurva ses lèvres bien dessinées, soulignant la distinction aristocratique de ses traits. Sa veste de costume s'ouvrait sur une chemise en lin qui laissait deviner un physique splendide.

Jamais elle n'avait eu de réaction aussi viscérale à la présence d'un homme.

— L'enterrement de mon père, répondit-elle.

Elle n'avait pas envie de parler de son père, mais cela chasserait le trouble qui l'enfiévrait.

— Je suis navré, dit Diego.

— Ne le soyez pas. Nous n'étions pas proches.

Elle avait tenté de gommer toute note d'amertume, mais les mots lui avaient échappé. Diego la surprit en lâchant un *pff !* désabusé.

— Je sais ce que c'est, dit-il.

— Ah, nous avons des problèmes paternels en commun ?

Il leva les yeux vers elle et leurs regards fusionnèrent. Elle frémit, comprenant qu'il dissimulait sa vulnérabilité sous des airs détachés. Ce fut très fugitif, le visage de Diego se ferma bientôt tout à fait.

Et c'était aussi bien. Elle n'était pas à la recherche d'une aventure ici, à Rio. Les affaires complexes de son père lui imposaient de revenir le mois suivant, pour faire valoir ses droits sur l'hôpital et régler ce qui devait l'être. Ensuite, Marco Costa sortirait de sa vie à jamais. Elle espérait passer le moins de temps possible à Rio. Cette ville, pour elle, n'était porteuse que de cauchemars !

Diego répondit d'un haussement d'épaules et reporta son attention sur elle. Son regard viril dériva sur ses lèvres et ses pupilles se dilatèrent.

Elle s'embrasa de plus belle. L'électricité qui circulait entre eux n'existait donc pas seulement dans son imagination !

— Je vois… Pas de problème si je révèle mes secrets, mais silence sur les vôtres, répondit-elle en cherchant hardiment son regard. Je ne serai jamais qu'une inconnue croisée dans un bar, qu'avez-vous à perdre ?

Pourquoi se montrait-elle si curieuse ? Cela ne lui ressemblait pas. Mais Diego l'intriguait. Déjà, leur conversation s'était distinguée des habituelles rencontres de comptoir. Au lieu de la questionner sur sa vie ou son travail, il avait trouvé un sujet d'intérêt commun pour entamer la conversation.

— Pourquoi gâcher la soirée ? répliqua-t-il.

Il eut un sourire – à demi sincère – qui mit pourtant le rose aux joues d'Eliana.

— Comme il vous plaira, *senhor*, fit-elle en levant les mains en signe de renoncement. Mais alors, dites-moi au moins ce qui *vous* amène à Rio.

Il adopta une pose plus détendue, un coude sur le bar, frottant de l'autre main la légère repousse de barbe qui couvrait ses joues aux pommettes superbement sculptées.

— Me croiriez-vous si je vous disais : l'enterrement de mon frère ?

Vanderson n'était pas le frère de Diego, ils n'avaient aucun lien de sang. Pourtant Diego, qui avait dix frères et sœurs, s'était senti plus proche de lui que de n'importe quel membre de sa « vraie » famille.

Il avait rencontré Vanderson Costa lorsqu'ils avaient dix-huit ans, pendant leur service militaire dans l'armée brésilienne. Ils s'étaient inscrits pour la formation médicale car ils envisageaient tous les deux de faire médecine après leur retour à la vie civile. Dans des circonstances normales, ils ne se seraient jamais rencontrés. Vanderson avait grandi dans une riche demeure d'Ipanema, le quartier le plus chic de Rio ; Diego venait des abords du Complexo do Alemão, l'un des plus vastes ensembles de favelas au nord de la ville. Mais, à l'armée, ils étaient des recrues comme les autres, des frères d'armes partageant le même vécu. Leur amitié avait comblé le fossé de richesse et de privilèges qui les séparait.

À présent, Vanderson était mort. La perte de son frère d'élection avait porté un coup à Diego. Mais il prenait conscience que pour la première fois il oubliait un peu son chagrin.

D'une façon ou d'une autre, la femme assise à ses côtés jouait un rôle dans ce processus.

Diego avait toujours vécu à Rio de Janeiro. S'il était à l'hôtel, c'était à cause de l'enterrement de son ami. Il y avait dîné avec les survivants : le mari de Vanderson et leur fille.

Alors qu'il s'apprêtait à partir, son attention avait été attirée par cette femme installée au bar, par les reflets roux des luxuriantes boucles brunes qui tombaient en cascade sur ses épaules. Mais, plus que par sa chevelure opulente et les courbes sensuelles de sa silhouette, il avait été attiré par son vif intérêt pour le match de *futebol*.

Passionné de foot, il avait été suffisamment intrigué pour se rapprocher d'elle. Il n'avait pas été très discret, sans doute, car elle n'avait pas tardé à tourner la tête vers lui. Lorsque leurs regards s'étaient croisés, le temps s'était suspendu et il avait ressenti un inhabituel pincement au cœur. Il avait essayé de prendre un air nonchalant, mais son corps avait d'autres projets.

L'inconnue avait des yeux clairs, noisette, d'une couleur fascinante. De temps à autre, ils captaient la lumière et prenaient l'apparence de l'or fondu. Il était évident qu'elle n'avait pas conscience de sa beauté. Et elle fit preuve d'un vif esprit d'analyse et du sens de $1a repartie en discutant du match. Il y avait de la passion en elle ! Il avait envie de mieux la connaître, de savoir dans quels autres domaines de la vie elle laissait libre cours à cette passion.

C'était une pensée étrange. Il faisait rarement vraiment connaissance avec les femmes qui passaient dans sa vie. Il avait vu ses parents se détruire, savait que les relations sentimentales ne menaient qu'à la souffrance, à d'inévitables sacrifices. Il veillait à se libérer avant qu'une relation ne devienne trop émotionnelle, trop profonde. Et l'un des moyens d'éviter un rapprochement importun était de ne pas poser trop de questions avant d'en venir au but implicite d'une rencontre.

Alors, que faisait-il là, à l'interroger sur ses relations avec son père ? Et à avouer pourquoi il était ici ?

— Décidément, ce bar attire les endeuillés, dit-elle. Je suis navrée pour votre frère.

Il sourit, sa sympathie sincère lui réchauffa le cœur.

— Ce sera dur, la vie sans lui.

Auprès de cette inconnue qui l'attirait, il s'autorisa à ressentir la vérité de ces mots.

Elle jeta un coup d'œil à sa montre, elle envisageait sans doute de partir. Craignant que la soirée ne prenne déjà fin, il posa une main sur la sienne. Sous ses doigts, sa peau était douce, et il fut comme irradié par la chaleur qui émanait d'elle.

— Combien de temps restez-vous à Rio ? demanda-t-il, notant les accents rauques de sa voix.

On aurait dit qu'il désirait qu'elle reste, ce qui était ridicule ! Il n'avait jamais accordé plus d'une nuit aux femmes qu'il rencontrait, la durée de son séjour importait donc peu.

Elle écarquilla les yeux. Éprouvait-elle comme lui ce choc intense, électrisant, quand il la touchait ? Elle retourna sa main, faisant se rencontrer leurs paumes, l'effleurant du bout des doigts.

— Ce soir seulement.

Elle eut une hésitation, et il retint son souffle. Elle supposait probablement qu'il logeait lui aussi à l'hôtel et n'était pas de Rio, et il ne rectifia pas son erreur, qui importait peu. Le lendemain elle serait de retour d'où elle venait, tandis qu'il resterait ici, à découvrir une réalité changée par l'absence de son meilleur ami.

Ana avait quelque chose d'apaisant, pourtant il avait suffi qu'elle le regarde de ses yeux frangés de longs cils pour allumer un feu ardent en lui. Il ne réagissait pas comme d'habitude, cela tranchait avec les aventures passagères dont il se satisfaisait. Mais cela lui était égal. L'embrasement intérieur qui le consumait estompait son chagrin. Il voulait entretenir le feu.

— Alors je suis content de vous avoir repérée, sinon j'aurais manqué une occasion exceptionnelle, *dona* Ana.

— Vous êtes venu au bar parce que vous m'avez vue ? fit-elle sur un ton incrédule.

Il faillit éclater de rire. Une si belle femme se faisait forcément aborder quand elle entrait dans un bar ! Pourtant, elle paraissait surprise.

— Je n'ai pas pu m'en empêcher, dit-il d'une voix plus sourde en entrelaçant leurs doigts.

Le cœur d'Eliana s'emballa quand Diego referma sa main puissante sur la sienne. Les yeux bruns striés de vert de Diego s'obscurcirent. Tout le monde devait voir leur folle attirance. Eliana peina soudain à trouver son souffle. C'était insensé !

— J'ai du mal à le croire, fit-elle.

Il la flattait pour la séduire, c'était évident. Pourtant…

— À croire quoi ? Que j'aie été incapable de résister après vous avoir vue ?

— Je crois que vous dites la première chose qui vous passe par la tête, ou que vous avez déjà utilisé cette phrase parce qu'elle fait mouche avec les femmes.

Cela sonnait comme une accusation, ce qui n'était pourtant pas son intention. Diego avait lui aussi capté le sous-entendu, car il demanda en haussant les sourcils :

— Et quel est mon objectif, selon vous ?

Il lui tenait toujours la main qu'il caressait du bout des doigts, envoyant des impulsions électriques dans tout son bras.

Cet homme avait le don de la faire réagir, c'était une sorte d'aimant puissant qui aurait attiré toutes les fibres de son corps. Elle devait reprendre le contrôle de la situation. Mais jamais elle n'avait été à ce point été attirée par quelqu'un, ni aussi instantanément. Elle n'arrivait plus à raisonner.

Inutile de tourner autour du pot, cependant, aussi répondit-elle :

— Coucher avec moi.

— Droit au but ! Voulez-vous vraiment passer l'étape du badinage préliminaire ? fit-il avec un sourire dévastateur. Je me suis laissé dire que j'étais un irrésistible baratineur.

Elle pouffa, riant de son assurance magistrale pour cacher qu'elle y était sensible.

— Elles ont toutes dû vous dire ça, j'imagine.

Il prit un air indigné.

— C'est peut-être vrai, mais vous me blessez, *dona* Ana. Je veille toujours à ce qu'une femme se sente vénérée et adorée.

Elle fut prise de court par sa franchise – pourtant à l'image de la sienne. La chaude pression de sa main la plongeait dans une sorte de vertige, dans un monde de désir et de passion.

De quoi ces doigts virils seraient-ils capables, si un effleurement aussi pudique éveillait de tels frissons en elle. Diego avait une bouche qui appelait le baiser…

— Quelle est votre routine de séduction ? fit-elle.

Elle s'obstinait à prétendre qu'elle n'était ni captivée ni prisonnière, qu'elle pouvait faire marche arrière, mais déjà, elle était sous le charme. Elle voulait cet homme.

— Eh bien, je vous offrirais un verre ou deux. Nous échangerions des propos anodins sur notre vie, et je saisirais la moindre occasion de vous flatter. De vous toucher, pendant que vous me parleriez de vous…

Il vint se placer tout près d'elle, l'obligeant à renverser la tête pour le regarder. Sa main se promena le long de son bras, enflammant sa peau.

— Je n'aime pas tellement parler de moi, dit-elle.

Sa voix avait pris des accents rauques, elle était envoûtée par le magnétisme animal de cet homme. S'il l'avait voulu, il aurait pu la prendre tout de suite.

Il inclina la tête, se rapprochant de son visage, et elle perçut les effluves de son après-rasage – des senteurs de terre et de mousse qui accentuaient l'envoûtement. Sans même y penser, elle oscilla vers lui.

— Alors, nous pouvons faire l'impasse sur cette partie-là, n'est-ce pas ? murmura-t-il d'une voix grave habitée par les promesses du désir.

Sa bouche lui caressa l'oreille, un long frisson parcourut sa colonne vertébrale.

Elle aurait dû dire « non ». Mais après le stress de la journée, elle voyait comme un baume l'idée de trouver du réconfort dans les bras de cet homme divinement beau. Il avait joué franc jeu, personne n'aurait à souffrir dans l'aventure. Et, à en juger par la façon dont il la menait par le bout du nez depuis le premier instant, il était évident qu'il serait bon au lit. Quel mal pouvait bien résulter d'une aventure d'une nuit ?

Eliana saisit son sac, se laissa glisser du tabouret et fit un pas vers Diego. Lui effleurant la peau de sa bouche en une esquisse de baiser, elle dit dans un souffle :

— Chambre 901. Finissez votre verre et rejoignez-moi là-haut dans un quart d'heure.

2.

Diego avait eu une nuit agitée. Plus d'un mois après l'enterrement de Vanderson, le repos se dérobait encore à lui de temps à autre. C'était parfois dû au chagrin, mais, le plus souvent, c'était l'inquiétude qui le tenait éveillé. L'inquiétude de l'avenir. Et le murmure d'un désir inassouvi.

Ana. La belle étrangère rencontrée au bar.

Il l'avait rejointe dans sa chambre cette nuit-là pour la plus étourdissante expérience sexuelle de sa vie. Cela avait été une telle fête sensuelle que le poids du corps de cette femme sur le sien le hantait. On eût dit qu'ils étaient faits l'un pour l'autre.

Cette pensée lui revenait sans cesse à l'esprit, et il la chassait sans répit. Comment pouvait-il penser cela ? Ils avaient passé une nuit ensemble et joui d'une relation volcanique. Inutile d'y accorder plus d'importance.

Pourtant il voulait aller au-delà, avoir plus de la part d'une femme qu'il ne pouvait pas avoir. D'ailleurs lui-même ne savait pas *donner* plus, ce dont il rendait ses parents responsables. Leur constante déloyauté l'un envers l'autre lui avait appris que l'amour inspirait les comportements les plus insensés aux humains. Il préférait cent fois rester célibataire plutôt que de faire subir à une femme ce que son père avait imposé à sa mère.

Les paupières lourdes, il passa une blouse stérile et alluma la machine à café dans la cuisine. Sortant de la pièce par la porte vitrée, il traversa un petit carré d'herbe et entra dans le garage. Il actionna l'interrupteur et la lumière le fit plisser des yeux.

Plutôt qu'une voiture, le garage contenait des équipements médicaux et sportifs. Au fond de la pièce, sur un vaste établi, se trouvait une prothèse.

Diego s'en approcha avec un lourd soupir et considéra la petite jambe à laquelle il consacrait la majeure partie de son temps libre depuis une semaine. Il était censé l'adapter à son propriétaire, un jeune garçon qui lui avait rendu visite le mois précédent pour une nouvelle jambe. Le gosse avait trop grandi pour continuer à utiliser l'ancienne.

Les patients nécessitant une prothèse étaient rares à la clinique gratuite et ouverte à tous que Diego dirigeait à Complexo do Alemão. On le consultait d'habitude pour des maladies relevant d'un généraliste, ou des blessures qui requéraient des points de suture. Il était rare qu'on fasse appel à lui pour son expertise de chirurgien orthopédiste.

Diego, qui ne refusait jamais un patient, en était parfois de sa poche, et pour des sommes non négligeables. Mais il avait grandi dans ce quartier sans espoir ni avenir. Il avait échappé à son destin de pauvre à force de ténacité, et de chance. Cela, et les souvenirs de sa vie dans les favelas, l'incitaient à travailler dur et à donner tout ce qu'il pouvait à sa communauté.

— C'est la jambe pour Miguel ? Je viens de croiser sa mère près du magasin de ta sœur, elle m'en a parlé.

Diego sursauta. Sa grand-mère, Márcia, venait d'entrer dans le garage avec du café et des toasts.

— *Avozinha*, que fais-tu ici si tôt ?

— Pelé aime sortir à l'aube, alors nous sommes venus voir comment tu allais.

Un grand lévrier reniflait l'herbe du jardin. Il leva sa truffe lorsque Diego siffla et bondit vers lui avec un jappement excité.

Diego s'accroupit pour gratter le cou du chien. La clochette du collier émit un son argentin.

— *Avozinha*, tu es allée jusqu'au magasin d'Aline ? Tu ne devrais pas t'aventurer seule dans ce secteur !

Márcia eut un geste d'insouciance.

— Je ne suis pas seule ! Pelé veille sur moi.

Après une dernière caresse au chien, Diego se remit debout face à sa grand-mère.

— Ce trouillard ? Tu te souviens de la fois où il s'est caché sous la table parce qu'il y avait un intrus dans ton jardin ? Pelé est adorable, mais ce n'est pas lui qui te sauverait.

— Ne me fais pas la leçon, mon garçon ! Je me suis occupée de toi quand tu étais en culottes courtes, et regarde où ça t'a mené.

Mieux valait ne pas lever les yeux au ciel tandis que Márcia se lançait dans son sujet favori : son petit-fils devenu chirurgien à qui elle avait évité de finir à la rue avec une bande de voyous. Diego l'admettait, tout le mérite revenait à sa grand-mère qui avait décidé de l'élever parce que ses parents étaient trop pris par leurs problèmes.

— *Sim, vovó*, « Oui, mamie ». Mais tu sais que je me fais du souci pour toi.

— Pense plutôt à Miguel. Il a besoin d'une nouvelle jambe.

Avec un grognement de frustration, il se tourna vers son établi, et la prothèse qui lui donnait tant de souci.

— Je ne m'attendais pas à devoir faire la prothèse moi-même. Vanderson devait m'autoriser à faire appel au pédiatre de mon équipe.

— Et la fille de Marco ? Ce sera elle la grande patronne, maintenant, non ? Elle ne s'opposera peut-être pas à ce que tu aides Miguel.

Diego se tourna vers sa grand-mère d'un air sceptique.

— Je ne sais pas à quoi m'attendre. Costa et elle ne se parlaient plus depuis dix-sept ans ! D'après Vanderson elle est aussi médecin, mais son père lui interdisait le moindre contact avec elle.

Il secoua la tête. Ce n'était pas seulement pour un patient qu'il avait besoin des ressources de l'hôpital. La clinique ouverte à tous qu'il dirigeait sur son temps libre avait besoin d'un soutien logistique et financier plus important que celui qu'il pouvait fournir. Si seulement il avait pu engager une infirmière à plein temps, il aurait pu aider beaucoup plus de gens ! Mais, pour cela, il lui fallait le soutien du *big boss* du Santa Valeria Hospital. Un rôle tenu par Marco Costa jusqu'à sa mort récente.

Eliana Oliveira. C'était le nom de l'héritière. Dans les couloirs de l'hôpital, le bruit courait qu'elle allait d'un jour à l'autre venir prendre le poste. En dehors du scandale qui entourait sa naissance, personne ne savait grand-chose sur elle. Pour Diego, c'était une parfaite inconnue. Il avait l'intention de terminer la prothèse du petit Miguel avec ou sans l'approbation de la nouvelle cheffe générale, même s'il préférerait le faire avec sa bénédiction, bien sûr.

— Je suis certaine qu'elle se montrera raisonnable, dit Márcia.

Il aurait voulu partager son optimisme.

— Je ferais mieux d'y aller, dit-il en prenant un des toasts que son *avozinha* avait préparés pour lui. Je ne veux pas être en retard si c'est réellement aujourd'hui qu'elle se pointe.

Eliana prit place derrière le luxueux bureau du grand patron – le père défunt qu'elle avait perdu de vue – et porta une main à sa bouche. Elle avait de nouveau la nausée. Ce retour à Rio de Janeiro pour assurer l'intérim et gérer le Santa Valeria General Hospital était une source de stress beaucoup plus importante que prévu. Dès son réveil après un sommeil troublé, elle avait été prise de violentes nausées.

Suelen, la secrétaire, lui avait remis son emploi du temps. Dix membres du personnel désiraient lui parler de questions « importantes ». Étaient-elles vraiment toutes urgentes ? Se renversant dans son fauteuil, elle ferma les yeux et s'accorda une pause, priant pour que les nausées se résorbent.

Elle était sur les nerfs, son corps réagissait au stress. Elle n'était pas faite pour un travail de direction. Sa formation de chirurgienne générale ne l'avait pas préparée à l'énorme travail administratif qu'on attendait désormais d'elle. La montagne de rapports empilés devant elle ne faisait qu'aggraver son cas.

Elle n'en avait pourtant que pour une quinzaine de jours, le temps de choisir un nouveau patron pour effectuer le travail à sa place et elle rentrerait à Belo Horizonte. Rio de Janeiro ne faisait que raviver d'anciennes blessures, elle n'avait aucune envie d'y être. Bon sang, elle n'avait même pas envie de posséder cet hôpital !

Ceux qui avaient connu son père penseraient peut-être qu'elle avait suivi ses traces en devenant médecin ; il était le prestigieux patron d'un hôpital, après tout. Mais il n'avait joué qu'un petit rôle dans ses motivations, c'était à sa mère qu'elle avait désiré ressembler.

Sa mère était infirmière à Santa Valeria lorsqu'elle était tombée enceinte. Eliana était le fruit d'une liaison, et au lieu d'assumer ses responsabilités, son père avait éloigné sa mère pour garder son infidélité secrète.

Marco Costa avait à de nombreuses reprises prouvé qu'il n'était pas un homme honorable. Il avait brisé sa mère ! Il lui avait fait perdre le goût de la vie.

Eliana anticipait déjà les bruits de couloir du personnel le plus ancien – ceux qui avaient connu sa mère à l'époque et savaient comment Marco Costa s'était comporté avec elle. En dépit de son rejet presque viscéral, Eliana devait désormais gérer l'héritage de son père. Elle avait hâte d'en finir !

— Pardon, docteur Oliveira…

Eliana redressa la tête et répondit à sa secrétaire.

— C'est déjà mon premier rendez-vous ?

— Euh, non, fit Suelen après une légère hésitation. Deux chirurgiennes juniors réclament de l'aide. Des complications ont surgi au cours d'une intervention, et aucun spécialiste senior n'est disponible, apparemment.

— Il n'y a pas de spécialiste en renfort ? Mais où sont-ils ?

Suelen, mal à l'aise, plongea le nez dans son bloc-notes.

— L'un d'eux s'est fait porter pâle pour indisposition, trois sont en salle d'op et deux autres… au golf, fit-elle.

— Pardon ? s'exclama Eliana.

Elle n'attendit pas la réponse et se leva en faisant signe à Suelen de la suivre.

— Reportez mes rendez-vous. Je vais me charger de ça. Guidez-moi seulement jusqu'au bloc opératoire concerné.

Malgré ses troubles gastriques, elle éprouvait une étrange excitation à l'idée de pénétrer en salle d'opération. Au moins, ce monde-là lui était familier.

Elles gagnèrent rapidement le service de chirurgie générale, où Suelen désigna la salle d'opération numéro 3. Eliana se désinfecta les mains et les avant-bras puis baissa les yeux sur ses escarpins.

— Avez-vous une paire de chaussures adaptées ? demanda-t-elle à l'infirmière de bloc venue la saluer dans la salle de lavage chirurgical. N'importe quoi d'autre vaudra mieux que ça.

— Nous avons des *chinelas* pour ce genre de situation, répondit l'infirmière en fouillant dans un placard d'où elle tira une paire de claquettes vert fluo.

Eliana écarquilla les yeux. Elles étaient vraiment hideuses !

— Bon, j'ai dit « n'importe quoi », fit-elle en riant.

Elle rangea ses escarpins dans le placard, accepta la blouse stérile et les gants que l'infirmière lui tendait et mit un masque. Les portes du bloc opératoire s'ouvrirent avec un bruit familier, et elle se sentit soudain maîtresse de la situation. Son estomac rebelle s'apaisa.

Elle s'approcha du patient et observa la chirurgienne qui s'efforçait d'étancher la zone d'intervention.

— Que s'est-il passé ? s'enquit Eliana avec calme.

— Un traumatisme externe a provoqué une rupture du diaphragme. Après ouverture, nous avons aussi découvert des lésions aux reins. Il y a plus de sang que prévu, dit la chirurgienne gagnée par l'affolement. Un spécialiste aurait dû être présent, mais nous n'avons pas pu attendre.

— Pas de souci, je suis là pour vous aider, dit Eliana. Nous devons d'abord stopper l'hémorragie. Pince, s'il vous plaît.

Elle tendit la main, et aussitôt l'instrument chirurgical fut placé dans sa paume gantée.

— Il y a une lésion du rein, répéta la chirurgienne junior, d'une voix où l'hésitation se mêlait au désespoir.

Eliana se rembrunit. Ils avaient dû perdre un temps précieux à chercher un chirurgien chevronné ! Elle hocha la tête pour rassurer sa collègue. La panique n'avait pas sa place en salle d'opération.

— Oui, un traumatisme externe assez violent pour léser à

ce point le diaphragme peut aussi causer des lésions aux reins. Nous allons clamper l'artère rénale pour voir si le saignement s'arrête.

Eliana désigna l'artère en question et l'obtura à l'aide de la pince.

— Succion, pour qu'on y voie quelque chose, dit-elle à la chirurgienne junior, qui s'exécuta.

Les reins devinrent visibles, et le sang coula moins abondamment.

— Bien, fit Eliana. Il faut toujours isoler la source d'hémorragie en clampant l'artère concernée. Nous pouvons ensuite procéder à la réparation des lésions. Je pense que vous êtes en terrain familier, à présent. Quelles sont les prochaines étapes ?

La chirurgienne junior lui jeta un coup d'œil avant de se concentrer sur le patient et de détailler la suite de la procédure. Eliana l'écouta en hochant la tête. Elle brûlait d'envie de manier elle-même le scalpel. Il y avait un certain temps qu'elle n'avait pas pratiqué d'opérations. Après avoir obtenu son titre de chirurgienne générale, elle avait été engagée dans l'hôpital qui l'avait formée – poste qu'elle avait volontiers accepté, tout en demandant d'abord un congé sabbatique.

Mais elle n'avait pu en profiter que quelques jours, avant la nouvelle de l'accident de son père.

Malgré son désir d'opérer elle-même, elle guida l'équipe des deux chirurgiennes en formation. Si elles avaient dès le départ été encouragées à prendre des décisions, elles n'auraient pas été désemparées face à une complication somme toute assez courante dans ce genre de cas. Ce n'était que son premier jour et, déjà, Eliana découvrait des choses qui risquaient de prolonger son séjour alors qu'elle n'avait qu'une envie : quitter Rio.

Diego sortait de la chambre d'un patient lorsque son mobile bipa. On lui demandait de se présenter de toute urgence dans le service de chirurgie générale. Il plissa le front, que se passait-il ?

En tant que chef du service de chirurgie orthopédique, il lui arrivait rarement d'intervenir hors de son département.

Quelque chose n'allait pas. Son équipe lui avait appris qu'Oliveira, la nouvelle cheffe générale, était arrivée. Cela avait-il un rapport ?

Il rejoignit aussitôt le service de chirurgie générale et fit halte au bureau des infirmières.

— Qu'est-ce qui se passe ? J'ai reçu un appel urgent me demandant de venir.

L'infirmier opina avec vigueur.

— Merci, docteur Ferrari. Je ne savais pas qui solliciter, vu la situation. Aucun des spécialistes n'a répondu à mon appel, et j'ai deux praticiens juniors en train de paniquer en salle d'op. La 3.

Diego jeta un coup d'œil à l'emploi du temps affiché au mur. Quatre opérations chirurgicales étaient programmées en ce moment même, et deux autres spécialistes étaient de service, en principe.

— Où sont ces deux-là ? demanda-t-il.

L'infirmier leva les yeux au ciel.

— Vous les connaissez… des laquais du Dr Costa. À moins qu'on les y contraigne, ils ne lèvent pas le petit doigt. Ils se sont aménagé une telle sinécure au fil des ans qu'ils ne savent même plus ce que travailler veut dire.

Diego réprima un soupir. Malheureusement pour lui et pour l'hôpital, tous les praticiens de Santa Valeria ne faisaient pas preuve de l'éthique médicale essentielle à ses yeux. En fait, certains médecins de haut rang, amis et associés du défunt grand patron, se la coulaient douce et se comportaient comme s'ils étaient intouchables. Mais ce n'était guère le moment d'en discuter.

— Salle 3, vous dites ?

L'infirmier acquiesça, parut hésiter. Diego haussa les sourcils d'un air interrogateur.

— On vous a bipé il y a dix minutes. Nous n'étions pas sûrs que vous pourriez venir, alors nous avons aussi sollicité quelqu'un d'autre.

— Qui ?

— La patronne. Elle est venue tout de suite, donc je pense qu'ils ont terminé. Même si je ne les ai pas encore vus sortir…

Diego ne put dissimuler sa surprise. La fille de Marco Costa était aussi chirurgienne, et pas seulement médecin !

— Je vais quand même aller voir, dit-il. Elle a peut-être toujours besoin d'un coup de main.

Il consulta de nouveau le panneau d'affichage pour connaître la nature de l'opération en salle 3 et fronça les sourcils. Des chirurgiens juniors n'auraient pas dû opérer un accidenté de la route sans supervision ! Dans ce genre de cas, on ne savait jamais ce qu'on découvrirait après avoir ouvert le patient.

Il salua l'infirmier et arriva au bloc opératoire alors que l'équipe bouclait tout. Il n'était pas facile d'interpréter l'ambiance à travers la vitre épaisse de la salle de lavage. L'une des chirurgiennes pansait la blessure tandis que l'autre s'entretenait avec, supposa-t-il, la nouvelle patronne. Il l'observa, satisfait de pouvoir s'en faire une idée avant qu'elle ne remarque sa présence.

Ses cheveux étaient dissimulés par le calot chirurgical et son visage restait masqué. Elle semblait pâle sous les lumières, presque malade. Un léger film de sueur lui couvrait le front. Était-elle nerveuse ?

Il allait pénétrer dans la salle lorsque la nouvelle patronne leva les yeux et le vit. Elle plissa le front, et il éprouva une ardeur imprévue lorsque leurs regards se croisèrent. Comme si elle l'identifiait, ses yeux d'or se dilatèrent – des yeux qu'il aurait reconnus entre mille !

C'était elle. La femme obstinément présente dans ses pensées depuis quatre semaines. *Ana.*

Tandis qu'ils se dévisageaient, son cerveau carbura à pleine vitesse. Ana était Eliana Oliveira, la sœur de Vanderson ! Comment ne l'avait-il pas compris le soir où ils s'étaient rencontrés ? Son frère et elle avaient la même couleur de cheveux, un brun chaud avec de légers reflets roux. Et là, sans voir les traits de son visage, il percevait la ressemblance de leurs yeux. Comment n'avait-il pas vu qu'elle était la sœur de Vanderson ?

Cela semblait si évident, désormais ! Elle avait même dit qu'elle venait d'enterrer son père. Même s'il savait à présent que c'était faux. Il avait assisté aux funérailles et guetté l'apparition de l'héritière inattendue de la fortune des Costa.

Il tenta de se rappeler de quoi ils avaient discuté, mais seules lui revenaient les heures qu'ils avaient passées au lit. Il se souvenait du contact de leurs peaux, de sa langue sur sa chair, de ses cris de plaisir lorsqu'il avait atteint la part secrète de…

Il fut envahi d'un regain de désir.

Mais comment étaient-ils censés agir, à présent ?

Il percevait un désir brûlant dans les yeux d'Eliana. Leur nuit commune n'avait pas non plus assouvi sa soif à elle, semblait-il. Ou accordait-il trop de signification à ce qu'il lisait dans son regard ?

Eliana était clouée sur place, fixant le chirurgien qui lui faisait face. Des ondes de chaleur la parcouraient et, pendant un instant, elle oublia les nausées qui avaient resurgi à la fin de l'intervention chirurgicale. Heureusement qu'elle n'avait pas pris le bistouri, en fin de compte. Elle tremblait. Ce n'était pas seulement un effet de la nervosité. Elle devait avoir une infection, une gastro…

— Bipez-moi s'il y a des changements dans les signes vitaux du patient, dit-elle à la chirurgienne junior, qui hocha la tête et suivit le patient sur son brancard à roulettes.

Eliana enleva sa blouse, ses gants, son masque puis son calot, et inspira pour se ressaisir. La dernière personne qu'elle s'était attendue à voir – la dernière qu'elle voulait voir – venait de se présenter au bloc opératoire.

Le beau Diego était là devant elle, grand et brun, superbe. Sa présence soulevait tant de questions ! Il était donc médecin. Et il devait être aussi chirurgien, s'il était assez à l'aise pour pénétrer dans un bloc opératoire. Pour comble, il était chirurgien dans son hôpital !

S'il vivait ici, à Rio, que faisait-il à l'hôtel le mois dernier ?

Elle avait cru ne jamais le revoir. Par quoi commencer la conversation ?

Elle ouvrit la bouche mais la referma aussitôt sous l'effet d'une nouvelle nausée.

— Ça va ? demanda Diego d'une voix qui semblait distante, mais pourtant empreinte d'inquiétude.

Un nouveau haut-le-cœur la prit et, la main sur sa bouche, elle secoua la tête. Une seconde plus tard, le bras musclé de Diego l'avait enlacée et il la guida vers un petit tabouret au fond de la salle d'opération.

Il s'accroupit près d'elle, l'air préoccupé. Son regard chaleureux aurait, en d'autres circonstances, accéléré les battements de son cœur mais, vu sa forme, elle était surtout soulagée d'avoir près d'elle quelqu'un qui n'était pas tout à fait un étranger.

L'idée lui serra le cœur – mais elle était hors d'état de poursuivre l'analyse. Elle était trop occupée par son malaise physique.

Diego posa une main sur son front.

— Tu n'as pas de fièvre, on dirait. Mais tu es en sueur et tu as visiblement des nausées. Ça pourrait être une gastro-entérite. Tu as avalé quelque chose, ce matin ?

Une série de profondes inspirations la soulagèrent brièvement, et elle put répondre.

— Non, j'ai juste pris un café. J'avais déjà des nausées en me réveillant et l'idée de la nourriture me levait le cœur.

— Le café ne remplace pas un vrai petit déjeuner, tu devrais le savoir, dit-il en fronçant les sourcils.

En temps normal, elle ne se serait pas laissé sermonner, mais sa tête était de plus en plus lourde. Autour d'elle, la pièce s'était obscurcie, tout tournoyait, et le vertige accentuait sa nausée.

— Je crois que je vais m'évanouir…, murmura-t-elle.

Elle sentit qu'il la saisissait par les épaules, l'entendit dire quelque chose qu'elle ne comprit pas. Déjà, elle sombrait.

3.

Une vive lumière filtrait à travers les paupières closes d'Eliana. Elle avait les tempes battantes, sa langue collait à son palais comme si elle était déshydratée depuis des jours. Elle perçut un bruissement, des murmures, puis prit conscience qu'elle ignorait où elle était. Cette pensée troua le brouillard où elle était plongée et, lentement, elle ouvrit les yeux.

Une femme d'un certain âge la regardait avec bienveillance. Vêtue d'une blouse, elle était en train d'enfiler des gants à usage unique. Plissant les yeux, Eliana déchiffra son badge : Dr Sophia Salvador, Service des urgences.

— Bon retour parmi nous, patronne. Vous nous avez fait une belle frayeur, inanimée dans les bras du Dr Ferrari, dit en souriant le Dr Salvador. Je vais vous faire une prise de sang pour analyses, afin d'être sûre que tout va bien. Mais votre oxymétrie de pouls est normale et le réflexe pupillaire aussi. Probablement grâce au Dr Ferrari ici présent, qui a amorti votre chute.

Tandis que le Dr Salvador effectuait la prise de sang, Eliana tenta de se rappeler ce qui s'était passé et gémit quand cela lui revint. Malgré ses efforts pour rester maîtresse de la situation, il avait fallu qu'elle s'évanouisse ! Dès son premier jour de travail ! Devant le quasi-inconnu follement sexy qu'elle avait rencontré dans un bar !

Des souvenirs de Diego l'envahirent, accompagnés d'ondes de chaleurs.

— Attendez… Où… ?

Le Dr Salvador eut un signe de tête, et Eliana fit un mouvement trop brusque dans cette direction – son crâne fut aussitôt traversé d'une douleur vive. Diego était assis à quelques pas du lit où elle reposait.

Il se leva, l'air bien plus inquiet qu'elle ne l'aurait pensé, et de nouvelles bribes lui revinrent en mémoire. Elle avait brièvement repris connaissance dans ses bras… Il l'avait examinée tandis qu'elle était allongée sur un brancard à roulettes. Quand, exactement ? Elle n'avait plus aucun repère. Avait-il attendu là, en veillant sur elle, jusqu'à ce moment ?

Cette pensée éveilla en elle un trouble d'une autre nature. Jamais personne n'avait veillé sur elle ! Élevée par des nounous et des enseignants, elle avait très tôt appris qu'elle ne pouvait compter que sur elle-même.

Pourquoi Diego était-il resté près d'elle ? Que voulait-il ?

— Je vais essayer d'obtenir vos résultats au plus vite pour pouvoir vous libérer, dit Sophia en prenant l'échantillon de sang. À en juger par les symptômes décrits par le Dr Ferrari et l'examen que j'ai effectué, une gastro est probable.

Elle referma la porte derrière elle, et un grand silence se répandit dans la pièce.

Eliana cherchait les mots appropriés. Non seulement Diego l'avait amenée ici, mais il était resté veiller sur elle. Cela lui donnait presque envie de rire – c'était si bizarre et si incroyable. Sans doute s'agissait-il d'un calcul d'ordre professionnel. Après tout, elle était la nouvelle patronne.

Un bref instant, elle le considéra. Puis elle baissa les yeux, le cœur battant la chamade. Elle avait perçu un éclair d'inquiétude dans son regard.

Alors seulement elle prêta attention à son environnement. Elle était dans une chambre privée d'un luxe inouï, inconnu dans n'importe quel hôpital. Les draps étaient doux, le matelas confortable. Par une porte entrouverte, elle aperçut une salle de bains de rêve.

— Ce n'est pas le service des urgences. Quelle est cette chambre ? demanda-t-elle.

Il regarda autour de lui avec une expression de mépris puis il se ressaisit.

— C'est une des chambres que Marco a conçues pour ses patients VIP. Aux urgences, ils ont tenu à te transférer ici après t'avoir examinée. Ils pensaient que tu t'étais évanouie d'épuisement. Tu t'en souviens ?

— Non… Pour le moment, je n'ai que des souvenirs flous, et mal à la tête.

Elle considéra l'opulence des lieux.

— Ce luxe me paraît… très excessif, dit-elle. J'aime autant ne pas savoir dans quels budgets on a sabré pour construire ça.

Elle souhaitait de la tranquillité et du confort pour la convalescence des patients, mais là elle avait plutôt l'impression d'être dans une station thermale !

Le cours de ses pensées fut stoppé net par le sourire pensif de Diego. La douceur de son expression lui embrasa le corps.

— C'est exactement ce que j'ai dit quand Marco a entrepris les travaux de ces chambres. En fait, les coupes budgétaires ont réduit quasiment à néant les fonds dédiés aux soins caritatifs de chaque service.

— Tu ne t'entendais pas avec mon père ? lança-t-elle, frappée par son ressentiment.

Comme Marco Costa avait engagé tous les chefs de service, Eliana supposait qu'ils étaient à sa botte. Des gens qui auraient trouvé acceptable, comme leur boss, de chasser une femme enceinte du seul endroit où elle s'était sentie chez elle. Ce que Marco avait fait avec sa mère.

Mais Eliana venait apparemment de trouver quelqu'un du même avis qu'elle ! Il était si étrange de penser que l'inconnu avec lequel elle avait eu une aventure était à présent son allié potentiel dans cet hôpital…

Il rit avec sarcasme.

— Il y a longtemps que Marco Costa m'aurait viré s'il l'avait pu, et je lui ai donné quelques raisons de le faire, mais jamais de faute professionnelle, dit-il avec un haussement d'épaules. D'ailleurs, s'il m'avait renvoyé, la moitié de son personnel serait partie avec moi.

Il avait dit cela d'un ton détaché, et elle admira son assurance. Mais elle percevait aussi autre chose dans ces mots. Un sentiment de responsabilité et d'appartenance.

Elle éprouva de l'envie à cette pensée. Le sentiment d'appartenance lui était étranger. Elle avait grandi coupée de la seule famille qu'elle eût – qui n'était déjà pas grand-chose dès le départ.

— Désolé, fit-il soudain, je sais que Marco était ton père…

Elle secoua la tête.

— Je t'ai raconté que je n'étais pas proche de lui au bar de l'hôtel, tu dois t'en souvenir. Par comparaison avec ce que je pourrais dire de mon père, tu es très indulgent.

Il eut une expression de compréhension qui s'effaça vite. Il ne voulait pas laisser transparaître ses pensées devant elle, c'était évident. Mais il devait être au courant en ce qui la concernait. Tout le monde savait, dans cet hôpital. Trente-cinq ans s'étaient écoulés depuis sa naissance – depuis que sa mère s'était éprise d'un homme qu'elle n'aurait jamais dû aimer –, mais le personnel de Santa Valeria n'avait pas oublié le scandale. En entrant dans l'hôpital, elle avait senti les regards posés sur elle, entendu les murmures alors qu'on lui présentait les équipes.

Même Diego, qui bien sûr ne travaillait pas là du temps où sa mère était tombée enceinte, devait savoir qu'elle était le mouton noir de la famille Costa et qu'elle avait échappé à son « foyer » toxique dès ses dix-huit ans.

— Je suis désolé, dit-il.

Et elle sut qu'il ne s'excusait pas d'un acte qu'il aurait commis, mais des circonstances qui l'avaient amené à savoir certaines choses sur elle.

— Alors, tu penses que Santa Valeria devrait offrir davantage d'opérations ou de soins gratuits ? lança-t-elle.

— Entre autres, oui, dit-il en croisant les bras.

La force de ces bras musclés, dans lesquels elle avait trouvé du plaisir toute une nuit durant, lui revint.

— Que proposes-tu d'autre ? demanda-t-elle, intéressée.

Puisqu'elle allait devoir travailler avec cet homme qu'elle avait cru ne jamais revoir – du moins jusqu'à ce qu'elle rentre chez elle dans une quinzaine de jours –, autant savoir ce qu'il avait en tête.

Il l'examina avec une intensité perturbante et, sans y penser, passa une main sur son début de barbe.

— Développer l'aide sociale pour la communauté. Nous avons le soutien de quelques gros donateurs. Au lieu de construire des studios d'hospitalisation privés et d'inviter ces sponsors à des croisières de luxe, on devrait mettre à profit les équipements de Santa Valeria pour soigner les plus pauvres de cette ville. Dieu sait qu'il ne manque pas de malheureux qui ont grand besoin d'aide.

Il semblait parler d'expérience, ses propos étaient sincères.

— Pourquoi est-ce si important pour toi ? s'enquit-elle.

Le regard de Diego s'assombrit, et elle faillit reculer. Elle avait dû franchir une frontière invisible avec cette question. Il serra les mâchoires, il venait manifestement de rentrer dans sa coquille, mais elle soutint malgré tout son regard.

— Parce que c'est juste. Même si j'en suis sorti, ça reste ma communauté.

— Ta commu… ?

La porte s'ouvrit sur le Dr Salvador. L'urgentiste avait pris un air très professionnel. Le pouls d'Eliana s'accéléra. Elle connaissait cet air-là, elle l'avait elle-même adopté avec bien des patients. Elle tourna la tête vers Diego qui, quoi qu'il ait pu lire sur ses traits, se rapprocha, protecteur.

— Pourriez-vous nous accorder un moment ? lui demanda Sophia.

Eliana se mit à trembler. Les nausées la reprirent et, sans réfléchir, elle retint Diego par la main, la serrant fort.

— Il peut rester, dit-elle d'une voix changée.

Quelque chose d'instinctif lui disait qu'elle avait besoin qu'il reste. Était-ce une prémonition, ou simplement une peur primitive ? Elle n'aurait su le dire. Il lui lança un regard interrogateur, sans résister à l'emprise de ses doigts.

— Eh bien, dit Sophia, apparemment, ce n'est pas une gastro.

Ce sont des nausées matinales. Enfin, en l'occurrence, de fin d'après-midi. Vous êtes enceinte.

Eliana ouvrit la bouche, sans qu'aucun son ne sorte. *Enceinte ?* Mais comment était-ce possible ? Elle tourna vivement la tête vers Diego, et il lut le message qu'elle ne voulait pas prononcer devant l'urgentiste.

Le bébé était de lui. *Ils* attendaient un enfant.

La main de Diego échappa à son étreinte, il recula d'un pas.

— Depuis combien de temps ? questionna-t-elle même si c'était inutile car elle n'avait couché qu'avec un seul homme au cours des six derniers mois, et il était ici, avec elle.

— Sans échographie, je ne peux pas le dire. Vous vous souvenez de la date de vos dernières règles ?

La date de ses dernières règles ? Elle n'en avait pas d'idée précise. Ses cycles avaient toujours été irréguliers – ce dont elle s'était accommodée depuis longtemps. N'avoir pas ses règles n'était pas une anomalie pour elle. Les dernières remontaient à quatre semaines environ. C'était à ce moment-là qu'elle était tombée enceinte. Lorsqu'elle avait rencontré Diego.

— Normalement, reprit le Dr Salvador, je devrais demander qu'un obstétricien-gynécologue vous examine, mais comme c'est votre hôpital, et que vous êtes médecin, je vais vous laisser sortir. Veillez cependant à commencer tout de suite votre suivi prénatal.

Eliana l'entendit à peine, trop occupée à se pénétrer de la situation nouvelle, inattendue. Comme si son existence n'était déjà pas assez compliquée, avec le décès de son père ! Elle pouvait désormais y ajouter une grossesse non programmée.

Un bébé grandissait en elle.

— Bon, je vais vous laisser digérer cette nouvelle, dit l'urgentiste. Mais d'un point de vue médical, vous pouvez mener une journée normale.

Là-dessus, Sophia Salvador les quitta, en refermant la porte derrière elle.

Les muscles tendus, Diego était aux prises avec un étrange dilemme, tiraillé entre la combativité et le désir de fuite. Il était profondément secoué par la nouvelle explosive que Sophia venait de leur annoncer. Une myriade de questions tournoyait dans son esprit, mais il ne savait pas par où commencer, maintenant qu'il avait eu la confirmation de ce que l'expression d'Eliana lui avait déjà appris.

Il prit une chaise et s'installa au chevet du lit pour regarder Eliana.

— Suis-je… ?

Elle hocha la tête avant qu'il n'achève.

— Il est de toi. Sans doute possible. Je n'ai couché avec personne d'autre.

Voilà, c'était donc bien ça. Il eut l'impression qu'un énorme rocher venait de le percuter. Leur unique nuit de passion torride avait abouti à la conception d'un enfant !

— Ce n'est pas ce à quoi je m'attendais quand je t'ai revue tout à l'heure, dit-il tant bien que mal.

Elle eut un rire bref, et il douta de sa sincérité. Il connaissait à peine la femme allongée devant lui ! À cette idée, il rit à son tour. La mère de son futur bébé était une *inconnue*.

— Je ne sais même pas comment c'est arrivé, dit-elle à voix basse, comme si elle se parlait à elle-même plutôt qu'à lui. Je prends la pilule…

Soudain, ses yeux s'écarquillèrent et elle porta une main à sa bouche.

Il se raidit, allongea le bras vers elle.

— Qu'est-ce qu'il y a ?

— C'est ma faute. Quand je suis venue ici, à Rio, le mois dernier, je venais d'apprendre l'accident de mon père et de mon frère. Je ne me sentais pas bien. Je me suis préparée le matin comme d'habitude et j'ai pris ma pilule, mais après… j'ai vomi. J'ai expulsé le médicament. Mais je n'y ai même pas prêté garde, je ne pensais pas rencontrer quelqu'un de toute façon.

Cela expliquait les choses. Cette nuit-là, ils avaient eu la conversation que tout adulte responsable devait avoir pour éviter les conséquences indésirables d'une rencontre. Diego avait même mis un préservatif, la première fois. La deuxième fois aussi, peut-être. Ses souvenirs étaient plus flous au sujet de la troisième, la nuit s'étant prolongée dans un crescendo de passion torride. Les caresses d'Eliana l'avaient envoûté – au point qu'il ne se souvenait guère que de cela.

Il ne pouvait pas soutenir que c'était elle la fautive. La faute était peut-être aussi la sienne. La *leur*. Mais, de fait, ils étaient maintenant liés l'un à l'autre par la vie qu'ils avaient engendrée.

— Ce n'est la faute de personne. Ce sont des choses qui arrivent… tu le sais aussi bien que moi.

Encore sous le choc de la nouvelle, il ne savait pas quoi dire d'autre. Ni comment poser la question qui lui brûlait les lèvres. C'était à elle de décider, après tout.

Elle parut lire dans ses pensées car elle dit après un silence :

— Je n'ai aucun plan, mais je n'abandonnerai pas cet enfant comme on m'a rejetée. Pour le reste, je verrai bien.

Ces mots firent éclore quelque chose d'étrange en lui. Une sensation de responsabilité, accompagnée d'un sentiment sous-jacent – un désir de protéger qu'il n'avait jamais éprouvé auparavant.

— Pour le reste, *nous* verrons bien, souligna-t-il.

— Es-tu à la hauteur de la tâche de père ? demanda-t-elle hardiment, mettant le doigt sur une vulnérabilité dont il ne lui avait pas encore fait part.

Il avait toujours eu du mal à saisir l'énormité du rôle de père. Son propre père avait si lamentablement échoué à lui apprendre ce que « être quelqu'un de bien » impliquait ! Au lieu de l'élever, Ignacio Ferrari avait laissé le jeune Diego chez sa propre mère – *avozinha* – pour qu'elle se charge de lui tandis qu'il couchaillait dans tout Rio.

Comment Diego aurait-il pu avoir la fierté latino d'être père alors que tout s'était dès le départ ligué contre lui et que son propre père était le pire modèle possible ?

— C'est une des choses que nous aurons à déterminer, dit-il avec un sourire désabusé.

Un instant, il s'enfouit le visage dans les mains, pressant les doigts sur ses tempes. Il devait rester maître de lui.

— Diego, il y a beaucoup de choses à examiner. J'ai besoin de temps pour réfléchir à ton…

Elle n'acheva pas, et il se redressa, haussant les sourcils.

— À quoi ? C'est aussi mon enfant. Quels que soient les bruits de couloir que tu aies pu entendre, je ne suis pas du genre à fuir mes responsabilités.

Sa décision était prise. Pour le meilleur et pour le pire, ils allaient être impliqués dans la durée. Il ne savait pas comment être père, mais il savait du moins comment se comporter avec les enfants. Son père avait engendré de nombreux rejetons, qui tous s'étaient présentés tôt ou tard chez sa grand-mère pour faire connaissance. Diego avait une expérience de toutes les étapes de l'enfance.

— Que veux-tu que nous fassions ? demanda-t-il.

— Je n'en sais rien, Diego. Pour le moment, je n'arrive pas à nous envisager comme un *nous*. J'étais venue trouver quelqu'un pour diriger cet hôpital… pas pour *ça*.

Le silence se fit plus tendu tandis qu'il regardait passer sur son visage des émotions diverses. Il tendit la main vers elle, mais un léger bourdonnement se fit entendre. Il consulta son mobile.

— Ils me bipent pour un arrêt cardiaque. Il faut que j'y aille !

Elle hocha la tête, ses yeux mordorés toujours dilatés par le choc.

— Peut-on en discuter plus tard ?

Il n'avait pas envie de partir. Il aurait voulu qu'ils démêlent ensemble ce qui venait de bouleverser leurs existences. D'autant qu'elle semblait encore fragile.

— Va t'occuper de ton patient. J'ai besoin de réfléchir. Je…

Elle hésita, leva enfin les yeux, et il y lut du doute.

— J'ai besoin d'espace. Je te préviendrai quand je serai prête à parler.

Son mobile continuait à biper, et Diego, bouleversé par le changement radical qui venait d'avoir lieu, étouffa un juron et fila rejoindre son patient.

Il allait être père.

4.

Eliana consacra les deux semaines suivantes à chercher sa remplaçante ou son remplaçant. Sa grossesse inattendue l'obsédait, et elle n'avait pas encore mis de stratégie au point. Ni parlé avec Diego. Elle n'avait pas eu de difficulté à l'éviter, enfermée qu'elle était dans son bureau par les entretiens d'embauche.

Pour le reste, nous verrons bien.

C'était ce qu'avait dit Diego. Comme s'ils formaient une équipe. Unie par une nuit de passion. Il fallait qu'ils réfléchissent ensemble à une stratégie. Elle avait, hélas ! grandi privée de ses deux parents, alors si Diego voulait agir en père, elle veillerait à ce qu'il puisse faire partie de la vie de leur enfant. Quoi qu'elle puisse ressentir à son égard.

— Bonjour, Suelen, dit-elle en passant devant le bureau de sa secrétaire.

Elle attendit le planning de rendez-vous et les requêtes importantes qu'elle devait traiter en tant que grande patronne par intérim, mais un seul élément figurait à l'emploi du temps pour la journée.

— Vous m'aviez demandé de vous programmer un passage au service des urgences, dit Suelen. Le Dr Salvador vous attend.

— C'est juste. J'ai failli oublier.

Elle avait demandé à Suelen de lui ménager des plages horaires avec chacun des chefs de service, afin d'observer les diverses pratiques hospitalières. Diego avait déjà fait allusion aux changements qu'il aurait aimé mettre en œuvre à Santa Valeria, et il n'était pas le seul chef de service à avoir des desiderata.

Même si Eliana avait très envie de passer du temps au bloc opératoire, la première étape ne pouvait être que le service des urgences, dirigé par Sophia Salvador. Le centre de traumatologie méritait plus d'attention qu'on ne lui en avait accordé auparavant.

Après s'être débarrassée de sa veste et de son sac dans son bureau, Eliana fit une nouvelle halte chez sa secrétaire.

— Pourriez-vous me ménager un entretien ici avec la cheffe du service d'obstétrique dès qu'elle en aura le temps ? J'ai des choses à discuter.

Les « choses » en question étant son bébé.

Elle se retint de poser la main sur son ventre. Son instinct protecteur se réveillait chaque fois qu'elle pensait au petit être qui croissait en elle, mais elle n'était pas encore prête à révéler son existence.

Elle était consciente des rumeurs sur la liaison de sa mère avec l'ancien grand patron. Qui savait comment tourneraient ces bruits de couloir quand on saurait qu'elle se trouvait dans une situation semblable – enceinte d'un médecin éminent de l'hôpital ? Pour tous, ici, elle était une étrangère et elle ne voulait pas montrer la moindre vulnérabilité.

Le chagrin lui serra le cœur. Comme souvent, elle aurait voulu que sa mère soit encore vivante pour la conseiller. Avait-elle jamais regretté ce qui s'était passé avec son père ? Diego s'avérerait-il du même acabit que Marco Costa ?

Mais à chaque jour suffisait sa peine. Cessant de se torturer, elle se rendit aux urgences.

Dès la porte franchie, le vacarme l'assaillit. Infirmières et médecins s'affairaient auprès des patients, atteints à divers degrés de gravité. S'efforçant de ne gêner personne, elle traversa la salle pour consulter le vaste écran affichant les admissions.

— Qui êtes-vous ? lui demanda une infirmière.

— Je…

Eliana fut interrompue par Sophia, qui venait d'apparaître.

— Docteur Oliveira, je vous attendais. Notre tableau d'admissions est déjà plein, verriez-vous un inconvénient à vous mettre tout de suite au travail ?

— Au travail ? répondit Eliana en haussant les sourcils.

En programmant cette rencontre, elle ne s'attendait pas à ce que la cheffe de service la mette à contribution. Même si elle était plutôt excitée à l'idée de pratiquer.

— Vous vouliez vous faire une idée de mon service. Il n'y a pas de meilleur moyen que d'y travailler pendant une journée, et un coup de main est toujours bienvenu. Si vous alliez voir la patiente du box numéro 4 ? dit Sophia en consultant l'écran. C'est une habituée, elle aura beaucoup de choses à vous dire sur ses passages à l'hôpital.

Eliana sourit, de plus en plus contente de cette initiative. Elle n'aurait pas à attendre son retour à Belo Horizonte pour reprendre sa pratique. Ceci la changeait agréablement de ses obligations administratives de patronne d'hôpital.

Parvenue près du lit numéro 4, elle consulta la fiche médicale de la patiente. L'infirmière d'admission avait noté : « souffle court et palpitations ». Pourquoi une patiente avec de tels symptômes était-elle livrée à elle-même ?

La femme d'un certain âge semblait dormir en position fœtale mais était en fait en train de lire un livre en assez piteux état. Elle ne semblait pas trop perturbée par des difficultés respiratoires pourtant bien réelles.

— *Olá, senhora*, je suis le Dr Oliveira, lui dit Eliana. Vous permettez que je vous ausculte ?

La patiente parut enfin remarquer sa présence.

— Je ne vous ai jamais vue. Vous êtes nouvelle ?

Une question inattendue.

— Oui, répondit Eliana après un silence. Et le Dr Salvador m'a dit que ce n'était pas votre premier séjour.

De nouveau, elle consulta la fiche, qui ne mentionnait qu'un prénom : Selma.

— Je viens ici plus souvent que je ne voudrais, et ça me prend toute une journée. Je vais à la clinique proche de chez moi, d'habitude, mais le docteur est absent depuis un moment. Il m'a dit que je pouvais venir ici chaque fois que j'aurais besoin d'aide avec ma santé.

Selma sortit de son sac un petit carnet corné, aux pages froissées.

— C'est un homme bon, et tellement serviable ! Il a écrit ça pour moi… il y a tout ce que les médecins ont besoin de savoir. Ça s'appelle… (Selma déchiffra en plissant les yeux.) Un truc pulmonaire, hyper…

— Hypertension pulmonaire ? Puis-je voir ces notes ? demanda Eliana.

Une personne dans un état aussi grave aurait dû être suivie en permanence ! Pourquoi le praticien envoyait-il Selma ici ?

Si la clinique est fermée, allez au Santa Valeria General Hospital. Si on refuse de vous soigner, demandez qu'on bipe le Dr V. Costa.

Eliana eut un coup au cœur en lisant ces mots. Son *frère* avait conseillé à cette femme de venir ici ! Elle n'en revenait pas.

Selma venait de dire que son médecin était absent de sa clinique habituelle. S'agissait-il de Vanderson ? Si c'était le cas, elle ne semblait pas au courant de sa mort.

— Vous avez arrêté vos médicaments ? s'enquit Eliana.

Elle avait déchiffré la prescription griffonnée de Selma pour du bénazépril, un médicament destiné à traiter l'hypertension artérielle chez les patients âgés.

— Je vais à la clinique et le docteur me donne mes médicaments. Mais comme depuis un moment il n'est pas là, j'ai dû arrêter, je n'en ai plus.

— Vous n'avez pas de généraliste qui pourrait vous faire une ordonnance ?

Eliana était sûre de connaître la réponse, mais elle tenait tout de même à poser la question. Une seule raison avait pu pousser son frère à envoyer cette femme aux urgences de l'hôpital paternel. Parce qu'elle n'avait pas de couverture sociale et avait besoin de soins particuliers.

Selma regarda autour d'elle, comme si elle n'était pas sûre de ce qu'elle devait répondre. Voyant son hésitation, Eliana secoua la tête.

— Peu importe, ne vous souciez pas de ça. Du liquide a dû

s'accumuler dans vos poumons. Nous allons traiter ça et je vous fournirai un stock de médicaments. Sans plus de questions.

Elle sourit pour rassurer sa patiente, puis alla chercher un échographe portable, des aiguilles hypodermiques et des seringues pour ponctionner l'excès de liquide qui comprimait les poumons de Selma.

Encore peu familière des lieux, elle mit quelques minutes à trouver le bon placard et le matériel dont elle avait besoin.

Les démarches de son frère pour aider cette femme avaient fait surgir un torrent d'émotions en elle, qui se mêlait à la nouvelle encore fraîche de sa grossesse inattendue.

Lorsqu'elle revint au chevet de Selma, Diego était là, qui l'examinait avec son stéthoscope.

Eliana s'immobilisa, tous les sens en alerte. Son premier mouvement fut de tourner les talons – comme elle l'avait fait ces quinze derniers jours chaque fois qu'elle l'avait aperçu. Mais ses jambes ne lui obéirent pas, et elle resta rivée sur place, en prise au tumulte. L'information sur son frère était oubliée, remplacée par un désir d'une intensité inattendue.

Diego et elle ne s'étaient pas parlé depuis qu'ils avaient appris sa grossesse, et c'était sa faute à elle, elle le savait. Il avait essayé d'établir le contact, demandé du temps pour discuter. Un temps qu'elle ne lui avait toujours pas accordé.

Faire des projets n'avait jamais été son fort. Et les décisions qu'ils étaient censés prendre exigeaient beaucoup de coordination et d'organisation.

Secouée de le voir, elle rassembla ses forces. Une patiente avait besoin de son aide ! Elle ne pouvait pas se laisser distraire par des problèmes personnels. Gagnant le lit, elle s'éclaircit la gorge et dit en dépassant Diego :

— Je ne m'attendais pas à vous voir, docteur Ferrari.

— Je peux en dire autant, patronne, répondit-il.

Elle aurait juré qu'il y avait une nuance de reproche dans sa voix.

Dès qu'ils étaient proches, cela faisait des étincelles. Eliana s'enfiévra. Cette réaction était tout à fait inappropriée, et si difficile à endiguer ! En sa présence, ses inhibitions s'envolaient, et elle n'avait qu'une envie – s'unir de nouveau à lui.

Avec son emploi du temps surchargé, Diego ne pouvait pas toujours répondre aussi rapidement qu'il l'aurait voulu aux appels qui ne concernaient pas le planning chirurgical. Ainsi, quand l'infirmière des urgences l'avait bipé au sujet d'une habituée de sa clinique, il avait mis près d'une heure à venir. Et, à sa grande surprise, Eliana avait pris sa patiente en charge !

Mais son excitation était teintée d'inquiétude. S'il avait très envie de voir Eliana, le faire en présence de Selma compliquait tout ; il aurait peut-être à expliquer certaines choses sans savoir comment s'y prendre.

La nouvelle patronne ignorait l'existence de la clinique gratuite qu'il dirigeait à quelques kilomètres de là – et pour laquelle il recourait parfois aux ressources de l'hôpital, à des médicaments, à ses propres compétences et à celles de ses collègues. Tous ceux qui s'étaient engagés à l'aider le faisaient bénévolement, en sachant qu'ils évoluaient dans une zone grise en ce qui concernait l'hôpital. Ils aidaient des gens qui en avaient besoin – même si Diego devait pour cela quémander, emprunter et parfois chaparder à Santa Valeria.

Il n'avait pas encore décidé s'il voulait mettre Eliana au courant de ce projet parallèle, ou s'il devait faire profil bas en attendant la nomination d'un nouveau patron et traiter alors avec lui.

Sans s'apercevoir de la tension entre les deux médecins, Selma regarda Eliana d'un air rayonnant.

— Vous ne m'aviez pas dit que vous connaissiez le Dr Ferrari ! On vous verra aussi à la clinique, alors ?

Diego accusa le coup. Pour ce qui était d'aborder le sujet à sa façon avec Eliana, c'était raté ! Il improvisa un mensonge.

— On m'a bipé pour une consultation, Selma, dit-il.

Et, d'un geste presque machinal, il prit les instruments qu'Eliana apportait pour commencer la procédure.

— Vous assumez beaucoup de consultations dont les praticiens juniors devraient se charger ? demanda-t-elle.

Il y avait eu quelque chose d'un peu acerbe dans son intonation, mais pas d'hostilité. S'amusait-elle de sa tentative pour masquer la véritable raison de sa présence ? Que lui avait donc dit Selma ?

— Il vaut mieux qu'ils étudient les procédures en salle d'op plutôt que de traiter les entorses qui atterrissent ici, répondit-il avec un haussement d'épaules.

Marquant un arrêt, il décocha un grand sourire à Eliana et enchaîna :

— C'est généreux de ma part, n'est-ce pas ?

Flirter avec elle, fût-ce de façon subtile, n'était pas une bonne idée. Mais, chaque fois qu'il était près d'elle, le désir l'embrasait, il perdait sa maîtrise de soi et en oubliait qu'il ne pouvait pas être avec une femme. Jamais.*Surtout pas avec celle qui porte mon enfant.*

Cela faisait deux semaines qu'il était au courant de la grossesse d'Eliana, et pourtant ces mots, « mon enfant », résonnaient toujours étrangement en lui. Il allait devenir père alors qu'il ignorait comment tenir ce rôle.

Jamais il ne se mettrait en couple avec une femme parce qu'elle attendait un enfant de lui. Il serait présent pour cet enfant, bien sûr. Mais c'était tout ce qu'il pouvait donner.

Eliana ignora ses tentatives de badinage et se concentra sur la patiente.

— Votre hypertension pulmonaire a provoqué une accumulation de fluide dans ce qu'on appelle la cavité pleurale. Puis-je soulever votre chemise ?

Selma acquiesça et se redressa, balançant les pieds hors du lit, tandis qu'Eliana faisait rouler une petite table vers elle pour qu'elle s'y accoude et lui présente son dos. Diego avait déjà pratiqué une ponction pleurale sur Selma avec la collaboration d'un cardiologue. L'espace anatomique du thorax ne lui était pas familier, mais fournir des soins médicaux aux déshérités l'avait obligé à apprendre quantité de procédures étrangères à sa spécialité.

— Pour drainer le fluide, nous utilisons une aiguille creuse afin d'atteindre l'espace situé entre les poumons et la paroi thoracique. Cela devrait vous permettre de mieux respirer. Attention, vous allez avoir une sensation de froid.

Eliana étala du gel froid sur la peau de la patiente, puis surprit Diego en lui tendant le transducteur.

— Je vais effectuer la procédure, tu peux m'assister, dit-elle.

— Je connais les étapes de la thoracentèse, répondit-il.

Elle le dévisagea en plissant les yeux, et son regard doré perdit de sa chaleur.

— C'est une procédure courante en chirurgie orthopédique ?

Avant même qu'elle n'ouvre la bouche, il sut qu'il venait de se piéger tout seul et se maudit. Il avait instinctivement voulu se faire mousser, peut-être pour lui prouver qu'il saurait prendre soin d'elle et de leur enfant ? D'où cette idée lui était-elle venue ? Leur nuit commune avait changé sa vie à jamais, mais ils n'étaient pas destinés à être plus que des parents faisant équipe.

— Tu sais bien que non, fit-il à mi-voix.

— Alors tu peux assurer l'échographie de contrôle pendant que j'effectue la thoracentèse.

Pendant qu'elle préparait l'aiguille et la seringue, il s'installa sur un petit tabouret près du lit. Il établit le contact visuel avec Selma et plaça le transducteur sur son sternum pour qu'Eliana voie l'écran de l'échographe.

— La pression va être inconfortable. Désolée. J'essayerai d'être aussi rapide que possible, dit-elle en consultant un instant l'écran, examinant le terrain d'intervention.

Diego la contempla palper les côtes de la patiente avant d'insérer l'aiguille hypodermique dans le neuvième espace intercostal. Elle fut rapide et précise, ne quittant que brièvement l'écran des yeux pour observer Selma.

— Vous réagissez très bien, Selma. J'ai mis l'aiguille en place, nous pouvons commencer le drainage.

Même si Selma regardait droit devant elle, Eliana continua

à sourire et à parler avec douceur, de façon rassurante. Quel travail avait-elle avant de venir à Santa Valeria ? La manière dont elle s'occupait jusqu'ici de sa patiente était aux antipodes de tout ce qu'il avait vu faire par Marco. Jamais ce dernier n'aurait passé de temps dans l'un des services, quel qu'il fût, pour donner un coup de main. Il accordait plus de valeur à son temps et à l'argent qu'au soin des patients.

Heureusement, il en allait différemment pour sa fille. Eliana était le genre de cheffe générale dont Santa Valeria avait besoin !

Selma grimaça, et Diego lui prit la main tout en maintenant la stabilité du transducteur.

— Prenez de petites inspirations, comme la dernière fois, dit-il. Quand nous aurons terminé, vous pourrez vous reposer ; je demanderai à l'infirmière de vous apporter d'autres livres de la bibliothèque.

Il connaissait bien Selma. Elle avait besoin d'un traitement pour juguler sa tension artérielle élevée mais, privée d'assurance médicale, elle en était réduite à quêter l'aide des urgences lorsque les choses s'aggravaient, comme à présent.

— Ça ira, dit-elle. Je dois passer prendre mon petit-fils avant que ma fille parte au travail, je ne peux pas rester trop longtemps.

Eliana s'était rembrunie, et Diego devinait ses pensées. Elle aurait souhaité que Selma reste en observation – comme lui. Mais Selma n'avait pas le choix. Le travail de sa fille était ce qui permettait à la famille de se nourrir, et le gosse ne pouvait pas rester seul.

Il en avait été de même pour sa grand-mère. Elle s'était épuisée au travail pour offrir une meilleure vie à ses petits-enfants, qu'ils échappent aux favelas, et il s'estimait chanceux de pouvoir lui revaloir son dévouement. Elle avait été la seule figure parentale de sa vie et l'avait élevé quand son père l'avait abandonné chez elle, du temps où il ne songeait qu'à tromper sa mère.

— Voilà, c'est fini, dit Eliana en reposant les instruments et en enlevant ses gants chirurgicaux. Je vais demander à une infirmière de vous administrer un traitement. S'il vous plaît, reposez-vous autant que vous pouvez et revenez ici avant d'être à court de médicaments.

Elle prit le carnet de Selma et tira un stylo de sa poche. Diego se pencha par-dessus son épaule. Les notes sur la page étaient de la main de son ami – des instructions de Vanderson lorsque Selma avait sollicité de l'aide pour la première fois.

Eliana rédigea une note en dessous et rendit le carnet à leur patiente.

— J'autorise tous vos soins à l'avance, pour un nouveau traitement et des examens, d'accord ?

Selma hocha la tête et, un instant plus tard, Diego sentit les yeux bruns d'Eliana posés sur lui avec intensité. On aurait dit qu'elle lisait en lui. Mais elle ne dit rien et partit à la hâte.

— *Ana, espera !* Où vas-tu ?

C'était la première fois qu'ils se revoyaient depuis la bombe de l'annonce de sa grossesse, mais elle n'attendit pas. Il la rattrapa en trois grandes enjambées, lui prit le coude et l'emmena dans une salle d'examen déserte. Refermant la porte, il s'assura qu'ils ne soient pas dérangés.

Le bras d'Eliana la démangeait là où Diego l'avait touchée. Autant que de l'insistance, il avait mis de la douceur dans son geste pour la guider vers cette pièce où ils pourraient parler.

Ils avaient besoin de discuter de leur bébé et de la manière dont ils feraient équipe en tant que parents. Cette discussion devait avoir lieu, elle le savait ; pourtant elle n'y était pas prête. Ses accès de désir intense ne l'aidaient pas à démêler ses sentiments pour lui, si embrouillés, si confus.

Face à elle, Diego, bras croisés sur son torse puissant, soupira profondément. Se débattait-il pour affronter la situation ? Ou pour trouver le moyen d'y échapper ?

Pouvait-il se dérober à ses responsabilités, fuir ? L'idée la terrifia.

— Que fais-tu ici ? lança-t-il. Ne devrais-tu pas…

— Quoi ? Me reposer ? répondit-elle d'un ton railleur.

Avait-il laissé sa phrase en suspens parce qu'il en avait senti le ridicule ? Même si son intonation bienveillante l'avait touchée. Il se faisait du souci pour elle !

— Désolé. Je ne gère pas très bien la situation, dit-il avec un regard désarmant.

Elle en eut la gorge nouée. Elle aurait pu lui pardonner n'importe quoi s'il promettait de toujours la regarder ainsi.

— J'ai programmé des rencontres avec tous les chefs de service. Les urgences semblaient un bon point de départ, j'y passe beaucoup de temps dans mon propre hôpital.

Il décroisa les bras.

— Où est-ce ? demanda-t-il, se détendant.

— À Belo Horizonte. J'y ai fait ma formation et, quand j'ai eu ma certification en chirurgie générale, ils ont proposé de me garder. J'ai obtenu un court congé avant de prendre mon nouveau poste, et puis… tu sais ce qui est arrivé.

Il hocha la tête. Il s'était rembruni, et cela la perturba. Elle avait envie de lisser sa bouche crispée, de faire éclore le sourire sûr de lui qu'elle aimait tant. Il s'était plaint des coupes budgétaires de son père sur les soins gratuits au profit des chambres luxueuses. Alors pourquoi l'évocation de sa mort l'attristait-elle ? Ou était-ce autre chose qui le troublait ?

Elle porta la main à son ventre en un geste qui devenait habituel. Sa grossesse n'était pas encore visible, mais la présence de son bébé la réconfortait plus que tout.

— Je veux rentrer à Belo Horizonte. Avec lui. Ou elle. Cela pourrait compliquer les choses.

Il eut une expression de chagrin qui la surprit. Ils n'étaient guère que des étrangers qui devaient inopinément élever ensemble un enfant.

Mais il paraissait vouloir s'investir. Après tout, c'était lui qui lui avait couru après pour discuter du bébé. Aurait-il réagi ainsi s'il comptait être un père absent ?

— Nous n'en avons jamais parlé, alors je ne sais pas très bien comment tu envisages ton implication. dit-elle.

— Nous n'en avons pas parlé parce que chaque fois que j'ai

tenté de t'approcher, tu détales comme si j'avais une maladie contagieuse, répondit-il non sans amertume.

Elle ne l'avait pas volé, pourtant elle accusa le coup. Elle n'avait pas pensé à ce qu'il pouvait ressentir. À l'annonce de la nouvelle, elle était rentrée dans sa carapace, essayant de rassembler ses idées.

Car leur bébé n'était pas la seule question en suspens. Il y avait aussi l'attirance, le vertige sensuel insensé qui la terrassait dès qu'elle apercevait Diego quelque part dans l'hôpital. En réaction, ce qu'il y avait de rationnel en elle la faisait prendre le plus de distance possible avec cet homme trop sexy.

Et sa mère, qu'avait-elle ressenti après être tombée enceinte d'un homme avec lequel elle n'avait pas de relation durable ? Lui aurait-elle conseillé de chercher un compromis, un moyen d'être avec Diego même si c'était uniquement pour leur bébé ?

Non, sa mère avait été plus forte que cela – même si pour finir elle n'avait pas pu se raccrocher à la vie. Elle aurait voulu qu'elle trouve sa propre voie. Celle-ci croiserait peut-être celle de Diego – et pour être franche, Eliana désirait qu'il reste dans sa vie d'une façon ou d'une autre. Mais une relation amoureuse n'était pas nécessaire pour qu'ils soient de bons parents. Même si la manière dont il la contemplait lui faisait battre le cœur.

— Désolée, dit-elle, les mains croisées sur son ventre. J'avais besoin d'espace pour réfléchir, décider de ce que je veux. Je trouve fabuleux que tu veuilles t'impliquer. En fait, c'était ce que j'espérais.

Elle soupira. Soudain, sa journée de travail se faisait sentir. Soigner Selma lui avait demandé plus d'énergie qu'elle ne l'avait pensé. Diego dut la voir vaciller car il fit un pas vers elle et, avec aisance, la hissa sur la table d'examen de la pièce. Ses jambes qui se balançaient effleuraient ses cuisses puissantes, et chaque contact la faisait frissonner. Les regards qu'ils échangeaient étaient lourds de désir.

— Tu es prête à discuter ? s'enquit-il.

Elle eut un pincement de regret quand il recula d'un pas. Ce n'avaient été que de brefs effleurements, mais elle aurait aimé qu'ils se prolongent.

— Je n'ai toujours aucun plan. Mais oui, je suis prête.

— Tu as pris ton premier rendez-vous de suivi prénatal ?

— Je dois voir quelqu'un aujourd'hui, en fait. Suelen doit l'envoyer me voir.

Il eut un grand sourire qui la rendit toute chose.

— Deux semaines en poste et déjà tu fais venir les gens à toi. C'est un comportement de patronne, docteur Oliveira.

Elle rit, et sa tension chuta.

— J'ai dû apprendre tôt à m'affirmer. Les habitudes ont la vie dure.

— Je connais ça.

Elle le fixa, tête inclinée sur le côté, curieuse, mais il garda le silence.

— Tu veux assister à l'échographie, d'ici une à deux semaines ?

Cette fois, elle vit un début de panique poindre dans son regard. Un sentiment qu'elle ne comprenait que trop bien ! Rendez-vous médicaux, échographies… tout cela inscrivait leur bébé surprise dans le réel, alors qu'ils en étaient encore à « apprivoiser » ce changement dans leurs vies.

Sa mère avait dû affronter ce bouleversement seule. Marco Costa n'avait rien voulu savoir. Mais Diego, lui, voulait faire partie du voyage. Et Eliana avait envie de lui faire confiance, envie de croire qu'il la soutiendrait tout du long, et qu'elle pouvait accepter qu'il soit là sans pour autant se laisser consumer par son attirance pour lui.

— L'échographie ? Oui, j'aimerais bien, dit-il finalement.

Il leva les mains et, l'espace d'un éclair, elle crut qu'il allait l'attirer dans ses bras. L'excitation se mêla à la peur, mais il laissa retomber ses mains.

Un bébé ne changeait rien au fait qu'elle ne voulait pas prolonger leur relation au-delà de leur aventure – surtout pas à Rio de Janeiro, où elle ne demeurerait pas. Rester ensemble pour le bien d'un enfant n'aboutirait qu'à un sentiment réciproque de ressentiment. Ce genre d'arrangement ne donnait jamais rien de bon.

— Quand rentres-tu à Belo Horizonte ? demanda-t-il.

Elle tenta d'interpréter son expression, en vain.

— Je n'en sais rien. Pas avant un mois ou deux. Tout dépend du temps qu'il faudra pour régler la succession de mon père, et de la quantité de travail à effectuer ici. Cet endroit est si différent de l'hôpital de Belo Horizonte !

— En quoi ?

— Eh bien, tout d'abord, l'hôpital de Belo Horizonte est détenu en partie par la municipalité, donc les populations que nous accueillons sont beaucoup plus diverses qu'ici. Même si je constate que tu essayes de changer ça.

Il détourna les yeux en comprenant ce qu'elle sous-entendait. Il était évident que Selma le connaissait, et Eliana l'avait relié à la clinique qu'elle avait mentionnée.

— Tu as été très bien avec Selma, tu lui as témoigné beaucoup de compassion, dit-il avec un léger sourire.

— Tu ne t'attendais pas à ce que je sois un médecin compétent, on dirait, répondit-elle, regrettant le rouge qui lui montait aux joues.

— Ce n'est pas du tout ça ! J'apprécie que nous soyons enfin dirigés par quelqu'un qui pense d'abord aux patients. Je voulais te faire un compliment. C'était un plaisir de te voir travailler.

Elle rougit de plus belle, et son corps s'enflamma, la laissant sans voix. Elle brûlait d'instaurer des limites claires pour que les choses ne dérapent pas. Mais comment s'y prendre ? Surtout s'il lui faisait de tels compliments.

— Je pense que nous devrions être amis, dit-il. Nous nous sommes lancés dans cette histoire en pensant que cela resterait l'aventure d'une nuit. Ni toi ni moi ne voulions aller plus loin. Et je crois aussi qu'aucun de nous ne veut s'impliquer dans une relation uniquement parce qu'il y a un enfant. Mais si nous assumons le bébé ensemble, nous devrions… être amis.

— Amis ? répéta-t-elle, déroutée par ce mot si simple.

— Oui, amis. Nous allons faire partie de la vie de l'autre,

désormais, pour le meilleur ou pour le pire. Ne crois-tu pas qu'on devrait trouver le moyen d'être à l'aise ensemble sans… ?

Il n'acheva pas, comme si la fin de la phrase allait de soi, mais elle n'était pas sûre de comprendre. Sans coucher ensemble ? Sans tenir compte de l'intense attirance qui les faisait vibrer au moindre mot échangé ?

— Donc, fit-elle, nous allons passer d'une relation à orgasmes multiples entre étrangers à celle… d'amis ?

Il eut un petit rire.

— Évidemment, présentée comme ça, l'idée ne paraît pas fameuse.

— Non, amis, ce serait bien. Mes parents n'avaient aucune disponibilité affective, alors, des parents qui sont amis, ce serait une grande amélioration.

Amis, ce serait bien.

Le doute s'insinua en elle. Comment entretenir une *amitié* avec un homme qui, d'un regard, déclenchait de telles flambées de passion en elle ?

Mais il avait raison. Ils allaient faire partie de la vie de l'autre.

Était-ce ce que sa mère avait espéré en apprenant qu'elle était enceinte ? Trouver avec Marco le moyen d'agir ensemble ? Serait-elle toujours vivante s'il lui avait fait la même proposition que Diego ?

Cela valait le coup d'essayer, non ? Eliana voulait que leur enfant grandisse en se sachant aimé et soutenu par ses deux parents. Si elle devait pour cela surmonter son attirance pour Diego, elle pouvait y parvenir. Pas vrai ?

— Alors, comment passons-nous… à l'amitié ?

— Commençons par des activités qui n'impliquent ni patient ni strip-tease. Quelque chose comme un déjeuner le samedi.

Il eut un temps d'arrêt, la lueur espiègle de son regard lui disait qu'il ne pensait qu'à la déshabiller.

Elle fit mine d'écrire sur sa paume.

— Pas de patients. Pas de strip-tease. Pigé.

Puis :

— Peut-on quand même parler boulot ? J'ai des questions au sujet de Selma.

Il se passa les doigts dans les cheveux.

— J'espérais que tu avais oublié ça.

— Tu connaissais mon frère ? Il travaillait dans une clinique gratuite quelque part en ville ? Dans le carnet de Selma…

Diego l'interrompit d'un geste.

— Déjeuner samedi. Je viendrai te chercher à ton hôtel. Nous pouvons apprendre à nous connaître. En amis.

Elle douta soudain que le voir en dehors du travail soit une bonne idée. Ils étaient peut-être sincères dans leur désir d'amitié, mais leur attirance restait indéniable – elle la lisait dans son regard viril. Comment pourraient-ils orienter cette passion viscérale vers les rails de l'amitié ?

Peu importait comment. Ils devaient réussir. Elle devait apprendre, d'une façon ou d'une autre, à le côtoyer sans céder à un dévorant désir.

5.

L'air frais qui circulait dans le hall de l'hôtel n'avait aucun effet apaisant sur Diego qui, nerveux, attendait dans un fauteuil l'arrivée d'Eliana. Eliana. La mère de son enfant et désormais une *amie*, à ce qu'il fallait croire…

Il ruminait leur conversation sans plus très bien savoir ce qui l'avait poussé à avancer ce mot auquel il ne croyait pas avec elle. En réalité, il ne rêvait que de promener ses mains sur le corps sensuel d'Eliana.

Pourtant ils devaient inscrire leur relation dans un cadre solide ou ils trébucheraient dans leur parcours de parents. Si ses propres parents avaient pensé à lui plutôt qu'à leurs désirs et à leur relation chaotique, il aurait peut-être eu un foyer moins toxique.

Il voulait agir au mieux pour le bébé. Après une enfance instable, jamais il n'avait envisagé avoir des enfants. Un bébé, cela exigeait de la stabilité, un compagnonnage, une famille ancrée dans la confiance et l'amour, des sentiments auxquels il n'était même pas sûr d'avoir accès.

Il était temps de le savoir, se dit-il alors qu'Eliana descendait l'escalier.

Il aurait voulu la soulever dans ses bras, l'emporter dans sa chambre et rééditer leur nuit torride.

— *Olá*, dit-il pour l'accueillir, l'embrassant du regard.

Elle portait une robe rouge grenat qui moulait sa poitrine puis s'évasait à partir de ses hanches ondoyantes. La bouche sèche, il l'imagina délivrée de la robe, en « flaque » à ses pieds.

— *Bom dia… amigo*, répondit-elle, énonçant le mot « amigo » avec lenteur comme pour le tester.

Mieux valait qu'il corresponde à la situation. Il ne voyait pas d'autre moyen de continuer à faire partie de la vie d'Eliana, et pas seulement de celle de son enfant. Car, pour des raisons qu'il préférait ne pas approfondir, il désirait continuer à la côtoyer. Il s'éclaircit la gorge.

— Tu es prête ? demanda-t-il.

Quand il la regardait, le sang affluait à une zone de son anatomie qu'il avait intérêt à oublier s'ils devaient devenir amis. Des amis, il n'en avait guère. Son père collectionnant les aventures, il avait de nombreux demi-frères et sœurs que sa grand-mère avait tenu à tous rencontrer. Il avait donc grandi dans une maison animée, mais les mères de sa fratrie élargie s'impliquaient dans la vie de leurs enfants tandis qu'il n'avait droit à rien.

Son fils ou sa fille aurait une vie différente – il y veillerait !

— Tu veux déjeuner ici ? lança Eliana.

— Non, la nourriture de l'hôtel, tu dois en avoir assez. Laisse-moi t'emmener dans un endroit spécial.

Il plaça une main au creux de son dos pour la guider jusqu'à sa voiture. C'était un contact ténu, mais il eut tout de même l'impression de se brûler les doigts. Ce n'était pas ainsi que des amis réagissaient l'un à l'autre !

— C'est un endroit agréable, près de la plage, mais à l'écart. Il échappe aux touristes. J'y vais quand j'en ai le temps, ce qui n'est pas aussi souvent que je le voudrais.

Un quart d'heure plus tard, ils arrivèrent à destination et rejoignirent la plage à pied. Là, ils s'assirent à une petite table en front de mer. L'air émerveillé d'Eliana enchanta Diego, qui dut dissimuler derrière sa carte de menu un regard brûlant de désir.

— Quelque chose te tente ? demanda-t-il.

— J'hésite, fit-elle, en plissant le front. Ces temps-ci, la viande ne me réussit pas. À moins que le bébé n'aime pas ça. C'est idiot, mais je crois qu'il a déjà des goûts bien à lui. En tant que médecin, je sais que c'est impossible, mais… on aura peut-être un végétarien !

Elle marqua un arrêt et considéra le menu avec une intensité presque comique. Leur bébé devenait de plus en plus réel au fil des jours – il était naturel qu'elle lui prête une personnalité.

Diego sourit malgré lui, il savourait ce moment. Elle se souciait de son futur bébé d'une façon extraordinaire. Sa mère à lui venait sans ménagement le chercher chez son *avozinha* quand il lui en prenait le caprice.

Soudain oppressé, il s'éclaircit la gorge. Il n'agirait pas en fonction de ses désirs charnels, si intenses qu'ils soient. La passion s'estompait. Toujours. Leur équipe de parents devait être bâtie sur quelque chose de plus solide.

— Ne sois pas gênée, dit-il d'une voix plus rauque qu'il ne l'aurait voulu. Il est normal que tu te soucies de ce qu'il pourrait aimer ou détester. Un jour, notre bébé t'en sera reconnaissant.

Elle leva les yeux vers lui, et son regard lui coupa le souffle.

— Notre bébé... C'est si étrange d'entendre ça, même si c'est vrai. Quand je suis venue à Rio, je n'avais rien anticipé de tel !

— C'était quoi ton plan ? s'enquit-il.

Ils n'en avaient jamais discuté. En dehors du fait qu'elle désirait rentrer au plus vite à Belo Horizonte.

— Je ne fais plus de plans. Ils n'ont jamais marché pour moi.

Il était évident que c'était douloureux pour elle. Diego, qui « trimballait » un certain nombre de souvenirs pénibles, savait qu'il ne fallait pas insister. Il y avait des limites à ne pas franchir.

— En quoi ? demanda-t-il pourtant, incapable de se retenir.

Il avait envie de la connaître. C'était la mère de son bébé. Il fallait bien qu'il sache autre chose que ce que Vanderson lui avait dit de sa demi-sœur dont il était sans nouvelles depuis longtemps.

Elle garda le silence, les yeux braqués sur le jus d'ananas que la serveuse venait de déposer devant elle.

— Je suppose que tu es au courant des rumeurs au sujet de la fille illégitime de Marco Costa ? lança-t-elle sans lever le regard.

Il soupira. Il détestait les bruits de couloir de Santa Valeria, en particulier s'ils concernaient Eliana. Lui-même originaire d'une famille à problèmes, il était bien placé pour connaître les dégâts psychiques des commérages.

— Oui, effectivement, dit-il.

— Tant mieux, comme ça, je peux sauter les étapes.

Elle eut un rire tellement amer ! Si différent des rires qu'ils avaient partagés lors de leur folle nuit !

— Une fois ma mère morte en couches, mon père a fait le strict minimum pour m'élever. Il a laissé ce soin à des nounous puis, quand j'ai été assez grande, il m'a expédiée en pension. C'était un bon internat – ce qui m'a permis d'entrer à l'université –, mais les enfants gâtés de l'élite brésilienne n'avaient pas envie de se lier avec une gamine liée à un scandale.

Elle fit une pause pour boire une gorgée de jus. Elle avait parlé d'une voix calme, mais les glaçons cliquetèrent lorsqu'elle porta le verre à ses lèvres : elle tremblait. Sa détresse le percuta de plein fouet, et il tendit la main vers elle en un geste de réconfort.

— En classe, c'était horrible, et à la maison pendant les vacances scolaires, c'était horrible aussi. Marco me logeait dans la maison d'amis, pour ne pas me recevoir chez lui avec sa femme et son fils. Livrée à moi-même, je rêvais d'une autre vie… de parents qui voulaient de moi. J'ai fait tant de projets en pensant qu'un jour mon père changerait, qu'il finirait par me voir autrement que comme une tache sur sa réputation ! Et tout ça a été réduit en poussière.

Elle eut un lourd soupir.

— Désolée, tu n'es pas venu pour entendre ma triste histoire.

— Je suis heureux que tu en aies parlé. Et les problèmes avec Marco Costa sont un point commun entre nous. Tu aurais aussi trouvé un ami en Vanderson. Il m'a défendu, quand il fallait traiter avec ton père.

Il haussa les épaules dans l'espoir d'alléger l'atmosphère. Ses problèmes avec Marco Costa n'étaient rien en comparaison de l'enfance sans amour qu'elle avait eue.

C'était encore un point commun entre eux, mais il n'était pas prêt à partager cet aspect de sa vie. Le serait-il jamais ?

— Je n'ai jamais beaucoup vu Vanderson, dit-elle. Je crois que notre père ne le laissait pas m'approcher. C'est étrange qu'il ait été en désaccord avec lui plus tard, alors qu'il lui obéissait autrefois.

Diego savait à quel point son meilleur ami avait regretté les choix qu'il avait faits dans son enfance. Mais était-ce vraiment son rôle de le dire à Eliana ?

— Je sais que Vanderson a dû se plier aux volontés de ton père parce qu'il avait la mainmise sur tout… Marco accumulait le pouvoir et la richesse, Santa Valeria en est le parfait exemple. Ces chambres extravagantes, par exemple, elles prouvent bien qu'il ne s'est jamais soucié des gens.

Elle lui lança un regard profondément troublant. Elle changeait d'un instant à l'autre, lui ouvrant son cœur… puis lui adressant des œillades qui lui donnaient envie d'oublier la décence et de la prendre, là tout de suite, sur la plage.

Alors que c'était la dernière chose qu'il aurait dû vouloir. Ils allaient avoir un enfant. L'enjeu était trop important pour se laisser emporter.

Eliana avait sans le vouloir lâché ce qu'elle avait sur le cœur. Son père, la pension, la ribambelle de nounous… ces souvenirs n'étaient pas censés être partagés ni analysés en détail. Surtout pas par l'homme qui était face à elle.

Elle avait déjà assez de mal à résister à leur attirance sans se donner en plus des raisons de le trouver sympathique ! Mais le regard plein de compassion de Diego et sa main posée la sienne l'avaient rassurée. Il ne la jugerait pas. On lui avait tellement dit qu'elle avait de la chance d'être la fille de Marco Costa, si mal qu'il la traite.

Par ailleurs, son frère commençait à se changer en mystère. Vanderson n'avait pas été cruel avec elle, mais il ne l'avait jamais soutenue et n'avait pas non plus laissé transparaître qu'à son avis leur père la maltraitait. Elle ne savait rien de lui en tant que personne et l'avait pris pour un des larbins de Marco.

Mais Diego lui dépeignait Vanderson sous un autre jour.

Pour la première fois, elle se demandait s'il avait lui aussi été victime des manipulations de leur père.

— Tu avais promis de me parler de Vanderson, de votre relation. Tu le connaissais bien ? demanda-t-elle, certaine qu'ils avaient un lien particulier.

Diego eut une expression de chagrin.

— Je le connaissais, oui. Nous étions d'accord que nous ne pouvions pas laisser Marco diriger Santa Valeria à sa façon, alors nous avons commencé à collaborer.

— Selma avait des instructions concernant son parcours médical, dit-elle. Elle devait venir à Santa Valeria en cas de besoin et faire biper Vanderson si on posait des questions.

Elle marqua un arrêt, l'air songeur.

— Je me suis demandé s'il la suivait. Elle a dit obtenir ses médicaments d'une clinique gratuite dont le médecin était absent depuis un moment. Je suppose que c'est parce qu'il est mort.

— Pas exactement. Vanderson ne dirigeait pas la clinique, même s'il y était impliqué. Cette note est de lui, en effet. Ton frère m'aidait de nombreuses façons. Entre autres, en couvrant les patients qui se présentaient aux urgences pour des traitements.

Elle sentit son cœur faire des bonds désordonnés. Diego avait collaboré avec son frère pour offrir des soins aux déshérités. C'était un noble effort, que modifiaient ses sentiments mitigés envers Vanderson. L'image qu'elle avait de lui ne cadrait pas avec le souci des pauvres gens.

— Vanderson t'a aidé ?

Malgré son chagrin, elle voulait savoir. Quel homme son demi-frère était-il devenu ? Avait-il regretté de n'avoir pas pris fait et cause pour elle ?

— Oui, et sans lui je ne serais arrivé à rien. J'ai triché avec bon nombre de règles pour aider les patients de ma clinique. Marco a eu des soupçons quand… (Il pouffa et secoua la tête.) Je ne devrais pas te dire ça. Tu es tout de même la nouvelle patronne.

— Pourquoi me cacher les choses ? Je sais déjà que tu

as convaincu les urgences de soigner les patients dépourvus d'assurance sociale.

Comment le rôle de Diego à Santa Valeria se combinait-il avec les pratiques à la clinique gratuite ? Leur collaboration pour les soins de Selma lui revint et s'exclama :

— C'est pour ça que tu allais faire la thoracentèse ! Tu l'avais déjà pratiquée ! Selma n'a pas pipé mot.

Il eut la gentillesse de paraître gêné et un sourire hésitant se dessina sur son visage – la laissant toute chose.

— Il y a longtemps qu'elle vient à Santa Valeria, elle connaît la musique face à un nouveau médecin.

— Et Marco était si contrarié qu'il a voulu te licencier ?

Elle n'avait pas oublié ce qu'il lui avait dit sur son habileté à jouer avec les règles sans risquer son poste. Étaient-ils voués à devenir des adversaires au travail tout en collaborant pour être de bons parents en privé ?

— Alors ça va se passer comme ça, hein ? fit-il.

— Je le découvrirai tôt ou tard, non ? Autant crever l'abcès.

— Tu joues bien de ton pouvoir de cheffe, Ana, dit-il, se penchant en avant et lui offrant par sa chemise entrouverte une vue plongeante sur son torse magnifique dont elle ne se souvenait que trop bien.

Elle fut parcourue d'un frisson.

— De temps à autre, je passais quelques heures à la clinique plutôt qu'à l'hôpital. Uniquement quand il y avait d'autres chirurgiens expérimentés pour intervenir dans le service d'orthopédie, et si la charge de patients était gérable. Je récupérais aussi les échantillons des représentants pharmaceutiques. C'est comme ça que les personnes comme Selma, souffrant d'une affection chronique, peuvent se maintenir.

Il plissa le front.

— La plupart du temps, j'ai affaire à des patients de médecine générale. Mais l'information a circulé et les files d'attente s'allongent, avec des cas de plus en plus sévères. Des affections faciles à traiter sont aggravées par le manque de services de santé pour ceux des favelas.

Il se redressa, la privant de la fascinante vue sur son torse, et soupira.

— C'est ma communauté. Je ne peux pas l'abandonner, si dur que ce soit et quels que soient les risques pour moi. J'ai vu des gens succomber à des maladies curables parce qu'ils n'avaient pas accès aux soins. Alors, quand j'ai eu besoin de plus de ressources, j'ai sollicité Vanderson.

— Vous travailliez ensemble pour aider les pauvres ?

— Oui. Il veillait à ce que certains spécialistes puissent m'accorder du temps. Marco interdisait tout travail bénévole ou d'intérêt communautaire, mais Vanderson était très doué pour lui faire miroiter un profit financier.

Le silence s'installa tandis qu'elle méditait ce qu'elle venait d'apprendre. L'étranger qu'elle avait rencontré au bar d'un hôtel commençait à se préciser. Diego était un excellent professionnel doublé d'un homme bon. *Réellement* bon.

La conversation avait été si intense qu'elle avait presque oublié son trouble sensuel. Mais il persistait, et cela n'allait pas ! Elle était censée trouver la juste distance avec Diego. L'amitié, c'était peut-être trop attendre ?

— Alors, que comptes-tu faire, maintenant ?

La voix basse et grave de Diego l'arracha à ses déroutantes réflexions, et elle le dévisagea.

— Comment ça ?

Il rit.

— Je viens de te dire que j'ai recours aux ressources de l'hôpital pour faire fonctionner ma clinique.

C'est bien le cadet de mes soucis, pensa-t-elle. Le dévouement de Diego envers les déshérités métamorphosait le désir ardent qu'il lui inspirait en quelque chose de plus vaste et de plus doux.

Certes, il avait raison. Sa confession révélait une sérieuse entorse au protocole de soins et aurait dû faire l'objet d'une enquête. Ce qui était en contradiction totale avec ce qu'elle désirait. Il aidait les gens, faisait le bien. Au lieu de le sanctionner, elle voulait l'aider. Officialiser les choses pour qu'il ne soit plus en infraction.

— Tu me la ferais visiter, cette clinique ?

C'était une très mauvaise idée que de s'impliquer encore plus avec lui. Si elle investissait aussi dans ses affaires personnelles, il lui serait encore plus difficile de se dégager.

Il fronça les sourcils.

— Tu veux visiter la clinique ?

— Oui. Tu m'y emmènerais ?

Il hésita, le regard incertain.

— Quand ?

— Je suis libre de faire ce que je veux, là.

6.

En pénétrant dans le Complexo do Alemão, Diego s'efforça ne pas dévisager Eliana. Ils avaient, pour venir, hélé l'un des taxis jaune et vert si nombreux à Rio. Même si les gens du quartier et ses patients le connaissaient, il évitait de s'engager dans le quartier avec sa voiture. Il se rappelait son enfance dans la favela, il savait qu'il ne se ferait guère d'amis en étalant sa richesse.

De plus, il se souciait de la sécurité d'Eliana – plus encore que de la sienne. Il savait traiter avec les gens de son ancien quartier, mais elle n'avait pas grandi là. Avait-elle jamais vu un bidonville ?

Ses yeux écarquillés confirmèrent ses soupçons. Il essaya de déchiffrer les émotions changeantes qui passaient sur son visage.

Pour sa part, il n'aurait pas su décrire avec clarté ce qui se passait en lui. Il avait avoué à Eliana tant de choses qu'il n'avait jamais eu l'intention de livrer ! Tout particulièrement son activité à la clinique. C'était elle qui tenait les rênes, à Santa Valeria. Il n'aurait pas dû lui révéler qu'il avait utilisé les ressources de l'hôpital en bafouant les règles !

Cependant, une voix lui soufflait qu'il lui devait la vérité. Il avait du mal à parler de Vanderson. Le chagrin de sa disparition s'atténuait, puis revenait. Le souvenir de son ami était surtout lié à leurs projets pour agrandir la clinique.

Était-ce pour ça qu'il avait décidé de parler à Eliana ? Voulait-il l'associer à ses espoirs ? S'il s'était senti assez sûr pour lui révéler son action avec Vanderson, il n'avait pas évoqué l'importance que cela prenait pour lui.

Mais il ne lui avait pas livré des informations sur la clinique pour y gagner quelque chose. Il l'avait fait parce qu'il voulait qu'elle le connaisse *vraiment*. C'était une pensée terrifiante qu'il préférait refouler.

Il n'avait jamais été intime avec aucune femme parce qu'il n'avait jamais voulu passer plus d'une agréable nuit en leur compagnie. Mais avec Eliana, c'était plus profond, cela allait bien au-delà de tout ce qu'il avait ressenti avant…

Il déverrouilla la porte de la clinique et entra. Eliana le suivit, un léger sourire aux lèvres. Son parfum floral lui parvint, et il aurait aimé que cette senteur s'attarde dans la pièce, comme elle avait rôdé dans la chambre d'hôtel, des semaines auparavant.

Du temps où ils n'attendaient pas encore un enfant.

— Et voici les lieux, fit-il. Ce n'est pas exceptionnel, mais il est rare que des cas complexes se présentent.

Si l'endroit était propre, et installé du mieux qu'il l'avait pu, il n'était pas comparable aux établissements que Marco avait bâtis au cours de sa longue carrière. Mais Eliana ne dit rien sur la clinique.

— C'est la salle d'examen ? demanda-t-elle avec une expression retenue en désignant une porte close

— Oui. Il y en a une de chaque côté. Actuellement, on n'en utilise qu'une.

Elle ouvrit la porte et entra, Diego sur ses talons. Cette salle n'était pas très différente de l'aire d'accueil. Une table d'examen solide se tenait au centre de la pièce, flanquée de deux fauteuils. Dans un coin, un vieil échographe était recouvert d'une housse protectrice.

Eliana promena un regard curieux autour d'elle. Elle dépassa la table d'examen pour étudier les placards fermés alignés contre le mur. Pour finir, elle s'appuya contre la table.

— Je ne sais plus trop à quoi je m'attendais.

Diego, croisant les bras, s'apprêtait à défendre sa clinique.

— Tu as quelque chose à dire ?

Elle secoua la tête, ses luxuriantes boucles brunes dansant autour de son visage avec un charme irrésistible.

— Non, je suis impressionnée que tu sois si dévoué à cet

endroit. À t'entendre, je croyais trouver une machine IRM volée à Santa Valeria.

Il éclata de rire.

— Je crois que tu constaterais plutôt la disparition d'une ambulance que celle d'un appareil médical, si j'osais un jour aller aussi loin.

Même si, techniquement, il volait – son propre temps et celui de ses collègues, les échantillons des laboratoires pharmaceutiques –, il ne considérait pas cela comme du vol au sens moral du mot. Vanderson l'avait autorisé à faire cela, lui avait donné des passe-droits qui le faisaient flirter avec l'illégalité sans pour autant franchir le pas. Mais Eliana ne semblait pas réprouver ses activités clandestines. Y avait-il de l'espoir pour la clinique ?

— Beaucoup de gens viennent chercher de l'aide ici ? s'enquit-elle.

— Pourquoi n'ai-je pas éclairé la réception, à ton avis ? Si quelqu'un aperçoit de la lumière, il y aura une file d'attente dehors en un rien de temps.

Il soupira en pensant au nombre de gens qu'il voyait dans les brèves heures qu'il passait sur place. Parfois, son *avozinha* l'aidait à trier les patients, pour qu'il traite d'abord les cas les plus graves.

— Il y a tant de gens qui ont besoin de soins ? On pourrait allumer, alors, puisqu'on est là. Je peux aider.

Aider. C'était à cela qu'elle pensait – aux gens qui avaient besoin d'elle pour se soigner. Elle ne l'interrogeait pas sur le temps qu'il passait ici au lieu d'être à l'hôpital, ni sur les médicaments subtilisés dans la pharmacie de Santa Valeria. Non, elle lui demandait comment aider sa communauté !

Il en était sans voix.

— Qu'est-ce qui ne va pas ? lança-t-elle, haussant les sourcils d'un air mi-inquiet mi-interrogateur et changeant de position car il la dévisageait.

— Tu dois tenir ta générosité de ta mère, parce qu'il est impossible que tu l'aies héritée de Marco, dit-il étourdiment.

Il tendit la main, désireux, sans savoir comment s'y prendre, d'apaiser le chagrin qu'il voyait en elle. D'après les bruits de couloir de Santa Valeria, sa mère y avait été infirmière avant que Marco ne la pousse à partir. Le scandale d'une grossesse issue d'une liaison avec un homme marié qui était aussi le patron restait un sujet de commérages – d'autant que le fruit de ce scandale possédait désormais l'hôpital.

— Malheureusement, je ne sais pas grand-chose d'elle, répondit Eliana. J'aurais aimé la connaître. Je suis sûre qu'elle serait de bon conseil, puisque je vais moi aussi avoir un enfant à la suite d'une aventure.

— Ce sera différent pour nous, dit-il spontanément. Notre bébé aura un foyer aimant, où qu'il soit.

— Merci, Diego. Ça compte beaucoup pour moi, dit-elle avec un sourire qui le bouleversa.

Si elle continuait ainsi, elle serait sa perte ! Il se sentait en terrain glissant, habité de désir pour elle, mais l'imaginant aussi en train de le seconder à la clinique. Ce serait une chance, d'avoir une telle femme à ses côtés. Il apprendrait à être différent de l'homme que son père avait été. Se pouvait-il qu'il leur soit permis de former une famille ?

Il ne pouvait pas s'autoriser un tel espoir. Ils étaient tombés d'accord pour ne pas envisager cela.

— Alors tu vas passer l'éponge sur ce que je fais ici ? demanda-t-il pour se détourner de ce qui lui gonflait le cœur.

— Je ne sais pas quoi faire à ce sujet. Ni pour le reste, en fait. Je n'étais pas censée prendre la tête d'un hôpital où tout le monde connaît mon histoire. Je ne suis pas étonnée que tu aies dû agir dans le dos de mon père. Il n'était même pas capable de prendre soin de la fille qu'il avait engendrée. J'étais nourrie et logée, ça oui, mais ça n'allait pas plus loin.

Diego secoua la tête, effaré. Il aurait été incapable, pour sa part, de tourner le dos à son enfant, quelle que fût la façon dont il avait été conçu.

— J'ai été élevé par ma grand-mère, mes parents n'étaient pas très présents non plus, dit-il, obéissant à un étrange et pressant besoin de partager cette part de lui-même avec elle.

— Que faisaient-ils ? questionna-t-elle, inclinant la tête, ses boucles brunes cascadant sur son épaule.

Le spectacle était d'une telle sensualité qu'il en oublia, l'espace d'un éclair, de quoi ils parlaient.

— Ils étaient… ils sont toujours très malheureux ensemble. Mon père la trompait, elle le chassait, il finissait par revenir et implorait son pardon. Leurs séparations n'étaient pas faciles. Il y avait beaucoup de cris, de bris d'objets, des accusations… Et plus souvent qu'à leur tour, ils oubliaient qu'ils avaient la responsabilité d'un enfant.

Il haussa les épaules en voyant l'air horrifié d'Eliana. Ses parents lui avaient fait du mal, ils ne lui avaient appris que le chaos et l'instabilité, au point qu'il ne savait pas comment accueillir la paix et l'amour.

— Chaque fois que mon père avait une aventure, il me déposait chez mon *avozinha*. Ça a duré un an ou deux, jusqu'à ce que grand-mère mette le holà et me garde avec elle.

— Je suis navrée que tu aies eu à vivre ça, dit-elle avec sincérité.

Une fois encore, il haussa les épaules.

— C'est pour ça que je veux mieux m'y prendre pour…

Il laissa la phrase en suspens. Le mot « nous » pulsait dans son esprit, mais Eliana et lui ne formaient en rien un « nous ». Et il n'était pas préparé à une telle profondeur affective.

— Pour… notre bébé ? lui souffla-t-elle – et il fut à la fois soulagé et déçu qu'elle n'ait pas plus que lui prononcé ce pronom.

— Oui, dit-il. Nous devrions avoir une idée de ce que nous allons faire avant que tu ne repartes.

— Je suis consciente d'avoir évité cette conversation, et je le regrette. Ce n'était pas correct de ma part…

Il sourit. Elle était au moins consciente de son attitude !

— Ce n'était pas génial, c'est sûr, fit-il.

Comme elle baissait la tête, il alla vers elle, leva une main et se figea avant de la toucher.

— J'étais si surprise ! dit-elle. J'avais besoin de temps pour digérer ça et…

Quand, enfin, il posa la main sur l'épaule nue d'Eliana, elle se tut brusquement et frissonna.

— Tu n'auras jamais à te justifier avec moi, Ana. Tu avais tes raisons. L'important, c'est que nous discutons maintenant.

Eliana dévisagea Diego, bouleversée par son évidente sincérité. Ce n'était pas le contact de sa main qui la faisait frémir – même si le souvenir de ses caresses contribuait à son émotion. C'était la bonté de son regard, sa compréhension, la bienveillance de ses paroles. Cela lui inspirait autre chose que de l'amitié !

Elle n'avait jamais vraiment eu d'amis, ni formé d'attachement avec personne. Pourtant, elle était sûre que ses sentiments en cet instant étaient réels, et plus profonds qu'elle ne l'aurait voulu.

— Tu avais envisagé d'avoir des enfants ? lui demanda Diego, trouant le silence.

— Je… Non, pas du tout, répondit-elle, prise au dépourvu. Mon père ne s'est pas contenté de chasser ma mère de l'endroit qu'elle considérait comme chez elle, il n'a pas assumé ses responsabilités après sa mort. Je pensais plus ou moins fonder une famille lorsque je rencontrerais la bonne personne… j'espérais que cet homme saurait m'aider à développer les qualités dont je suis dépourvue de par mon éducation. Mais…

La voix lui manqua, et elle leva les yeux vers Diego dont le regard brillait d'empathie, comme s'il comprenait son chagrin.

Et il le comprenait, en effet. Apprendre que ses parents l'avaient abandonné lui avait serré le cœur. Il avait traversé des choses beaucoup plus dures qu'il ne le laissait paraître. Il n'était pas étonnant qu'il tienne tant à s'impliquer dans la vie de leur enfant.

— Et toi ? fit-elle.

— Je n'ai jamais pensé avoir l'étoffe d'un père, dit-il après un silence. Une famille heureuse est un concept qui m'est étranger. Je ne saurais pas comment en bâtir une, alors je n'ai jamais entretenu l'idée d'une relation durable et d'enfants.

Sa voix avait pris des inflexions étranges, comme s'il avait soudain dérivé à des milliers de kilomètres. Il parut s'en rendre compte et s'éclaircit la gorge.

— Cela ne signifie pas que je ne serai pas présent pour le bébé à chaque étape de sa vie. Je reconnais pleinement mes responsabilités, et je ne vais pas m'y dérober.

Elle s'efforça de repousser sa déception. Elle n'aurait pas dû être frustrée qu'il ne soit pas porté à un attachement durable – au contraire. Si, au fond d'elle-même, elle désirait un partenaire pour la vie, cela n'adviendrait pas simplement parce qu'il se sentait des obligations à son égard.

— Pourquoi dis-tu ça ? demanda-t-elle, sans trop savoir ce qui la poussait à creuser le sujet.

Il parut déconcerté.

— Tu ne veux pas que je sois présent à chaque étape ?

— Non, je voulais dire… Pourquoi crois-tu que tu ne saurais pas être heureux avec quelqu'un ?

Quelque chose d'indéfinissable passa sur les traits de Diego. L'ombre d'un ancien chagrin, d'une vulnérabilité passée. Eliana retint son souffle. Diego s'ouvrirait-il à elle ?

— Il n'est pas simple de répondre à cette question.

Il vint s'appuyer contre la table d'examen où elle s'était assise. Leur proximité la troubla plus que de raison.

— Essaye toujours ! Je suis très futée, je pourrais comprendre, fit-elle pour alléger la conversation.

Mais elle avait parlé d'une voix plus rauque. Le regard de Diego glissa vers sa bouche, il avait perçu son trouble.

— Mon père était un homme volage et, au lieu de le voir tel qu'il était, ma mère l'acceptait chaque fois qu'il revenait en rampant. Mes demi-frères et sœurs, issus de ses innombrables aventures, avaient une vraie relation avec leurs mères. Ces femmes avaient été trahies aussi, comme ma mère. Mais elles ne rejetaient pas la faute sur leurs enfants. J'étais le seul Ferrari coupable d'avoir ruiné la vie de sa mère en venant au monde !

Il détourna les yeux, le regard perdu dans le vide. Le chagrin reparut sur son visage, lentement. Il luttait contre lui-même. Mais il n'avait pas à se cacher ! Elle connaissait cette souffrance. Marco lui en avait voulu d'exister.

N'écoutant que son cœur, elle lui posa une main sur la joue pour ramener son regard à elle.

— Tu es trop dur avec toi-même, dit-elle à voix basse en le caressant timidement. Tu assumes tes responsabilités. On ne pourrait pas en dire autant de ton père, non ?

Elle ne savait pas très bien pourquoi elle le consolait, ni ce qui la poussait à lui poser des questions si personnelles. Pourquoi déplorait-elle que Diego se critique injustement, alors qu'elle en faisait de même ?

Ses paroles parurent atteindre leur but, car les yeux de Diego se dilatèrent. Peut-être n'avait-il jamais pris ses actes en compte, trop obnubilé par l'idée fausse qu'il se faisait de lui ?

À son tour il leva la main pour recouvrir la sienne, sur sa joue. Son regard avait l'intensité de la nuit où ils s'étaient connus. La nuit où ils avaient conçu leur enfant.

— Je ne suis pas l'homme que tu crois, murmura-t-il, s'inclinant vers elle.

Lui prenant la main, il l'amena à ses lèvres, lui effleurant la paume d'un baiser doux. Une flambée de désir jaillit en elle.

Il avait un don inouï pour faire tomber toutes ses défenses. Lui donner la sensation qu'elle le voulait. Ce qui n'était pas le cas. Ne devait pas l'être. Pas quand il y avait un enfant en jeu.

— Et pour quel homme est-ce que je te prends ?

— Un homme capable de donner plus que ce que je t'ai donné. Un homme qui reste.

Il marqua un arrêt, si proche qu'elle sentait son souffle sur son visage.

— Je peux t'assurer que je ne suis pas l'homme de ta vie, tu t'attacherais à moi en pure perte.

Il y avait une cruauté inattendue dans ces paroles, et elle en eut l'estomac noué. Était-ce ce qu'elle cherchait ? Un « homme qui reste » quoi qu'il arrive ? Cela n'avait certes pas été le cas de son père, qui avait simplement assuré sa survie et pas plus.

Elle n'avait jamais compté pour personne et ne s'était donc jamais sentie bien où qu'elle fût, jamais en sécurité.

Était-ce ce qu'elle voulait de Diego ? La permanence ?

Elle ravala ses sentiments naissants.

— Nous sommes tombés d'accord pour agir au mieux, dit-elle, alors je ne vais pas attendre d'histoire d'amour. Je veux te connaître parce que tu es le père de mon enfant, pas parce que j'ai le béguin.

Pourtant, leurs visages se rapprochaient insensiblement, ils étaient happés par le tourbillon sensuel de leur désir explosif.

— Tant mieux, je suis content que nous ayons clarifié les choses. Ça m'autorise ceci, dit-il avec un sourire.

— Qu… ?

Le reste disparut dans le baiser de Diego, qui pressait sa bouche contre la sienne en une caresse à laquelle elle aspirait depuis l'instant où ils s'étaient revus. Les mains de Diego s'égaraient sur son cou, laissant une traînée de feu sur sa peau.

Quand elle avait dit vouloir le connaître, ce n'était pas ce qu'elle avait en tête ! Mais cette approche semblait si juste, si naturelle ! Elle avait entrevu un autre Diego, derrière son personnage de chirurgien détaché. Cela avait éveillé en elle un désir qui allait bien au-delà de l'emballement sensuel de leur première rencontre. Était-il possible que leur lien soit plus profond qu'en apparence ?

Les mains de Diego avaient glissé sur sa nuque, s'enfonçaient dans sa chevelure et tiraient doucement sa tête en arrière, donnant un tour plus profond au baiser. Elle accueillit la caresse chaude de sa langue, frissonna de tout le corps. Puis, agrippant Diego par les épaules, elle l'attira à elle.

Ils avaient l'un comme l'autre posé leurs limites. Ils n'étaient pas intéressés par un engagement à long terme et ils ne croyaient pas devoir vivre ensemble parce qu'ils attendaient un enfant. Alors, où était le danger de s'abandonner à la passion ?

Diego n'aurait pas dû céder à son désir brûlant, mais la tentation était trop forte. Dès qu'il avait revu Eliana dans le hall de l'hôtel, il avait su le combat perdu d'avance. En dépit de ses intentions sincères – il désirait établir des liens d'amitié qui les aideraient à élever leur enfant –, il avait été aimanté par son incroyable sensualité.

Ses questions l'avaient pris par surprise. Il était conscient que leur rapprochement amical n'aurait lieu que s'ils faisaient plus ample connaissance, sans pourtant comprendre ce qui l'avait poussé à se livrer autant. En dehors de Vanderson, personne n'avait jamais rien su de ses parents ni des traumatismes qu'ils lui avaient causés.

Ses confessions avaient fait tomber l'ultime barrière susceptible d'endiguer son désir, et il avait cessé de résister, renonçant au contrôle, son corps prenant le dessus.

Et maintenant il plaquait Eliana contre lui, ses mains explorant les courbes de son corps tandis qu'un baiser passionné les soudait l'un à l'autre. De doux gémissements montaient de la gorge d'Eliana, étouffés par sa bouche virile. Un afflux de sang tendait son sexe, et les mains de sa partenaire se glissaient sous sa chemise, le caressaient.

Mais la clinique n'était pas l'endroit idéal pour ce qu'ils mouraient d'envie de faire… Avec effort, il s'arracha aux lèvres d'Eliana. Quand il s'écarta, elle chercha son souffle et lâcha aussitôt les pans de sa chemise. Elle paraissait secouée, comme brutalement revenue au réel.

— Ce n'est peut-être pas l'endroit idéal, dit-il.

Il y avait un petit appartement au-dessus de la clinique, où il restait parfois s'il était trop fatigué pour conduire.

L'expression d'Eliana passa de l'émoi à la confusion. Il ne voulait pas que cet instant se dissipe, même si sa raison lui intimait de battre en retraite. Leurs existences étaient bien assez compliquées… Il ne devait peut-être pas y ajouter des relations sexuelles.

Pourtant, sa part animale exigeait d'assouvir la passion qui les consumait. Eliana avait le souffle court, ses joues empourprées révélaient sa fièvre charnelle.

— C'était la maison de ma grand-mère, dit-il pour combler le silence. Nous la lui avons rachetée pour installer notre clinique.

— Qui ? demanda-t-elle avec une curiosité soudaine.

— Comment ça, qui ?

— Tu viens de dire « nous ». Toi et qui d'autre ?

C'était comme si on l'avait douché à l'eau glacée. Il n'avait même pas réalisé, avant qu'elle ne mette le doigt sur la plaie, que la clinique était évidemment une œuvre commune avec Vanderson. Près de deux mois s'étaient écoulés depuis l'enterrement, mais la disparition brutale de son ami le hantait encore.

— Oh… je ne m'étais pas rendu compte d'avoir dit ça, fit-il, avant de céder à un soudain besoin de se confier. C'est moi qui ai démarré cette clinique, mais Vanderson s'y est impliqué presque aussitôt. C'était lui qui traitait avec Marco chaque fois que nous avions besoin de transférer un patient d'ici à Santa Valeria. Tu as ton avis à toi sur ton frère, et je ne chercherai pas à excuser ce qu'il a pu dire ou faire. Mais Vanderson… se souciait des autres. Et je sais qu'il se débattait avec ce qu'il avait laissé faire.

— Étiez-vous proches ? demanda-t-elle avec une étrange intonation, comme si elle redoutait sa réponse.

Toute tension sensuelle les avait désertés à la mention de Vanderson. Ils conservaient une sorte de lien – elle avait les mains sur son torse, il la tenait par les hanches, leurs visages restaient proches –, mais ils avaient une raideur inhabituelle.

— Oui, dit-il, guettant sa réaction.

Elle s'apprêtait à répondre quand un coup rude fut frappé à la porte. Un instant plus tard, celle-ci s'ouvrait, et des voix féminines se firent entendre dans l'aire d'accueil. Eliana s'écarta aussitôt de Diego.

— Diego, *você está aqui* ? cria une voix familière depuis la réception.

— Oui, je suis là, *avozinha* ! Mais ce n'est pas ouvert pour le moment ! dit-il, adressant un regard contrit à Eliana. Excuse-moi, je vais régler ça au plus vite.

Mais sa grand-mère franchissait déjà le seuil – et avec elle une femme à l'air las, poussant un fauteuil roulant où était assis un jeune garçon.

— Oh ! salut, Miguel ! Je ne t'attendais pas si tôt, dit Diego en reconnaissant son petit patient.

Il s'accroupit près du gosse pour l'accueillir et, par habitude plus qu'autre chose, examina le moignon de sa jambe amputée.

— Ça va ? Qu'est-ce qui t'amène ?

— Je passais apporter de la nourriture à Layla, dit sa grand-mère en désignant la maman du garçon.

Elle s'aperçut alors de la présence d'Eliana, descendue de la table d'examen pour les rejoindre, l'air curieux.

— Je ne savais pas que tu avais de la visite.

— Je te présente Eliana, la nouvelle cheffe générale de médecine à Santa Valeria, dit Diego en examinant la jambe du garçon.

Depuis un bon moment déjà, Miguel avait trop grandi pour sa précédente prothèse qui, mal adaptée, avait provoqué des lésions cutanées et musculaires. Le tissu cicatriciel n'était pas très apparent, mais Diego le sentait au toucher. C'était une chance que Miguel soit si jeune, sinon ses cicatrices auraient pu nuire à l'adaptation d'une nouvelle prothèse.

— C'est merveilleux ! s'écria son *avozinha*. On va pouvoir adapter la jambe de Miguel, alors ?

Layla se redressa avec espoir et toutes deux se tournèrent vers Eliana, en attente d'une réponse.

Eliana écarquilla les yeux et observa Diego.

— Quel est le problème avec sa jambe ?

Diego lui fit signe d'approcher et réprima un frisson lorsqu'elle s'accroupit près de lui ; son parfum floral le déconcentrait.

— Il a trop grandi pour son ancienne prothèse. Malheureusement, Miguel n'a pas de check-up réguliers auprès d'un orthopédiste, qui verrait quand la prothèse devient trop petite. Les dégâts sur les tissus mous ne sont pas trop marqués, mais palpables tout de même.

Eliana regarda le garçon en souriant.

— *Olá*, Miguel. Je m'appelle Eliana et je suis médecin aussi. Tu permets que j'examine ta jambe ?

L'enfant acquiesça.

— Mmm, je vois ce que tu veux dire, dit-elle, manifestement inquiète, à Diego. Peut-on l'hospitaliser ? Je ne crois pas que tu aies l'équipement nécessaire ici.

— Je..., fit-il, marquant un arrêt hésitant.

Ces derniers jours, il avait comploté avec le pédiatre de l'équipe pour apporter à Miguel l'aide dont il avait besoin. Mais jamais il n'aurait osé espérer la réaction que venait d'avoir Eliana ! Loin de se soucier du coût, elle ne pensait qu'à aider. Si tel était son premier mouvement en voyant un petit patient dans le besoin, ils pouvaient peut-être accomplir d'autres choses ensemble !

— Avec ton autorisation, reprit-il, j'aimerais en effet que mon équipe s'occupe de ce cas. J'ai fait ce que j'ai pu de mon côté, mais à ce stade il faut pouvoir aller plus loin.

Elle hocha la tête.

— Faisons-le admettre dès maintenant. L'adaptation de la prothèse prendra un jour ou deux, et Miguel aura besoin de séances de kinésithérapie avant de pouvoir quitter l'hôpital.

Elle gagna la table d'examen, où elle avait laissé son sac, et en sortit son mobile.

— Je demande à ma secrétaire d'envoyer une ambulance.

La maman regarda la grand-mère de Diego, puis Eliana, et leva les mains en un geste d'impuissance.

— Attendez, je ne peux pas venir... Je ne peux pas manquer le travail, sinon, je ne pourrai pas payer.

Eliana alla vers elle et posa une main sur son bras pour l'apaiser.

— Ne vous inquiétez pas. Santa Valeria a un fonds spécial pour les situations de ce genre, vous n'aurez pas un seul *real* à régler. Miguel a besoin d'un traitement avant qu'on puisse adapter sa nouvelle jambe. Cela prendra quelques jours, mais je veillerai à ce qu'on vous envoie des nouvelles régulièrement. Diego supervisera son suivi, vous n'aurez aucun souci à vous faire pour votre fils.

— Tu sais que je prendrai bien soin de lui, Layla, dit Diego à la maman.

— C'est un tel plaisir de faire votre connaissance, Eliana, dit Márcia. Mon petit-fils me dit que vous êtes seule à Rio. Si vous vous joigniez à nous pour un *churrasco*, le week-end prochain ? La sœur de Diego vient d'obtenir son diplôme et nous fêtons ça chez moi.

Les paroles de son *avozinha* le ramenèrent au réel, et il écarquilla les yeux. Quoi, elle invitait Eliana au barbecue ?

— Merci pour l'invitation, mais je ne peux pas m'imposer chez vous alors que je ne connais pas votre petite-fille, dit Eliana, souriante, mais avec hésitation.

— *Avozihna, por favor…* C'est à ma nouvelle patronne que tu parles, dit-il à voix basse.

— Raison de plus pour faire bonne impression et l'inviter, alors. Je ne tolérerai pas de discussion là-dessus. Elle aide mon amie Layla, c'est le moins que je puisse faire, *querido*.

Márcia agita la main d'une façon qu'il ne connaissait que trop. Elle avait pris sa décision, inutile de discuter.

Malgré leurs bonnes intentions, Eliana et lui n'avaient pris aucune mesure au sujet du bébé, aujourd'hui. Ils n'avaient réussi qu'à s'enliser dans les mêmes sables mouvants qu'un mois plus tôt. Et il ne pensait qu'à faire sortir au plus vite les visiteurs pour reprendre l'échange interrompu. De préférence à l'étage, dans un lit confortable.

— Bon, si je ne dérange pas, j'aimerais bien venir, dit finalement Eliana. Merci.

Elle lui lança un coup d'œil, avec une expression qu'il n'était pas certain de saisir. Était-elle *excitée* d'être invitée à ce barbecue familial ?

— Parfait, ma chère petite. Vanderson venait tout le temps, tout le monde sera ravi de rencontrer sa sœur.

Le bruit d'une sirène interrompit son *avozinha*, et peu après une ambulance s'arrêta devant l'immeuble.

— Voilà notre voiture, dit Eliana à Miguel avec un sourire qui semblait forcé.

La mention de son frère l'avait crispée, et Diego en voulut à sa grand-mère d'avoir parlé étourdiment. D'autant qu'ils avaient à peine abordé la question de son lien avec Vanderson. La discussion avait été interrompue avant qu'ils ne puissent l'approfondir.

— Tu nous accompagnes à l'hôpital ? lui demanda Eliana.

Il lutta contre la déception. Il avait espéré un tête-à-tête ! Ils avaient tant de choses à discuter ! Sa relation avec son frère… l'enfant dont ils n'avaient encore parlé à personne… leur baiser…

Mais la requête venait de sa cheffe de clinique et non de sa… sa *quoi*, exactement ?

Elle aurait dû n'être rien de particulier pour lui. Pourtant, leur relation était trouble et lui serrait le cœur.

— Oui, bien sûr, répondit-il.

Miguel avait le feu vert pour un traitement ? Pour le moment, c'était la priorité, quel que fût son désir d'autre chose.

7.

Devant le miroir en pied de la chambre d'hôtel, Eliana se regardait de profil. La main sur le ventre, elle cherchait à repérer un renflement révélateur de la présence de son bébé, en vain. Ce n'était pas surprenant. Elle n'était qu'à la fin de son deuxième mois de grossesse, qui ne commençait pas à se voir avant le second trimestre, dans la plupart des cas.

Avec un peu de chance, elle serait alors de retour à Belo Horizonte, loin de Diego et du feu brûlant de son regard dans lequel elle aurait pourtant voulu se perdre.

— C'est à cause de toi, poussin, murmura-t-elle à son ventre.

Les hormones rendaient plus difficile qu'elle ne l'aurait cru cette fichue tentative d'amitié avec le follement sexy Dr Ferrari. Ou peut-être était-ce une excuse commode. Comment avait-elle perdu la tête au point d'embrasser Diego malgré leur accord pour tempérer leur attirance ?

Elle se jeta sur son lit en soupirant et relut le message qu'elle avait rédigé pour Diego, dans lequel elle s'excusait de ne pas venir au barbecue.

C'était enfin un comportement sensé : éviter tout échange qui n'était pas strictement nécessaire et s'en tenir à deux sujets de conversation, le travail et le bébé.

Mais la voix qui lui intimait d'envoyer le message manquait de vigueur, dominée par une curiosité croissante. Derrière ses défenses, Eliana avait entrevu un autre Diego qu'il révélait sans doute rarement, voire jamais.

Il avait souffert beaucoup plus qu'il ne le laissait paraître et il semblait penser qu'il était détruit sans espoir de guérison.

Elle avait envie d'en savoir plus – à la fois sur sa famille et sur sa relation avec Vanderson.

Diego et elle seraient-ils capables de devenir amis, comme ils le souhaitaient ?

Même si l'engagement de Diego était solide, trouverait-il le temps de s'impliquer comme promis ?

Privée de mère dès la naissance et « élevée » sans marques d'affection par une ribambelle d'employés, elle désirait plus que tout compter pour quelqu'un, être sa priorité. Elle voulait que rien ne soit plus important que ce qu'ils auraient ensemble.

Or Diego, lui, avait déjà choisi ce qui était le plus important pour lui : sa communauté. Elle ne changerait pas cela, et ne le voulait d'ailleurs pas. Son dévouement envers les déshérités lui avait ouvert la porte de son cœur bien plus qu'elle n'était prête à l'admettre.

Mais ils ne pouvaient pas être en couple. Ils attendaient de la vie des choses si différentes ! Lui se mettait au service de ceux qui l'avaient élevé lorsque ses parents lui avaient fait défaut. Elle, de son côté, voulait *compter*, pour une fois. Si Diego accordait de l'importance à autre chose, ce serait pour le bien de leur enfant et non parce qu'il avait des sentiments amoureux pour elle.

— D'accord, nous pouvons aller faire la connaissance de ta famille élargie, poussin, dit-elle à son enfant encore à naître. Mais pas de sautes d'humeur, pas de caprices hormonaux qui bouleversent *mamãe*, pigé ?

Elle prit un moment au calme, savourant son lien profond avec son bébé. Il n'était là que par accident, pourtant son cœur débordait déjà d'amour pour ce petit être. Comment avait-elle pu vivre jusque-là sans ce sentiment ?

— Bien, allons voir *papai*.

Dans la semaine, Diego lui avait envoyé l'adresse de sa grand-mère par SMS, en précisant qu'elle pouvait changer d'avis, qu'il comprendrait. Était-ce une façon de lui demander de ne pas venir ?

Lorsqu'il lui ouvrit la porte avec un sourire extatique, elle oublia totalement cette idée. Le regard brûlant de gourmandise qu'il posa sur elle la fit presque défaillir.

— Je suis content que tu sois venue, lui dit-il d'une voix sourde.

— Ah, bon ? fit-elle malgré sa résolution de paraître sûre d'elle.

— Bien sûr. Je vais enfin pouvoir éviter mes demi-frères et sœurs. Depuis l'enterrement, ils sont étouffants.

Il marqua un temps d'arrêt et ajouta en riant :

— Et puis je n'ai plus à poireauter à la porte !

Elle rit avec lui sans relever ce qu'elle venait d'apprendre : la mort de Vanderson l'avait tellement affecté que sa famille s'inquiétait. Une nouvelle fois, elle s'interrogea. D'où venait ce lien entre les deux hommes ?

— Je dois t'avertir, presque tout le clan Ferrari est là, épouses et enfants compris. Ils sont suffisamment nombreux, j'espère, pour qu'on passe inaperçus. Ma famille est d'une curiosité insatiable ; s'ils t'embêtent, dis-le-moi, je viendrai à ton secours.

Elle rit.

— Attends un peu… combien as-tu de demi-frères et sœurs ?

— Dix, dit-il en s'écartant pour la laisser entrer.

Dans la maison, le bruit étouffé s'intensifia.

— Dix ?

Elle n'avait pas complètement réussi à gommer sa surprise, et Diego eut une expression étrange. Ce n'était pas de la honte, mais quelque chose qui y ressemblait fort. Sa fratrie lui inspirait-elle de la gêne ?

— Je t'avais dit que mon père était un homme volage.

Elle comprit. Tout en étant marié à la mère de Diego, le paternel infidèle avait conçu dix enfants hors mariage !

— Il n'est pas là ce soir, j'imagine ? fit-elle.

Il eut un rire narquois.

— Jamais de la vie ! C'est le père de Vanessa, mais je serais surpris qu'il sache qu'elle vient d'achever ses études universitaires. Ignacio Ferreri n'est pas précisément… impliqué dans nos vies.

— Tant mieux, dit-elle avec légèreté. Ta fratrie semble

heureuse sans son mauvais karma. Notre future *princesa* a suffisamment d'oncles et de tantes pour ne pas avoir besoin de grand-père.

Elle tapota son ventre plat avec affection.

— *Princesa* ? fit-il. Mon stage clinique en obstétrique remonte à longtemps, mais à ce stade, tu ne peux pas connaître le sexe du bébé, non ?

Elle haussa les épaules.

— Je devine au feeling, grâce à ce qu'elle me transmet.

L'amusement reparut dans le regard de Diego. Elle préférait ce Diego-là à celui qui était hanté par un passé douloureux.

— Au feeling ? *Querida*, tu es une femme de science. Bientôt tu vas me dire que tu as tiré les tarots pour connaître l'avenir de notre bébé.

Il faisait mine d'être scandalisé, mais son large sourire révélait ses sentiments réels.

Elle ne répondit pas, car un feu s'était allumé en elle. *Querida* – chérie. Un mot tendre, familier, et tout à fait anodin. Les gens l'utilisaient si souvent qu'il s'était vidé de son sens. Mais, en l'entendant sur ses lèvres à lui, le désir avait déferlé en elle.

Diego ne s'intéressait pas à elle. Il ne répondait présent que parce qu'ils allaient avoir un bébé. C'était cet enfant qui déterminait toutes ses interactions avec elle. Elle devait s'enfoncer cela dans le crâne !

— Ça va ? demanda-t-il en la voyant silencieuse.

Elle n'eut pas le loisir de répondre car une voix s'écria :

— Diego ! Le repas est bientôt prêt. Est-ce que tu pourrais… ? Oh ! qui avons-nous là ?

Celle qui les avait rejoints était presque aussi grande que Diego, et si sa peau couleur d'ébène contrastait avec la peau cuivrée de Diego, ses hautes pommettes et son regard brun révélaient d'emblée leur parenté.

— Voici Eliana Oliveira, la nouvelle cheffe de médecine à Santa Valeria. *Avozinha* a jugé bon d'inviter mon boss au *churrasco*.

La sœur de Diego haussa les sourcils, le regardant d'un air sceptique.

— Elle a dû vous voir ensemble, pour lancer cette invitation. Mamie n'aime pas que tu assistes toujours seul aux dîners en famille.

Elle se tourna vers Eliana et ajouta :

— C'est super de voir que Diego s'est fait une amie. Je suis Gloria, sa petite sœur, dit-elle en faisant sans cérémonie la bise à Eliana.

— Je suis contente de vous connaître, déclara Eliana, empourprée, gênée par la façon dont Gloria avait dit « amie ».

Elle n'avait pas songé à ce que sa présence au barbecue pourrait laisser croire. Allaient-ils penser qu'il y avait quelque chose entre Diego et elle ?

Mais il y avait quelque chose entre eux, en fait. Non ? Elle repoussa le souvenir de leur baiser.

— Eh bien, ne cache pas la seule personne que tu aies amenée à la maison depuis Vanderson ! continua Gloria. Laisse-moi lui faire faire le tour du propriétaire.

Eliana, dans le doute, scruta Diego. Il lui répondit par un regard tout aussi incertain.

Au moment de passer à table, Eliana avait été présentée à toute la fratrie Ferrari.

Diego râlait quand un membre de la famille posait trop de questions ou précisait qu'on ne le voyait en général pas avec une femme, mais il semblait surtout agacé par leurs insinuations à peine voilées sur la nature de leur relation. Il avait en tout cas un lien authentique avec ses proches. En dépit des fautes de leur père, d'une façon ou d'une autre, les enfants s'en étaient tirés, formant une rare, une belle famille aimante.

Tout le monde était surexcité de rencontrer Eliana. Personne n'avait jamais manifesté autant d'enthousiasme à la connaître, auparavant ! Et ce qui la déroutait le plus était qu'ils semblaient excités parce que Diego l'avait amenée. Même s'ils ne savaient rien sur elle, ni sur leur relation.

Elle en eut un pincement au cœur. Elle n'avait jamais été

incluse dans une dynamique familiale. Saurait-elle donner à leur enfant tout ce dont il aurait besoin même si la notion de famille lui était étrangère ? Ou alors, était-ce sur ce plan que Diego entrerait en jeu ?

Dans les relations avec ses frères et sœurs, il mettait de la retenue – comme s'il n'osait pas les laisser devenir trop proches. Mais tous bavardaient et riaient, libres de tout souci. Ils avaient réussi à surmonter leur enfance chaotique. Pourquoi Diego s'en croyait-il incapable ?

Ils achevèrent leur repas en portant un toast à l'héroïne du jour, Vanessa, qui venait de terminer l'école vétérinaire. Puis le clan Ferrari se dispersa en petits groupes.

Quand Diego posa une main sur l'épaule d'Eliana, elle leva les yeux sur son si beau visage et une onde de chaleur la parcourut.

— Trouvons un coin tranquille. Je crois que nous avons notre compte de questions et de regards inquisiteurs.

Son sourire la rendit toute chose, et elle ne put lui refuser la main qu'il lui tendait. Ce simple contact aurait pu la faire défaillir, et son cœur se mit à battre la chamade quand il la mena loin du bruit, au fond du jardin.

Il ne la lâcha que lorsqu'ils eurent tourné à l'angle de la maison pour s'asseoir sur un banc de bois couleur pervenche. Eliana avait pris plaisir aux conversations et à toutes les questions qu'on lui avait posées, mais elle avait remarqué l'absence d'un sujet particulier.

— Tu n'as parlé à personne de ma grossesse ?

— Non, dit-il, regardant droit devant lui. Il m'a semblé que ce n'était pas une décision à prendre seul.

Il ne l'avait pas fait parce qu'il considérait – en dépit de ses défenses et de son mystère – qu'ils formaient une équipe.

Pas un couple. Il avait insisté là-dessus et elle s'était forcée à approuver, même si elle sentait de la résistance en elle. Au plus profond d'elle, une petite voix continuait à espérer…

En tout cas, il lui avait donné la priorité, il avait d'abord pensé à ce qu'elle ressentirait avant d'annoncer publiquement une nouvelle qui leur appartenait à égalité.

— Merci, j'apprécie, dit-elle avec un sourire, s'autorisant à s'abandonner à son émotion.

Il se souciait d'elle, avec une sollicitude à laquelle elle n'était pas habituée. Peut-être pouvait-elle lui faire plus confiance… au sujet de Vanderson, par exemple.

— Je veux en savoir un peu plus sur mon frère, dit-elle, les mots lui échappant. Tu ne m'as toujours pas beaucoup parlé de lui.

Il avait été presque absent dans sa vie, mais Diego pouvait peut-être lui apporter un peu de lumière à ce sujet ? Vanderson avait-il déploré ses actes passés, en grandissant ?

Le chagrin sur le visage de Diego lui fit regretter ses paroles, mais il hocha la tête.

— J'ai évité le sujet, je le sais. Sa mort a été si… brutale. Mais tu n'as pas eu la chance de rencontrer le vrai Vanderson, et je veux t'éclairer, en ce qui le concerne. Il s'opposait à son père, et il désirait énormément se réconcilier avec toi.

Réconciliation. Elle y avait beaucoup pensé, concernant son frère. Apparemment, il y avait songé aussi ! Mais alors, pourquoi n'avait-il jamais pris contact ?

Elle repoussa momentanément la question. Elle voulait d'abord savoir certaines choses.

— Comment vous êtes-vous rencontrés ? Tu ne le connaissais pas dans l'enfance, sinon, je t'aurais aperçu.

— Je l'ai connu au service militaire. Nous étions tous les deux inscrits à la formation médicale, avec l'intention de faire médecine ensuite. Nous étions souvent de garde ensemble et nous parlions beaucoup de nos projets… de notre intention d'aider les déshérités. Moi parce que j'avais grandi dans la pauvreté, lui parce qu'il avait vu les dégâts que la rapacité de son père causait à l'hôpital.

Il marqua une pause, serra le poing, et Eliana résista au désir de lui prendre le bras.

— Nous étions décidés à changer les choses, c'est comme ça qu'est née l'idée d'une clinique gratuite dans mon ancien quartier. Par son… ton père, Vanderson avait pas mal de relations ; quand j'ai fini médecine, il m'a recommandé pour un poste à Santa Valeria. Nous attendions que Marco prenne sa retraite et que Vanderson assure la relève. Il attendait aussi ce moment pour prendre contact avec toi.

Elle déglutit avec difficulté.

— Qu'est-ce que la retraite de mon père avait à voir avec le fait que Vanderson renoue avec moi ?

Diego soupira avec un sourire attristé.

— Marco était un sinistre personnage, très malveillant. Dès son plus jeune âge, Vanderson a eu interdiction de te parler, et même quand ton frère est devenu adulte, Marco a menacé de le déshériter s'il allait contre sa volonté. Vanderson était prêt à courir le risque, mais l'héritage de l'hôpital était en cause.

Cette information totalement nouvelle lui faisait reconsidérer tout ce qu'elle avait cru. Elle voyait son frère dans le pire des cas comme le larbin de son père, et dans le meilleur comme un jeune homme indifférent.

— Il désirait vraiment me connaître ?

Pourquoi poser cette question ? Cela semblait si pathétique.

— Son plus grand regret était de ne pas avoir été le frère dont tu avais besoin en grandissant, et quand je pense qu'il n'a pas eu la chance de se rattraper, ça me fait de la peine.

Cet aveu la laissa sans voix. Elle n'avait pas connu son frère. Une petite part d'elle-même avait espéré qu'il désirerait la connaître, mais à mesure que le temps passait sans signe de vie de lui, son espoir s'était amenuisé.

— Tu savais qu'il était marié et qu'il avait un enfant ?

Vanderson avait fondé une famille ? C'étaient peut-être les personnes que les avocats avaient évoquées. Les successions de Marco et Vanderson étaient étroitement liées. L'avocat en droit de succession lui avait dit, sans préciser, qu'il y avait d'autres bénéficiaires du testament, ce qui rendait la succession suffisamment complexe pour l'obliger à rester à Rio plus longtemps que prévu.

Diego sortit son mobile et consulta ses archives photo.

— Son mari s'appelle Alessandro, et leur fille Daria. Il a un magasin de loisirs sportifs près de la plage, il loue des planches de surf, ce genre-là. Daria vient d'avoir cinq ans. Ils l'ont adoptée quand elle avait deux mois.

La photographie avait été prise par un beau jour d'été. Sur fond de ciel bleu, Diego, Vanderson et son mari et leur fille étaient assis autour d'une table ronde, souriant à la caméra.

Eliana sentit l'émotion l'étreindre. Le cliché dégageait une impression de sérénité, l'affection entre ces quatre personnes était évidente.

— J'ai une nièce ? Et un beau-frère ?

Elle n'avait jamais envisagé une seconde que son frère ait pu être marié et avoir des enfants ! Diego avait été très proche de Vanderson. Que savait-il d'elle avant qu'ils ne se rencontrent ?

— Vanderson t'a parlé de mon enfance ? Tu devais déjà savoir des choses sur moi.

Elle ne s'était pas exprimé sur un ton accusateur, mais il était tout de même gêné.

— Il ne m'avait pas confié grand-chose. Je crois qu'il se sentait trop coupable. Mais il m'a dit que Marco t'avait rejetée et tenue à l'écart de la famille. Que tu avais grandi seule.

C'était bien plus qu'elle n'en disait en général, mais il lui était égal que Diego soit au courant.

— Je me rends compte qu'il était très important pour toi. Je ne m'étonne pas que tu l'aies amené ici.

— J'aime bien mes frères et sœurs… même si je les envie parfois. On a subi le même père, ils ont au moins eu des mères qui s'occupaient d'eux. Je n'ai pas eu d'importance pour la mienne, dit-il avec un soupir. Vanderson me comprenait comme ils ne me comprendront jamais.

Il enviait ses frères et sœurs ? Plus elle découvrait de facettes cachées de sa personnalité, plus leur lien se renforçait.

Diego la comprenait. Il la laissait libre de révéler ou non sa grossesse. Il lui avait aussi transmis quelque chose de son frère.

— Je regrette de ne pas l'avoir connu, dit-elle, posant une main sur sa cuisse virile.

Il chercha son regard.

— Moi aussi, dit-il avec un sourire si doux et si nostalgique qu'elle en eut la gorge nouée. Il aurait été très enthousiaste à notre sujet. Totalement choqué, mais aussi excité.

— Puisque Vanderson t'aidait, est-ce que tu as besoin de *mon* aide maintenant, pour continuer la clinique ?

Une lueur d'espoir éclaira ses yeux, suivi de la flamme intense avec laquelle il l'avait accueillie à la porte.

— Je ne peux pas te demander une chose pareille. Alors qu'entre nous, tout est si…

— Chaotique ?

— J'aurais dit ça plus délicatement.

— Nous apprendrons à compartimenter le travail et notre rôle de parents. Ce pourrait être notre premier test, dit-elle. Si tu me dis que Vanderson avait l'intention de changer les façons de faire de mon père, je veux mettre mes pas dans ceux de mon frère.

Souriant, Diego lui prit le visage en coupe et, à l'improviste, lui planta un baiser appuyé sur les lèvres.

— Tu n'as pas idée de ce que ça représente pour moi, pour toute ma communauté. Les patients comme Miguel pourront se soigner comme il faut quand ils en auront besoin !

Secouée par ce baiser inattendu – un signe de gratitude plutôt qu'une réponse au désir qui la consumait –, elle dévisagea Diego d'un air interdit, luttant pour se reprendre. Leurs lèvres ne s'étaient pourtant rencontrées qu'un très bref instant. Il laissa retomber ses mains et la considéra avec des yeux dilatés, aussi surpris qu'elle.

— Désolé… je n'aurais pas dû, marmonna-t-il.

Mais son regard obscurci exprimait surtout une faim dévorante, qui égalait la sienne – et soulignait pourquoi ils ne pouvaient pas y céder. Pas alors qu'un enfant était en jeu. Cela ne mènerait qu'au chagrin quand ils se sépareraient inévitablement. Eliana voulait Diego. Un élan venu du plus profond d'elle-même la poussait vers cet homme. Mais, plus que tout, elle avait besoin de sécurité. Elle avait besoin de compter pour quelqu'un, d'avoir la préséance à ses yeux.

Un silence gêné s'installa – le premier de la soirée.

— Tu as déjà mis quelqu'un au courant ? lança-t-il.

Elle baissa les yeux vers son ventre.

— Personne, en dehors de la cheffe du service d'obstétrique. La première échographie a lieu bientôt. Tu veux toujours venir ?

— Tu veux que je sois là ? demanda-t-il à voix basse, le regard embrasé.

— Tu es le père, tu as autant que moi le droit d'être là.

— Je ne te parle pas de mes droits. Est-ce que tu *veux* que je sois là ?

Elle vit dans le regard de Diego son intention de la conquérir.

— Si tu en as envie…

— Ana, coupa-t-il d'une voix basse chargée de promesses qui accéléra les battements du cœur d'Eliana. Est-ce que tu me veux ?

Elle déglutit, la bouche sèche. Il n'était plus question de l'échographie. Voulait-elle Diego ? Et comment le voulait-elle ? Présent à l'échographie ? Dans sa vie ? Le voulait-elle *tout de suite* ?

Le plus effrayant était que la réponse était toujours la même.

— Oui, murmura-t-elle.

En Diego, la bête fauve du désir était restée en observation pendant la majeure partie de la soirée, mais, dès l'instant où elle avait franchi le seuil, il avait su qu'il l'embrasserait, qu'ils reprendraient l'échange interrompu à la clinique. Et que, cette fois, il veillerait à aller jusqu'au bout.

Il avait commis une erreur tactique en l'embrassant dans l'arrière-jardin de son *avozinha*. Il aurait dû l'inviter chez lui avant de l'attirer dans ses bras. Mais il n'y tenait plus. Comment résister, elle avait prononcé le mot qu'il brûlait de lui entendre dire.

Oui.

Elle le voulait. Tout comme il la voulait. Il n'avait pas besoin d'en savoir plus pour oublier où ils se trouvaient, et avec qui.

Il l'attira dans ses bras, l'effleurant de ses lèvres en une invite à se perdre dans l'instant. Elle n'attendait que cela, apparemment, car elle agrippa le tissu de sa chemise et se plaqua contre lui.

Comment faisait cette femme pour, d'un seul baiser, le précipiter dans l'abîme ? Déjà il revenait à la charge pour en avoir plus. Sa simple présence dans ce jardin était incroyable.

Aucune femme, jamais, n'avait eu droit à rencontrer le clan Ferrari !

Il la serra contre lui, donnant un tour plus profond à leur baiser, et elle accueillit sa langue avec un gémissement de plaisir. Ses mains puissantes vagabondèrent dans son dos et caressèrent des zones de chair dénudée. La douceur de sa peau lors de leur nuit d'amour lui revint, sa saveur alors qu'il explorait son corps à loisir, lui arrachant des plaintes de ravissement.

Depuis combien de temps attendait-il que la fête se renouvelle ? Et combien de fois s'était-il dit que cela ne lui était pas permis ? En ce moment, il était incapable de se rappeler pour quelles raisons…

C'était le désir charnel qui l'enflammait – pas les sentiments. Ils en étaient convenus tous les deux. Si ses parents avaient tenté un arrangement comme celui qu'Eliana et lui espéraient, les choses auraient peut-être tourné autrement. Et il aurait été capable d'aimer.

Se détachant de ses lèvres, il déposa une traînée de baisers sur son cou. Elle gémit, l'enflammant de plus belle. Ils devaient partir.

S'écartant juste assez pour la regarder, il lut dans ses yeux un désir aussi ardent que le sien.

— J'habite au bas de la rue, murmura-t-il, plus excité que jamais de la voir sourire.

Si Eliana avait brûlé d'un feu moins ardent, elle aurait peut-être prêté attention à la maison de Diego, aux vastes pièces décorées avec goût, aux surfaces en pierre polies.

Mais Diego lui réservait une autre fête, et elle s'abandonna tout à fait à ses caresses.

Ceci n'aurait pas dû avoir lieu… Mais la voix qui la mettait en garde faiblissait, il devenait facile de l'ignorer. Où était le mal ? Tant qu'ils n'oubliaient pas qu'elle allait bientôt partir et qu'ils ne souhaitaient pas de relation durable, ils pouvaient débrider leur désir, rien que pour une nuit. Cette fois au moins, il n'y aurait pas de « conséquences inattendues ».

Les mains de Diego avaient atteint la fermeture à glissière de sa robe. Il la fit pivoter, et elle appuya la tête contre le mur tandis qu'il dézippait la robe avec une lenteur désespérante, déposant des baisers sur sa peau à mesure qu'il la découvrait.

— *Deus*, Diego, *por favor…*, murmura-t-elle, envahie d'un désir éperdu qui pulsait au cœur de sa féminité.

— Que veux-tu, *amor* ? demanda-t-il d'une voix grave, contenue, tandis qu'il la dévêtait langoureusement.

— Je n'y tiens plus. J'ai envie de toi… *tout de suite*.

Il rabattit la robe, à présent ouverte jusqu'au creux des reins, et la fit une nouvelle fois pivoter, face à lui. D'un geste plein de naturel, il tira sur le tissu et la robe glissa à terre.

Eliana eut le souffle coupé par le feu de son regard. Ce n'était plus ce qu'elle avait lu sur son visage lorsqu'ils avaient couché ensemble, tant de semaines auparavant. Il y avait quelque chose de différent, qui fouetta son désir.

Diego l'embrassa, d'un baiser profond et prolongé, comme jamais il ne l'avait embrassée. Quand il l'attira à lui, elle sentit son érection buter contre elle avec une sorte d'urgence.

— Non, dit-il dans un souffle quand elle voulut le déshabiller. Je veux que ce soit délibéré, cette fois. Je veux savourer chaque instant, goûter chaque pouce de ta chair, jusqu'à ce qu'il ne te reste plus rien à donner.

— Diego…, haleta-t-elle doucement tandis qu'il lui caressait les hanches, que ses mains atteignaient son ventre.

Il s'immobilisa, les ramenant à l'événement qui les avait changés à jamais. Il baissa les yeux comme s'il quêtait un indice de la présence de leur enfant et, quand il les releva de nouveau, son regard était si chaud que le pouls d'Eliana s'emballa de plus belle.

— J'étais trop concentré sur mon plaisir, la première fois. Je vais me rattraper, lui dit-il à l'oreille.

Elle le dévisagea, puis poussa un léger cri. Il venait de la soulever dans ses bras et l'emportait à travers le vestibule, puis un couloir, jusque dans sa chambre sans doute.

Il la lâcha sur le lit et s'abattit sur elle, tel un fauve fondant sur sa proie. Elle frémit sous son corps, se contorsionna sous la pression de son pénis en érection. Elle n'était pas la seule à vouloir cet échange. Elle lui faisait éprouver la même chose, avec la même urgence. Il se souleva pour déposer des baisers doux et chauds sur son cou, puis bien plus bas…

Elle se cambra vers lui alors qu'il agrippait de ses dents le tissu de son soutien-gorge, tirait dessus pour exposer ses seins. Les bretelles glissèrent, il trouva la fermeture et enleva le vêtement qu'il envoya valser.

Il marqua un arrêt, avec un grondement de gorge gourmand. Elle se redressa sur les coudes pour voir venir la suite, mais retomba presque aussitôt en arrière avec un long gémissement de volupté lorsqu'il suça une pointe de sein raidie, l'enveloppa de sa langue.

Transpercée de plaisir, elle arqua les hanches vers sa puissante silhouette virile comme pour implorer un soulagement. La frontière entre le désir et la douleur commençait à se brouiller.

— Diego…, chuchota-t-elle, incapable d'en dire davantage, espérant qu'il comprendrait à l'accent de sa voix. *S'il te plaît, ne t'arrête pas.*

Il ne s'arrêta pas. Sa bouche ne quitta son sein que pour gagner l'autre et lui octroyer le même plaisir, avant de dériver vers son ventre. Dessinant des lèvres et de la langue un parcours léger, il semblait dresser la carte de son corps afin d'en mémoriser chaque détail.

N'avait-il pas dit qu'il voulait se souvenir de chaque moment de ce voyage sensuel ? Elle avait pris cela pour les mots d'un homme qui avait eu de nombreuses femmes et en aurait beaucoup d'autres après elle. Pourtant, ce qu'il lui donnait à ressentir en ce moment était unique. Elle n'avait pas affaire à un amant expérimenté qui refaisait un parcours déjà accompli cent fois. Non, Diego était entièrement concentré sur elle, et sur ce qui lui procurerait le plaisir le plus vif. À cette pensée, le cœur de sa féminité se contracta de plaisir.

En quoi ce moment était-il différent de la nuit où ils s'étaient rencontrés ? Était-il possible que cela tienne au fait qu'ils commençaient à se connaître, qu'ils essayaient de bâtir une amitié qui soutiendrait leur aventure de parents ? Cela pouvait-il suffire à charger à ce point cet échange ?

Elle fut ramenée au présent par la soie de son slip, que Diego faisait glisser vers ses pieds d'un geste fluide. Ses doigts virils effleurèrent son mont-de-Vénus et, dans le même temps, il inclina la tête pour poser les lèvres sur ses cuisses, ses baisers remontant toujours un peu plus haut, jusqu'au moment où elle sentit son souffle à l'endroit précis où sa main avait œuvré un instant plus tôt.

Un plaisir indicible la transperça lorsqu'il ouvrit le pli de ses lèvres d'un coup de langue puis lui octroya ses attentions.

Son poing se referma sur les draps, elle était prise de tremblements et, déjà, la montée de l'orgasme s'amorçait puis se déployait, dans un concert de gémissements et de souffles haletants.

— S'il te plaît, ne t'arrête pas.

Elle avait pu parler, cette fois, et les vagues du plaisir se rassemblèrent puis déferlèrent en elle avec violence. Elle céda, abandonnée à la volupté ultime, les jambes un instant tendues avant de se relâcher progressivement, le souffle toujours entrecoupé et incertain.

Diego déposa une cascade de baisers sur ses cuisses et remonta pour la couvrir à nouveau de son corps. Il plongea un regard si intense dans le sien que son désir se ranima à l'instant même où son plaisir était sur le reflux.

Elle s'apprêtait à dire quelque chose, mais Diego la fit taire d'un doigt posé en douceur sur sa bouche, redessinant le contour de ses lèvres avant de l'embrasser encore. Envahie par sa saveur, par la chaleur de sa langue, elle le saisit par les épaules, cherchant le centre du nuage sensuel délectable qu'il avait créé autour d'eux.

— Tu es incroyable, tu sais ? murmura-t-il contre son cou.

Et, à nouveau, sa bouche entama un parcours vers le bas, tandis qu'elle se sentait derechef prise de frissons.

L'expression d'Eliana s'était modifiée pendant une fraction de seconde. Diego s'interrompit, la dévisagea, cherchant à deviner ses pensées. Mais il n'eut pas le loisir de la questionner. Les mains d'Eliana avaient franchi la barrière de la ceinture de son pantalon. Le bouton céda d'un seul coup, une main remonta le T-shirt qui lui couvrait le torse tandis que l'autre allait s'enrouler autour de son pénis, le caressait…

Malgré lui, il laissa échapper un grondement bas – presque sauvage. Dès qu'il l'avait délivrée de la robe, il avait su qu'il voudrait l'adorer la nuit entière. Et que, même ainsi, il ne serait pas digne d'une femme pareille. Eliana avait subi tant de chagrins et de rejets dans sa vie ! Pourtant, loin d'avoir le cœur endurci, elle était sortie de sa souffrance avec une douceur et une bonté qui le bouleversaient.

Mais désormais, il avait un aperçu de l'autre Eliana. Celle qu'il avait rencontrée au bar. Qui savait ce qu'elle voulait et n'hésitait pas à « prendre les choses en main ».

Et ses mains étaient incroyablement habiles…

Il gémit de nouveau alors qu'elle le délestait de son pantalon, puis de son T-shirt.

— Attends, fit-il alors qu'elle passait une jambe par-dessus ses hanches, le renversant sur le dos.

Avec un sourire espiègle, elle le chevaucha, dompta sa résistance.

— Ah, non ! Nous avons fait à ta façon, maintenant c'est mon tour, dit-elle.

Et, fermant les yeux, il lâcha un cri primitif quand elle

accueillit son sexe, le laissant s'enfoncer en elle jusqu'à la garde. Ils ondulèrent des hanches à l'unisson, harmonieusement, et les gémissements de plaisir d'Eliana menacèrent vite sa maîtrise de soi, lui qui aurait voulu prolonger cet échange indéfiniment.

Car le moment était parfait. Ils étaient libres d'être eux-mêmes – deux êtres aimantés par une attirance réciproque, trouvant leur chemin vers les sentiments véritables qu'ils éprouvaient l'un pour l'autre. Quand ce moment serait terminé, le charme se romprait, les laissant aux prises avec la réalité de leurs vies. Avec la confirmation qu'ils n'étaient pas faits pour le genre de relations auquel les autres avaient droit.

Mais, pour le moment, il désirait seulement sentir le corps de cette femme à nulle autre pareille écrasé contre le sien tandis qu'ils s'abîmaient dans leur brûlante passion.

8.

Un effleurement léger tira Eliana de son sommeil. Elle sentit un souffle tiède sur sa peau et s'étira, savourant la caresse de Diego.

— *Bom dia, meu amor*, lui murmura-t-il à l'oreille.

— Tu ne devrais pas dire ça, chuchota-t-elle en retour.

Mais, cédant à son excitation, elle se blottit contre son torse solide et chaud.

Mon amour. Ce mot tendre était beaucoup trop intime pour ce qu'ils étaient l'un pour l'autre… et qui restait vague. Elle avait passé toutes les nuits de la semaine chez Diego, la majeure partie du temps dans son lit, mais aussi à discuter de sujets de toutes sortes avec lui.

En guise de réponse, il donna de petits coups de menton contre son cou, promena les lèvres sur sa peau, la faisant frissonner de désir.

— On ne t'attend pas quelque part ? Je suis sûre d'avoir dit à Suelen de remplir tous les créneaux de ton planning chirurgical.

Dans la tourmente de son désir, elle se raccrochait à n'importe quoi pour le faire partir, même si c'était la dernière chose dont elle avait envie. Et il en était conscient.

Il pouffa, l'attirant encore plus à lui.

— C'est dimanche. Rien ne nous oblige à bouger, si nous n'en avons pas envie.

Mais il fallait qu'il soit occupé ! Elle avait besoin d'un peu de distance pour partir. Pour réfléchir. Là, ses émotions étaient empêtrées dans le lien profond et viscéral qui les liait, et pas seulement sur le plan charnel. Si leurs ébats étaient torrides et magnifiques, elle y voyait, par-delà l'expertise sexuelle de Diego, l'effet de ce qu'elle ressentait. Pour lui.

Et elle ne devait *pas* avoir de sentiments pour lui. Cela ne cadrait pas avec leur stratégie. Leur plan était de construire une amitié décontractée pour prendre des décisions communes pour leur bébé.

Comme s'il avait lu dans son esprit, Diego glissa une main sur son ventre nu et le tout petit renflement où leur enfant était en train de croître. C'était à cet enfant qu'elle devait songer lorsque ses sentiments pour Diego la troublaient et l'embrouillaient. Leur bébé aurait besoin d'un foyer stable, fût-ce avec un seul parent.

— Tu ne sens toujours rien ? lança-t-il.

Elle fit signe que non et recouvrit sa main virile de la sienne.

— Il est encore trop tôt, à la fin du premier trimestre. Mais au moins je suis débarrassée des nausées matinales.

— Il va falloir que j'en parle à *avozinha*. Elle sera ravie et ne te lâchera probablement plus.

Il avait proféré cette « menace » par plaisanterie, mais elle se sentit bel et bien excitée à l'idée que quelqu'un partage leur joie. Même si le bébé avait été conçu par accident, et que la situation avec le papa médecin n'était pas des plus claires, elle était sincèrement enthousiaste d'attendre un enfant. Et, en imaginant que personne ne partagerait ce bonheur avec elle, elle s'était sentie triste.

Mais maintenant il y avait Diego, son *avozinha* et, par extension, tout le clan Ferrari. Son bébé aurait une famille élargie – des gens qui voudraient connaître la petite dernière. Diego avait beau proclamer qu'il n'était pas proche de sa fratrie, elle voyait bien qu'ils avaient de l'affection les uns pour les autres. Et pour elle aussi, à présent.

— C'est Márcia qui t'a élevé ? demanda-t-elle.

— Oui. Après une énième rupture suivie de réconciliation, mes parents ont voulu me ramener chez eux alors que je vivais depuis plusieurs mois chez ma grand-mère. Elle a refusé de me rendre et leur a dit de revenir s'ils réussissaient à passer un an ensemble sans se séparer, fit-il avec un petit rire sans gaieté. Ils n'ont même pas tenu six mois. Alors mon *avozinha* a continué à m'élever et a veillé à ce que je connaisse mes demi-frères et sœurs. Si je suis devenu ce que je suis, c'est grâce à elle.

— Tu peux lui annoncer la nouvelle si tu veux.

— Tu en es sûre ? Elle va sûrement se mettre à tricoter des vêtements de bébé qu'elle ira déposer à l'hôpital.

Elle éclata de rire à l'idée de son bureau transformé en nurserie.

— J'attendrai peut-être de repartir à Belo Horizonte. Pour éviter que le nouveau chef de clinique ne découvre des grenouillères dans chaque tiroir !

Un étrange sentiment de deuil se mêla cette fois à leur amusement. Elle n'allait pas tarder à partir et serait à huit heures de route de Rio de Janeiro. Or ils n'avaient toujours pas déterminé comment ils se débrouilleraient pour élever le bébé ensemble. Pourquoi avaient-ils tant de mal à parler de cela ? Et elle savait aussi qu'une part d'elle-même désirait rester à Rio, pour que son bébé soit près de sa famille.

— Quand pars-tu ? demanda-t-il d'un ton qui se voulait décontracté.

— Bientôt, répondit-elle avec un haussement d'épaules. J'ai choisi la personne qui va me remplacer, nous sommes en train de finaliser la passation de pouvoirs. Après, je n'aurai plus de raison de m'attarder ici.*Sauf toi.*

Les mots résonnèrent dans son esprit, la mettant au défi de les prononcer, mais elle les ravala, leur trouvant un goût amer. Elle ne pouvait pas aller par là. Diego était un homme d'envergure, ultra-compétent, et sa compassion pour sa communauté était profondément enracinée en lui. Elle pouvait seulement *espérer* avoir un jour droit à un engagement aussi fort.

Pour sa part, elle ne pourrait jamais faire partie de son monde. Malgré tout ce qu'il avait subi et vu dans l'enfance, il était parvenu à se trouver une famille, à se lier à ses proches de façon significative. Alors qu'elle…

Ayant grandi isolée de tous, elle ne savait pas comment s'intégrer à un milieu familial et doutait d'y parvenir. En voyant les Ferrari entre eux, elle avait ressenti une envie puissante qui l'avait rendue malheureuse : elle n'aurait jamais ce qu'ils avaient !

— Qui as-tu choisi ? lui demanda Diego, interrompant le cours de ses pensées.

— Sophia.

— Sophia Salvador ? La cheffe des urgences ? C'est… en fait, c'est un très bon choix.

— Je me suis tellement tourmentée au sujet de cette décision ! Ton approbation compte beaucoup pour moi.

Son sourire la rendit toute chose.

— Pourquoi était-ce une décision difficile ?

— Parce que l'hôpital est infesté par les affidés de mon père, qui seraient tout à fait contents de maintenir le statu quo alors que Santa Valeria a grand besoin de changement. L'hôpital devrait devoir sa réputation à l'incroyable compétence de ses équipes médicales, pas au confort de ses chambres pour VIP.

Elle avait tenu ces propos au conseil d'administration, qui n'avait guère été impressionné. À sa grande surprise, Diego rit.

— Tu t'entendrais bien avec Alessandro, le mari de Vanderson. Vanderson était parfois intimidé par son père, il évitait d'attirer l'attention. Alessandro n'avait pas sa réserve !

— J'adorerais le rencontrer, dit-elle.

Vanderson mort, elle avait cru avoir perdu tout lien avec son semblant de famille. Puis Diego avait lâché la fracassante nouvelle : elle avait un beau-frère et une nièce. La cousine de son bébé…

— Ah oui ? fit Diego, surpris. Je pourrais t'emmener à son magasin. Daria sera peut-être là aussi, vu que c'est le week-end.

Le cœur d'Eliana se mit à battre plus fort. Elle avait sans réfléchir partagé ce souhait qu'elle pensait garder secret – ce qui lui arrivait souvent lorsqu'elle était face à Diego et à son sourire désarmant.

À l'idée de rencontrer son beau-frère, elle était à la fois terrifiée et excitée. Mais Diego et sa fratrie lui avaient donné envie de savoir si son enfant pourrait avoir une relation comparable, même si ce n'était qu'avec une cousine.

— J'aimerais bien ! répondit-elle.

Quand ils arrivèrent à Copacabana, où Alessandro avait son magasin, Eliana était une boule de nerfs, et Diego réprima de son mieux une envie de rire. Toujours si sûre d'elle, Eliana semblait très émue de rencontrer un membre de sa famille dont elle ne connaissait pas l'existence.

Au fond, il la comprenait. Pour lui c'était différent, il avait rencontré tant de demi-frères ou sœurs inconnus que ce genre de situation ne le troublait guère.

Ils étaient sur la plage, à quelques pas de la boutique d'Alessandro. Un petit café y était rattaché, avec quelques tables devant l'entrée. Derrière le magasin se dressait un mur d'escalade de cinq mètres de haut.

Une fillette surgit de la boutique et courut vers eux. Diego, tout sourire, s'accroupit pour accueillir la petite et la soulever dans ses bras.

— Tonton ! Où étais-tu ? Tu avais promis de venir plus souvent !

Suivit un flot de paroles à peine compréhensibles. Il se sentait coupable. Il n'était venu qu'une fois depuis l'enterrement.

— Je suis désolé, mon ange.

Daria hocha la tête d'un air sérieux, comme si elle savait que la vie d'un chirurgien n'était pas de tout repos. Puis elle remarqua la présence d'Eliana.

— Daria, voici mon amie Ana. Où est ton *papai* ?

— Jamais bien loin quand elle sort du magasin, dit une voix grave toute proche.

Diego posa Daria à terre, et elle courut rejoindre son père. Alessandro, parvenu à quelques pas, ne regarda même pas Diego. Ses yeux étaient rivés sur Eliana et, à son air surpris et peiné, il était évident qu'il avait aussitôt vu la ressemblance avec Vanderson.

— Tu es… sa sœur ? demanda-t-il – et elle acquiesça.

Les larmes leur montèrent aux yeux, et ils se tombèrent dans les bras avec émotion. Diego en fut tout retourné. Il avait saisi qu'Eliana accordait de l'importance à cette rencontre, mais il ne se doutait pas qu'elle serait si bouleversante pour tous – lui compris.

Alessandro les guida à une table du café où ils s'assirent, un instant silencieux.

— Tu aurais pu me prévenir, dit-il en croisant les bras. Tu sais bien que je déteste les surprises.

— C'est pour ça que je ne t'ai pas averti, répondit Diego, gentiment moqueur.

L'expression d'Alessandro se radoucit quand il porta les yeux sur Eliana.

— Méfie-toi de lui… c'est un fauteur de troubles ! plaisanta-t-il.

Elle hésita, glissa une main sur son ventre et adressa un regard interrogateur à Diego. Devaient-ils lui dire ?

C'était une chose à laquelle Diego pensait depuis qu'il avait appris sa grossesse. Tôt ou tard, il faudrait qu'il apprenne à ses proches qu'il allait être père. Mais son cheminement avec Eliana était si peu conventionnel qu'il ne savait pas comment s'y prendre, il attendait un enfant sans avoir jamais eu de relation durable avec une femme.

Quand cela se saurait, cela changerait tout. Mais Alessandro et Daria étaient le seul semblant de famille d'Eliana ; il était naturel qu'elle veuille établir un lien avec eux en partageant leur nouvelle. Étaient-ils prêts à franchir cette étape ?

Il n'y avait qu'un moyen de le savoir. Prenant une profonde inspiration, Diego lui adressa un signe approbateur qu'elle reçut avec un sourire. Avait-elle donc très envie de leur dire ?

— Nous venons de faire connaissance alors ça paraîtra peut-être bizarre, mais nous allons avoir un enfant, Diego et moi.

Alessandro écarquilla les yeux et les regarda tour à tour comme s'il n'était *pas sûr* de comprendre.

— Vous êtes… ?

— Non, nous ne sommes pas ensemble ! C'est un imprévu. Nous nous sommes connus il y a quelques mois.

Eliana avait si vite rejeté la supposition d'Alessandro que Diego mit du temps à comprendre qu'il était blessé. Ce qui était ridicule, puisqu'ils n'étaient en effet pas ensemble. Il l'avait établi dès le départ et n'aurait pas dû être surpris qu'elle l'affirme.

Ses sentiments à lui avaient-ils changé ?

Non, ce n'était pas possible ! Il ne savait rien de l'amour. Il n'aurait pas su comment se comporter dans la famille qu'il rêvait secrètement d'avoir. Alessandro et Vanderson lui avaient donné l'exemple – un exemple qu'il ne pourrait jamais suivre, quelque envie qu'il en eût. Il s'était contenté d'être spectateur, à la marge, tandis que leur famille se constituait et se développait.

Mieux valait être un personnage secondaire de leur histoire plutôt que de voir la sienne tourner tragiquement à l'échec, non ?

Pourtant, il avait fait un enfant avec la femme assise à ses côtés.

Elle essayait toujours de paraître forte et indépendante devant les autres – un réflexe sans doute gardé de son enfance négligée. Mais, lorsqu'elle baissait la garde, elle faisait preuve de beaucoup plus de douceur. Elle devenait celle qui baptisait « princesse » leur enfant à venir parce qu'elle se sentait en étroite connexion avec le bébé et était certaine que c'était une fille.

C'était cette femme qu'il côtoyait depuis une semaine, tandis que leur passion se transformait en une relation beaucoup plus profonde. Il l'avait vue défaillir et renaître entre ses bras, l'avait entendue murmurer son prénom au cœur de la nuit.

Dans ces instants-là, tout lui paraissait avoir un sens, une expérience inédite pour lui. Tout semblait juste et bien, et il se faisait soudain l'effet d'un imbécile pour avoir cru en ce qu'il avait ressenti la nuit précédente. Ce qu'il avait ressenti quand ils avaient annoncé à quelqu'un, pour la première fois, qu'ils attendaient un enfant.

D'une seule phrase, elle avait rejeté tous ces sentiments.

— Alors là, je n'en reviens pas. De tous les hommes de Rio, c'est avec ce célibataire invétéré que tu t'es liée ? C'est digne d'un feuilleton, dit Alessandro, qui se tourna vers Diego. Comment te sens-tu ?

Comment se sentait-il ? Comme si son monde s'écroulait. Tout ce qu'il avait cru vrai sur lui-même avait changé depuis qu'il avait rencontré Eliana. Et maintenant il ne pouvait pas continuer sans elle, il ne voulait même pas savoir ce que c'était que d'être sans elle. Elle avait trouvé ce qu'il croyait absent en lui, et qui était en fait là depuis toujours, attendant que la personne faite pour lui le découvre. Eliana.

— Mieux que tu ne l'imagines, répondit-il pour chasser son trouble. Je n'ai qu'à prendre exemple sur toi pour apprendre à être un bon père.

Alessandro rit en regardant Daria qui, assise à côté de lui, savourait un milk-shake.

— Je pense que tu as plus de mérite que tu ne t'en accordes ; malgré bien des obstacles, tu es devenu quelqu'un de bien, dit Alessandro à Diego. D'autres réagissent très différemment face à une grossesse imprévue.

Diego jeta un coup d'œil sur Eliana, qui était devenue silencieuse et gardait une main sur son ventre.

— Je n'avais pas prévu d'avoir un enfant de cette façon, mais je suis heureuse que ça se soit passé ainsi, dit-elle. Diego n'a pas fui ses responsabilités. Nous essayons de faire au mieux au fur et à mesure, pendant que je règle la succession de Marco.

Elle avait parlé avec une douceur qui prit Diego au dépourvu. Était-ce de l'affection ? Après avoir été rejeté aussi frontalement, il ne s'attendait pas à ce qu'elle se montre soudain aussi chaleureuse. Était-elle *heureuse* qu'un « accident » se soit produit lors de leur première nuit ? Et qu'il se soit produit avec lui, Diego ?

— Comment t'aurais-je rencontré, sinon ? fit-elle en adressant un large sourire à Alessandro.

Ces deux-là s'étaient entendus d'emblée, et Diego s'en réjouissait pour elle. Après la façon dont Marco avait coupé sa fille de toute vie familiale, Eliana méritait de retrouver des racines.

Un instant, elle tourna le regard vers l'océan. Puis :

— Je n'ai pas vu ton nom sur les documents testamentaires

de mon père. Vanderson était son unique bénéficiaire, mais après l'accident…

Alessandro secoua la tête avec un sourire triste.

— C'est gentil de t'inquiéter. Mais Vanderson avait des biens personnels, et c'est à nous, ses proches parents, qu'ils sont revenus. Que je ne me sois jamais entendu avec Marco ne nous affectait pas en tant que famille.

Il sourit et tendit le bras pour serrer la main d'Eliana par-dessus la table.

— Demande mon numéro de téléphone à Diego pour que nous restions en contact. Daria sera ravie de voir son petit cousin ou sa petite cousine dans quelques mois. Pas vrai, *anjinho* ?

Daria le « petit ange » sourit d'un air rayonnant et hocha la tête. Diego vit les larmes dans les yeux d'Eliana alors qu'elle regardait sa nièce avec un grand sourire.

— J'ai hâte que vous voyiez tous le petit bout de chou.

Un groupe de touristes bruyants interrompit la discussion, et Alessandro se leva avec un soupir.

— Il faut que je m'occupe d'eux.

Il étreignit à nouveau Eliana.

— Voyons-nous pour un autre café quand ce sera plus calme, on pourra bavarder un peu. Je suis sûr qu'il y a des tas de choses que tu aimerais savoir sur Vanderson, et ce serait bon de revivre les souvenirs que je garde de lui.

Elle hocha la tête, puis étreignit Daria aussi, les saluant de la main alors qu'ils regagnaient le magasin. Puis elle se rassit avec une expression indéchiffrable.

— Comment te sens-tu ? Ça fait beaucoup à digérer ? demanda Diego en lui posant une main réconfortante sur la cuisse.

— Je le trouve sympa. C'est bon de savoir que Vanderson a pu mener une vie normale, lui, au moins. Même si je ne doute pas que mon père lui ait aussi fait du mal.

Lui, au moins. Ces mots restèrent en suspens entre eux, se dilatant soudain et les enveloppant comme un épais brouillard. Eliana semblait avoir renoncé à l'idée d'une vie normale.

Il avait l'impression d'être pris dans un étau, écrasé. Il

ne pouvait plus se cacher ses sentiments pour elle, il devait admettre que d'elle, il voulait plus que ce sur quoi ils s'étaient mis d'accord. Plus qu'il ne l'avait jamais voulu d'une femme, et plus que ce qu'elle était disposée à donner.

Ce qui ne lui laissait pas d'autre choix que d'oublier ce qu'il ressentait. Comment s'était-il épris d'elle sans même s'en rendre compte ? Elle ne le voulait pas de la même façon qu'il la voulait, et peut-être était-ce pour le mieux. Il n'aurait pas pu lui promettre une vie de famille heureuse, il ignorait totalement comment y parvenir. Mieux valait tirer le meilleur parti de ce qu'ils avaient déjà plutôt que de se lancer dans l'inconnu.

— Qu'as-tu envie de faire, maintenant ? s'enquit-il. Si tu te sens d'humeur audacieuse, tu peux essayer le mur d'escalade, c'est très amusant.

Elle rit.

— Fabriquer un bébé à partir de rien m'a fatiguée, alors je fais une croix sur les sports extrêmes, pour le moment. Si on se baladait sur la plage, plutôt ?

Il la prit par la main en souriant, et leurs doigts s'entrelacèrent naturellement alors qu'ils se mettaient en route.

Elle allait partir d'un jour à l'autre maintenant, elle l'avait dit elle-même. Et il était résolu à profiter du temps qu'il leur restait, même s'il rêvait de ce qui aurait pu être s'ils avaient eu une autre enfance.

L'océan scintillait sous le soleil de l'après-midi, tandis que Diego et Eliana marchaient sur le sable dans un silence complice. La rencontre avec Alessandro avait mis du baume au cœur d'Eliana, réparé quelque chose que lui seul pouvait guérir. Avec lui, elle avait reconquis un lien avec son frère et, même si Vanderson n'était plus là, elle était heureuse de connaître quelqu'un qui pourrait lui dire quel homme il avait été, en plus de ce que Diego lui avait déjà appris.

Le soutien de Diego avait été crucial dans cette affaire. Cela prouvait qu'il se souciait aussi d'elle et pas seulement de leur bébé. Quant à entretenir le lien avec Alessandro, c'était à elle que cela revenait.

L'affection de Diego comptait tant pour elle, alors que cela n'aurait pas dû être le cas ! Allait-elle devoir s'avouer, à un moment ou un autre, qu'ils s'étaient peut-être aventurés trop loin ?

Elle chassa ces pensées et se concentra sur ce qui l'entourait, sur la chaleur que lui transmettait la main de Diego. C'était peut-être la dernière fois qu'elle jouissait d'un tel moment de paix avant de laisser Rio derrière elle.

— Tu es déjà venue ici ? demanda Diego alors qu'ils s'arrêtaient pour laisser passer deux personnes filant à une vitesse effrayante sur des quads.

— Pas vraiment. Je n'aimais pas sortir seule quand je vivais ici. Et je suis partie rapidement.

— Tu n'as pas manqué grand-chose. Tous les vacanciers viennent à Copacabana, l'endroit est connu mondialement, dit-il alors que les deux quadricycles repassaient en sens inverse. Je connais une plage privée qui…

Un fracas assourdissant noya le reste de sa phrase, et Eliana porta la main à sa bouche alors qu'un des quads percutait un palmier, envoyant le conducteur valser par-dessus le volant et contre le tronc. Puis il retomba à terre, inerte.

Diego lâcha un juron et s'élança au pas de course vers le corps gisant sur le sable. Eliana le suivit aussitôt, embrassant du regard ceux qui accouraient. En voyant des personnes avec un téléphone, elle leur lança :

— Appelez une ambulance, s'il vous plaît, et prévenez l'opérateur qu'il y a eu un accident sur la plage.

Sans attendre de réponse, elle se tourna vers Diego, agenouillé près du blessé qui avait repris conscience et gémissait de douleur.

— Dans quel état est-il ? Je peux aider ? s'enquit-elle.

Les bras de la victime avaient des angles étranges. Il y avait une luxation de l'épaule d'un côté, et de l'autre une probable fracture de l'avant-bras. Elle s'assura que ce n'était pas une fracture ouverte, mais cela ne signifiait pas que l'os brisé n'avait pas causé de lésions internes.

Diego examina son patient, évaluant les atteintes subies, avant de se pencher de nouveau vers lui.

— *Senhor*, vous m'entendez ? demanda-t-il, et l'homme acquiesça en grimaçant de douleur. Nous sommes tous les deux médecins et nous allons vous aider. Vous avez eu un accident.

Eliana s'accroupit près d'eux. Quelles que fussent les blessures de l'homme, il avait de la chance qu'un spécialiste comme Diego soit là pour stabiliser la fracture.

Elle était d'une certaine manière excitée de le voir travailler. En tant que cheffe générale, elle avait parlé avec de nombreux collaborateurs, et aucun chef de service n'avait reçu autant d'éloges que Diego. La compassion et l'attention dont il faisait preuve envers tous les patients, quelle que soit la gravité de leur cas, étaient inégalées ; et, pour avoir été elle-même témoin de son comportement avec Miguel et avec le blessé à présent devant eux, elle pouvait dire que ce n'était pas exagéré.

— Impossible de réduire la fracture sans radiographie préalable, dit Diego, mais nous pouvons remettre en place l'épaule déboîtée et soutenir le bras à l'aide d'une écharpe, en attendant l'arrivée de l'ambulance.

— Comment va-t-il ?

L'amie du blessé avait arrêté son quad à quelque distance de là et venait d'accourir à eux. Diego se leva un instant et lui mit la main sur l'épaule.

— Il faut l'emmener à l'hôpital, mais il est conscient. Ce que je m'apprête à lui faire sera douloureux, sans anesthésie. Pouvez-vous vous asseoir près de lui ?

Elle acquiesça, très pâle, et tomba à genoux à côté de son compagnon.

— Tu as déjà réduit une luxation de l'épaule ? demanda Diego à Eliana alors qu'il venait se placer à hauteur de la tête du patient.

— Je l'ai vu faire plusieurs fois, mais je n'en ai jamais effectué moi-même.

— Peux-tu t'agenouiller derrière son dos pour le soutenir

quand je le redresserai ? Ce sera dur pour lui, mais ça facilitera grandement les choses pour le monter dans l'ambulance.

Comme elle hochait la tête, il souleva le torse du patient et elle se positionna derrière lui, le maintenant droit tandis que Diego prenait de ses deux mains le bras à l'épaule démise.

— La plupart du temps, les tendons aident l'épaule à se replacer. Il suffit de tirer.

Eliana le regarda tirer d'un geste puissant mais précis sur le bras du blessé. Celui-ci frémit de tout son corps et poussa un cri étouffé.

— Ensuite, la pression des tendons remet l'humérus dans sa cavité.

Il se leva, demanda à une spectatrice s'il pouvait lui emprunter sa serviette et improvisa une écharpe de soutien, à l'intérieur de laquelle il plaça avec précaution le bras cassé afin de le stabiliser en vue du transport.

— Je sais que vous souffrez beaucoup en ce moment et que vous n'avez aucune envie de répondre à des questions, dit-il au patient d'une voix calme qui apaisa aussi Eliana. Mais je dois vous en poser au moins une, pour être certain que nous ne laissons rien passer d'important. Avez-vous des nausées ou envie de vomir ?

L'homme respirait avec difficulté, de façon saccadée, mais il secoua la tête.

— On ne peut pas exclure un traumatisme crânien, mais au moins il portait un casque, dit Eliana, approuvée d'un signe de tête par Diego.

Il sortit son téléphone, alluma la lampe et braqua la lumière vers les yeux du patient.

— La réponse pupillaire est bonne. Croisons les doigts pour qu'il n'y ait pas de lésions crâniennes ou de la colonne vertébrale, murmura-t-il.

Une sirène d'ambulance se fit entendre, et très vite un véhicule rouge et blanc apparut. Deux secouristes se précipitèrent vers eux, portant un brancard à roulettes.

Diego leur donna les informations nécessaires sur le patient tandis qu'ils l'installaient pour l'emmener aux urgences les plus proches. Eliana regarda tour à tour le patient et Diego, qui s'entretenait avec la compagne du blessé.

— Ils l'emmènent à Copa Memorial pour le soigner. Vous pouvez l'accompagner dans l'ambulance, si vous voulez.

Les yeux brillants de larmes, la femme se tourna vers les quads.

— Je voudrais bien, mais…

Diego, qui avait suivi la direction de son regard, lui demanda :

— Les avez-vous loués à la boutique qui a un mur d'escalade ? fit-il, souriant de la voir hocher la tête. Il se trouve que le propriétaire est un ami, alors ne vous en faites pas pour ça. Nous arrangerons les choses. Allez avec lui.

La femme, réprimant un sanglot, les remercia tous les deux, et ils la regardèrent monter dans l'ambulance.

— Tu as été incroyable, dit Eliana.

Non seulement il avait apaisé le patient dans des circonstances chaotiques, mais en plus il avait su l'aider avec des ressources très limitées.

— Je ne vois pas en quoi, fit-il, l'air surpris.

Elle rit.

— Je suis contente de t'avoir vu à l'œuvre avant de partir. Je comprends maintenant pourquoi l'équipe ne tarit pas d'éloges à ton sujet. Santa Valeria a de la chance de t'avoir.

Il croisa les bras, haussant les sourcils.

— Les médecins de ton hôpital n'interviennent pas en cas d'urgence ?

— Bien sûr que si. Je voulais dire que j'apprécie énormément ta compassion et ton dévouement, ton souci de bien faire les choses. Et pour avoir parlé à tout le monde à Santa Valeria, je sais que beaucoup te jugent indispensable.

Le regard brun de Diego s'obscurcit, concentré sur elle, et elle frissonna. Il y avait entre eux un désir informulé, qu'ils n'avaient ni l'un ni l'autre envie de reconnaître. En parler ferait sauter toutes les limites qu'ils avaient établies pour le bien de leur enfant.

Alors elle ravala les mots qui lui venaient aux lèvres et regarda les quads.

— Allons les rendre à Alessandro, dit-elle pour faire retomber la tension.

9.

La lumière matinale qui filtrait à travers les rideaux à demi tirés jouait sur le visage d'Eliana. Elle voulut se retourner mais se heurta à Diego qui l'avait enlacée et la tenait contre lui tout en dormant.

Elle vit, nue entre ses bras, le dos lové contre son torse. Leur nuit commune, qui aurait dû n'être qu'un fugace moment d'égarement, s'était étendue à trois semaines, qu'ils avaient passées jour et nuit ensemble.

Ils avaient mené une existence si éloignée de ce que seraient leurs vies quand elle ne serait plus là ! Ce qui n'allait pas tarder. Et ils n'étaient pas plus avancés en ce qui concernait les arrangements de coparentalité. Au lieu de se concentrer sur cela, ils avaient cédé à leur passion physique.

Pourtant, rien n'avait changé. Elle allait partir, confier l'hôpital à quelqu'un d'autre pour ne pas avoir à s'y impliquer. Rio lui rappelait toujours beaucoup trop Marco et ce qu'il lui avait fait subir.

Et, même si son cœur s'était ouvert de façon inédite grâce à Diego, une voix insidieuse, dans sa tête, l'incitait à la prudence et empoisonnait leurs moments ensemble.

Il faisait preuve d'une bonté et d'un dévouement exceptionnels pour sa communauté. Mais elle avait aussi entrevu que tout en lui tendait vers ce but – il usait des ressources de l'hôpital, y faisait admettre des patients clandestins. Il avait toujours agi pour de bonnes raisons, et il était prêt à risquer sa carrière, mais en ferait-il autant pour elle ? La compterait-il parmi les siens alors que les défis qu'elle avait dû relever étaient si différents ?

Le doute lui rongeait le cœur et ne l'aidait guère à se rendormir.

Ces pensées obsédantes avaient entaché leurs trois semaines de plaisir, de rires et d'intimité. Avec un soupir, elle roula sur elle-même et tressaillit en découvrant le regard chocolat de Diego.

— Bonjour, dit-elle.

Il plissa les yeux comme s'il avait lu dans son esprit.

— Tu veux que je te laisse partir ? demanda-t-il avec calme.

Et elle n'aurait pas juré qu'il parlait des bras qui l'enlaçaient. Son regard viril la déstabilisait, et elle ne savait même plus de quoi elle avait eu peur.

— Je dois aller à l'hôpital. Ma première échographie a lieu tout à l'heure, et j'ai des choses à régler avant, dit-elle, esquivant ses pensées. En fait, il faut que tu te lèves aussi. La femme du maire se fait opérer de la hanche et elle exige le meilleur chirurgien.

— Poser une prothèse, n'importe quel chirurgien junior peut faire ça. Cet argent serait mieux dépensé pour une vraie avancée médicale, remédier à des scolioses par exemple. Un médecin péruvien m'a contacté au sujet d'un patient qui a une scoliose avec une très forte angulation, impossible à corriger par la mise en place de tiges métalliques, fit-il en se frottant les yeux.

Elle saisit l'occasion pour se lever avant qu'il ne l'enlace de nouveau.

— Fais-moi un rapport et une proposition, et nous étudierons ce cas. Mais d'ici là, fournis les meilleurs soins à la femme du maire. D'après le comptable, c'est une importante bienfaitrice de l'hôpital.

Elle attrapa ses vêtements. Quand elle se retourna vers Diego, son expression avait changé. Disparu, son regard pétillant. Il ne restait qu'un froid glacial là où il y avait eu compassion et chaleur.

— Ne me dis pas que tu fais passer les patients pleins aux as avant ceux qui ont véritablement besoin d'aide !

L'accusation, surgie de nulle part, la prit de court et lui serra le cœur.

— Tu sais bien que non. Mais les gros donateurs font partie des règles du jeu, dans notre milieu.

Il ricana.

— Une phrase tout droit sortie du manuel stratégique de Marco Costa !

Glacée, luttant pour garder une voix égale, elle répondit :

— Ne me compare pas à cet homme ! Tu ignores ce qu'il était en tant que personne, tu n'as interagi avec lui que pour infléchir les règles en ta faveur. N'importe quel patron t'en voudrait pour ça.

Elle le dévisagea, à la recherche de l'homme qu'elle avait appris à connaître. Elle voulait croire qu'elle pouvait lui faire confiance au sujet des sentiments qui l'habitaient. Mais Diego avait une expression indéchiffrable.

— Je peux en dire autant, fit-il. Puisque tu te soucies tellement des profits, tout d'un coup, j'ai peut-être eu tort de te montrer ma clinique.

Sa voix grave avait baissé de plusieurs tons, mais, au lieu d'éveiller en elle le plaisir sensuel familier, elle en eut la chair de poule.

— Et d'où vient l'argent pour les chirurgies onéreuses au Pérou, à ton avis ? Tu te juges trop supérieur pour poser une prothèse de hanche ?

Elle le fixa, attendant une réaction qui ne vint pas. Comment pouvait-il l'accuser d'être comme son père après tout ce qu'elle avait fait pour faire avancer sa vision pour l'avenir de Santa Valeria ?

— Je ne veux pas perdre mon temps à cajoler des riches alors que d'autres ont besoin de mon aide, dit-il avec tant de fureur rentrée qu'Eliana lui jeta un regard noir.

Étendu de tout son long sur le lit, il offrait un saisissant spectacle de sensualité masculine auquel elle aurait été sensible si elle avait pu dépasser ses reproches. Elle ne lui demandait tout de même pas d'annuler son programme d'interventions chirurgicales pour s'occuper de l'épouse du maire !

— Tu aides l'hôpital en faisant ça. L'hôpital que tu as, au fond du fond, *volé* toutes ces dernières années.

Il se redressa, s'apprêtant à parler, mais elle secoua la tête.

Elle savait qu'elle regretterait d'avoir prolongé cette conversation si elle la laissait aller plus loin.

— Je vais partir et te laisser méditer la comparaison que tu viens de faire, dit-elle, poings serrés, sentant la colère monter en elle. Mon échographie a lieu à 14 heures, à l'hôpital. Je te verrai là-bas.

Même si elle aurait trouvé justifié de le désinviter, elle avait conscience de devoir prendre de la hauteur, être magnanime. Il restait le père de son bébé.

Sans lui laisser le temps de poursuivre, elle fit demi-tour et quitta la pièce au plus vite, s'habillant à la hâte avant, blessée, les larmes aux yeux, de quitter la maison.

— Tu n'es qu'un idiot !

Diego fut arraché à ses méditations par la voix de sa sœur Gloria.

Il allait partir à l'hôpital lorsque son *avozinha* avait téléphoné. Miguel venait de recevoir sa nouvelle prothèse de jambe, et elle voulait lui rendre visite. Comme d'habitude, lorsqu'il était arrivé chez elle pour la prendre en voiture, Márcia était loin d'être prête. Il buvait donc une tasse de café en l'attendant. Il avait grand besoin d'un remontant s'il voulait tenir le coup toute la journée.

— Bonjour à toi aussi, dit-il d'un ton sarcastique à Gloria.

Il était déjà très contrarié par son début de journée désastreux.

— Tu avais enfin amené une femme à la maison et en moins d'un mois tu as tout gâché. Franchement, ça me dépasse !

— Et d'où tires-tu cette information ?

La précision avec laquelle Gloria avait mis le doigt sur la cause de sa contrariété lui fichait la frousse.

— La dernière fois que tu es venu, tu étais heureux. Pas seulement content, mais réellement souriant et charmeur. On ne t'avait jamais vu comme ça, alors ce n'est pas bien sorcier de deviner ce qui a changé, puisque tu nous avais fait l'honneur de l'amener ici.

Il la regarda en plissant les yeux.

— Tu as convoqué une réunion de la fratrie pour en discuter ?

Elle éclata de rire, ce qui n'améliora pas l'humeur de Diego. Il n'avait pas besoin qu'on mette le nez dans ses affaires !

— Non, Albert vous a vus vous bécoter.

— Notre neveu nous a vus ?

Gloria hocha la tête, sans pouvoir réprimer un sourire.

— Tu as embrassé une femme dans le jardin de grand-mère alors que toute la famille était là. Tu aurais voulu être surpris que tu ne t'y serais pas pris autrement.

Il n'avait pensé à personne d'autre quand il avait embrassé Eliana, il avait seulement suivi son obsession du moment.

— J'attends encore de savoir en quoi je suis un idiot, dit-il, regardant Gloria d'un air soupçonneux.

— Je promenais Pelé quand j'ai vu Eliana sortir de chez toi comme une fusée. Une femme que tu présentes à des bouffons comme nous est forcément à part. Parce que pendant toutes ces années où on t'a supplié d'amener quelqu'un, le mieux que tu aies fait c'était Vanderson, et personne ne vous a jamais surpris à vous rouler une pelle !

Il grimaça, digérant tant bien que mal ce que Gloria venait de révéler. La soirée chez sa grand-mère ne s'était pas terminée comme prévu – c'était le moins qu'on puisse dire. Il n'avait rien prémédité après avoir embrassé Eliana. Il avait seulement su qu'il lui fallait l'avoir chez lui, avec lui. Pas seulement coucher avec elle, mais la voir s'endormir. Avoir son corps chaud près du sien tandis qu'il sombrait dans le sommeil.

Il s'était surpris à avoir besoin d'autre chose que d'un lien simplement charnel – ce qui ne lui ressemblait pas. Et, à mesure qu'ils avaient partagé leurs nuits, il en était venu à penser à leur avenir, à se demander s'ils pouvaient en avoir un ensemble. Il avait failli lui en parler, discuter avec elle des sentiments qui avaient éclos en lui pour la toute première fois.

Jusqu'au moment où elle avait évoqué l'opération de l'épouse du maire et où une colère venue de très loin avait débordé de lui. Marco se comportait comme cela, annulant des interventions parfois urgentes pour lui faire effectuer sur de généreux donateurs des opérations chirurgicales de routine que n'importe quel praticien junior aurait su réaliser. Au détriment de patients auxquels son savoir-faire et l'habileté de ses mains étaient nécessaires.

Il ne voulait pas que ces pratiques se poursuivent sous la nouvelle direction, aussi avait-il vu rouge. Après le départ d'Eliana, il était resté à fixer le plafond, sa rage décroissant pour être remplacée par un profond malaise.

Il avait blessé Eliana, volontairement, mais ensuite le regret l'avait gagné. L'hôpital avait besoin de gros donateurs pour fonctionner, il le comprenait fort bien. Et aucune intervention urgente n'avait été annulée pour qu'il effectue celle-là. Avait-il eu une réaction exagérée due aux problèmes qu'il avait rencontrés par le passé ?

— Elle est enceinte, Gloria, dit-il, se délestant d'un poids. Nous allons avoir un enfant.

Elle haussa les sourcils.

— Raison de plus pour te ressaisir, grand frère.

— Tu n'as pas parlé à *avozinha* de notre dispute, au moins ?

— Je ne suis pas cruelle à ce point-là. Elle n'est au courant ni du baiser ni de la brouille.

— Je ne sais pas lequel des deux serait le pire. Et ne lui dis pas ça non plus, dit-il tout bas à sa sœur, hilare, alors que sa grand-mère était entrée dans la pièce pour prendre son sac.

Un peu plus tard, tandis qu'ils étaient en route, il se demanda s'il aurait le temps de voir Eliana avant d'entrer au bloc. Il ne voulait pas que les fantômes du matin le hantent toute la journée, et elle devait savoir qu'il avait été plus dur qu'il ne l'aurait voulu. Que sa réaction n'était qu'une résurgence du passé.

Il ne savait pas comment gérer les sentiments qu'il avait commencé à nourrir pour elle. Pour la famille qu'ils pouvaient sûrement avoir ensemble s'ils le voulaient.

Il refoula ces pensées en entrant au bloc. Que cela lui plût ou non, la femme du maire était désormais sa patiente et elle méritait elle aussi qu'il soit au meilleur de sa forme.

Eliana s'installa, nerveuse, sur la table d'examen. La réceptionniste l'avait introduite dans une salle d'examen dès son arrivée dans le service d'obstétrique, ce dont elle lui était reconnaissante. Si sa grossesse n'était pas précisément un secret, elle n'avait pas envie de susciter les interrogations du personnel susceptible de la voir en salle d'attente.

Elle avait prié la réceptionniste de guetter l'arrivée de Diego et de l'envoyer tout de suite la rejoindre. Heureusement, elle n'avait pas à préciser pourquoi elle voulait le voir.

Le Dr Felix s'assit sur un tabouret, près d'elle, consulta la « fiche patient » et lui posa les questions de routine. Eliana répondit à l'obstétricienne tout en lorgnant la porte, espérant la voir s'ouvrir sur Diego s'excusant de son retard.

Une petite voix lui soufflait qu'il ne viendrait pas. Pas après la scène du matin. Mais elle ignora ses doutes, refusant de croire qu'une simple dispute l'empêcherait de venir. Ils en auraient sûrement d'autres, en tant que coparents. Choisirait-il toujours l'évitement en cas d'avis divergents ?

L'idée lui faisait peur. Faire connaissance de la famille de Diego et, grâce à lui, de la celle qu'elle avait elle-même sans s'en douter, lui avait réchauffé le cœur. Les sentiments qu'elle éprouvait pour Diego avaient pris plus d'ampleur qu'elle ne l'avait prévu. Ni même voulu, à vrai dire. Mais pourrait-elle trouver sa place dans la vie de Diego ? Et voulait-il qu'elle la trouve ? Elle comptait toujours quitter Rio. Et il ne lui avait pas demandé de reconsidérer sa décision.

Elle allait bientôt partir et devrait oublier ses sentiments pour lui, quels qu'ils fussent, parce qu'ils n'étaient visiblement pas destinés à s'épanouir.

Elle ne pouvait même pas compter sur lui pour l'échographie de leur bébé !

— Le bébé et vous allez très bien, docteur Oliveira, dit le Dr Felix. Je vais voir les résultats de vos tests sanguins, mais à moins que je ne repère une anomalie, vous pouvez ne revenir que pour le check-up de la seizième semaine.

— Oh ! je ne serai sans doute plus à Rio. Je vais rentrer… chez moi dès que j'en aurai terminé ici.

Elle avait hésité sur les mots « chez moi », et son cœur serra. Elle s'était plus attachée à cet endroit qu'elle n'était prête à l'admettre.

Le Dr Felix consulta sa tablette et sourit.

— Je veillerai à envoyer une copie de votre dossier pour que votre nouveau médecin ait toutes les informations. Êtes-vous prête à connaître le sexe du bébé ?

Eliana écarquilla les yeux de surprise. Elle avait oublié le test sanguin qui permettait d'en avoir l'information, même à ce stade précoce. De nouveau, elle jeta un coup d'œil vers la porte, obstinément close. Son cœur se serra un peu plus. Diego ne venait décidément pas !

— Vous attendez le père ? demanda l'obstétricienne, qui avait suivi son regard.

— Oui, mais je pense qu'il doit être retenu en chirurgie, répondit Eliana, qui pourtant n'en croyait rien.

— Nous pouvons attendre encore quelques instants, si vous voulez.

Eliana hésita. Une part d'elle-même désirait éperdument attendre. Malgré toutes les défenses qu'elle avait érigées pour se protéger, Diego avait pris possession de son cœur. Elle voulait qu'il partage ce moment avec elle, qu'il fasse partie de sa famille, qu'il partage avec elle les hauts et les bas de sa grossesse.

Mais il l'avait accusée de placer le profit avant les soins des patients, comme son père. Qu'il ait si piètre opinion d'elle après tout ce temps passé ensemble lui brisait le cœur.

L'obstétricienne avait de toute évidence senti son hésitation. Elle griffonna quelque chose sur un bout de papier, qu'elle glissa dans une enveloppe et remit à Eliana.

— Le résultat du test. Vous pourrez l'ouvrir ensemble, si vous voulez en avoir le cœur net.

Eliana prit l'enveloppe avec un sourire reconnaissant et, s'étant rajustée, sortit de la salle d'examen. Alors qu'elle quittait le service d'obstétrique, elle consulta le planning chirurgical de l'après-midi sur son téléphone. Diego avait peut-être été appelé au bloc pour une intervention urgente…

Quand Eliana entra dans le service d'orthopédie, quelque chose n'allait pas, de toute évidence. Les murmures du personnel cessèrent à son arrivée, puis reprirent dès qu'elle fut assez loin pour ne pas les entendre distinctement. Elle fut saisie de panique. Cela avait à voir avec Diego, elle le sentait, elle en était sûre !

— Où est le Dr Ferrari ? demanda-t-elle à une infirmière de passage qui la dévisagea avec des yeux ronds.

— Il est dans la chambre VIP. C'est la femme du maire…

La jeune femme poursuivit sa route sans achever sa phrase, et Eliana frémit. Ses soupçons se confirmaient.L'intervention ne s'était pas déroulée comme prévu, incontestablement ! Elle oublia aussitôt le rendez-vous manqué par Diego pour ne plus penser qu'à la patiente dont ils avaient la charge.

Quoi qu'elle ait pu redouter de découvrir dans la chambre de la patiente, la réalité était pire. Le son d'un bip continu l'accueillit dans le couloir, présageant quelque chose d'affreux. Un moniteur cardiaque alertant sur un arrêt cardio-respiratoire n'était jamais bon signe. Pas plus que le trop grand silence qui régnait.

Dans la chambre, la patiente était allongée sur le lit, la paroi thoracique ouverte – on avait effectué une thoracotomie d'urgence, apparemment, procédure à laquelle un chirurgien ne recourait que si toutes les autres tentatives et options pour stabiliser un patient avaient échoué.

Que s'était-il passé ? Pourquoi Diego avait-il dû inciser la paroi thoracique ? À cause d'un caillot sanguin ? Les thromboses n'étaient pas rares chez les femmes de cet âge et pouvaient se produire n'importe quand.

Un chirurgien junior s'attardait près du lit, rangeant les instruments utilisés sur un chariot. Et derrière lui, effondré sur une chaise…

— Diego ?

Il avait les traits creusés, la tête renversée en arrière. Le haut de sa blouse stérile et une partie de ses bras étaient couverts de sang. Il semblait n'avoir pas mis de blouse de protection supplémentaire.

Eliana regarda le médecin junior, toujours occupé avec les instruments.

— Vous êtes du service de cardiologie ? (Il acquiesça, visiblement intimidé par la présence de la grande patronne.) Dites au chef de service que je dois lui parler avant d'annoncer la nouvelle au maire.

Elle congédia le jeune médecin d'un signe, puis se tourna vers Diego, qui s'était légèrement redressé.

— Que s'est-il passé ? s'enquit-elle en s'efforçant de rester neutre.

En le voyant couvert de sang, elle avait eu une peur affreuse, avant de comprendre que ce n'était pas le sien.

— Tu vas me faire la leçon parce que j'ai laissé mourir ta patiente VIP ? demanda-t-il à voix basse, avec une note de rancune.

Au lieu de réagir à la provocation, elle s'accroupit devant lui, en silence, pour pouvoir le regarder dans les yeux. Il inhala à plusieurs reprises. Tout en lui traduisait sa fatigue. Il avait lutté de toutes ses forces pour maintenir sa patiente en vie.

— Hypothèse la plus probable ? fit-il. Embolie pulmonaire. Même si on avait pu prendre ça à temps, ça n'aurait pas suffi. J'allais partir lorsque l'infirmière de suivi postopératoire m'a bipé pour que je vienne la voir.

Eliana coula un regard vers la patiente. Elle avait eu la même pensée. Un caillot de sang avait voyagé jusqu'aux poumons, obstrué une artère, bloquant la circulation du sang et provoquant une insuffisance cardiaque. Elle aurait sans doute ouvert la cage thoracique elle aussi, et tenté une aspiration manuelle du cœur.

Posant la main sur le genou de Diego, elle le regarda. Cette urgence l'avait visiblement vidé de son énergie, et elle soupçonnait qu'il avait fait d'autant plus d'efforts que la patiente était importante pour elle. Ou bien désirait-elle simplement que ce soit la vérité ?

En tout cas, il était effondré et, même si elle lui en voulait d'avoir manqué leur rendez-vous, il comptait beaucoup trop pour elle pour qu'elle ne veuille pas prendre soin de lui. Leur explication pouvait attendre.

— Allons viens, lui dit-elle, allons te remettre en état.

Elle lui saisit la main et l'emmena dans son bureau, où elle le poussa dans la salle de bains pour qu'il puisse faire un brin de toilette.

Quand Diego sortit de la douche, après un moment qui lui avait paru une éternité, il perçut des voix étouffées de l'autre côté de la porte. Il s'immobilisa, à l'écoute, tentant de comprendre l'objet de la discussion. L'une des voix était celle d'Eliana, mais il avait du mal à identifier l'autre.

Il eut sa réponse un instant après en entendant une troisième voix, venue d'un haut-parleur téléphonique. Celle du maire. C'était donc le patron du service de cardiologie qui était avec Eliana.

Une profonde angoisse s'empara de lui alors qu'il repensait à l'intervention chirurgicale. La pose d'une prothèse de hanche était un travail de routine. Au cours de sa carrière, il en avait fait des dizaines, et son taux de mortalité était très inférieur au taux ordinaire, déjà très bas.

Le taux était bas, mais pas nul.

Il s'adossa à la porte, les yeux clos, essayant de ne plus penser aux dernières heures. Il n'était jamais facile de perdre un patient, mais ce cas-ci le perturbait – d'autant qu'il aurait préféré ne pas pratiquer l'opération. Mais il lui avait bien fallu admettre qu'Eliana devait faire appel à lui dans les cas de ce genre pour avoir le soutien financier des riches bienfaiteurs de l'hôpital.

Marco l'avait fait sans cesse, lui aussi. La différence entre sa fille et lui, cependant, était l'utilisation de l'argent obtenu. Eliana ne se remplissait pas les poches, elle ! Peut-être n'était-il pas trop tard pour s'excuser de ses propos acerbes ?

Si seulement l'issue de l'intervention avait été bonne ! Il avait fait défaut à Eliana.

Il savait que ce n'était pas réellement vrai, car il avait tenté tout ce qui était en son pouvoir pour sauver la vie de sa patiente ; parfois, hélas, cela ne suffisait pas. Pourtant, il avait un horrible sentiment d'échec.

— Tu peux sortir, maintenant.

La voix d'Eliana était clairement audible, cette fois. Un instant plus tard, elle ouvrit la porte et lui tendit une blouse stérile pliée.

— Je t'ai apporté du rechange.

Il prit la blouse avec reconnaissance et la passa avant d'entrer dans le bureau, où il s'attarda un instant.

— Je viens de parler au maire. Il est sous le choc, mais il te remercie de tous tes efforts pour sauver sa femme, dit-elle en s'installant à son bureau et en lui désignant le fauteuil face à elle.

Il ignora l'invitation, s'appuyant simplement contre la lourde table de travail.

— Je suis désolé que ça ait tourné comme ça.

— Je sais, dit-elle avec un sourire un peu contraint. Il va s'y faire, comme tous les maris dans cette situation.

— Sauf que celui-ci est plus important pour toi.

Elle soupira.

— Il ne l'est ni plus ni moins que d'autres. Il y a une différence entre dérouler le tapis rouge à quelqu'un et lui accorder un passe-droit à cause de sa position.

— Je sais, je m'en rends compte. Je ne sais pas pourquoi j'ai mis ça sur le tapis. Tu ne te comportes pas comme Marco et je n'aurais pas dû dire ça. Je te présente mes excuses.

Cela dut la prendre au dépourvu, car elle le dévisagea un instant avant de hocher la tête.

— Merci. J'apprécie que tu dises ça.

Il y eut un silence. Puis :

— Tu as manqué l'échographie.

Une nuance amère avait reparu dans sa voix, malgré son expression contenue.

L'échographie ? Il eut une hésitation. Dans l'urgence du moment, il avait totalement oublié le rendez-vous. Il se sentit plus coupable encore. Comment avait-il pu oublier cette première occasion de voir son bébé ?

— Tu es fâchée que j'aie manqué ça ? Ana, j'ai dû répondre à une activation du Code bleu pour ma patiente.

Le regard d'Eliana prit un éclat de mauvais augure.

— Je ne suis pas en colère parce que tu as dû traiter une urgence. Ce qui m'inquiète, c'est que j'aie dû te rappeler l'échographie. Tu ne m'as même pas demandé si je… si *nous* allions bien. (Elle inspira profondément, pour se ressaisir.) Je croyais qu'on était ensemble dans cette histoire.

Il marqua un arrêt. Sa réponse le déroutait. Elle n'était pas furieuse parce qu'il avait manqué l'échographie, mais parce qu'il ne l'avait pas questionnée à ce sujet.

— Ce n'est sûrement pas la dernière fois que je manquerai un rendez-vous, dit-il lentement, rassemblant ses idées. Si tu quittes Rio avec notre bébé, je ne serai pas présent pour quantité de choses. Je tiens à m'impliquer et je suis désolé de n'avoir pas pu le faire cette fois-ci, mais c'est toi qui emmènes notre enfant loin d'ici.

Il sentit son pouls s'accélérer devant son air perdu. Ses sentiments pour elle s'étaient cristallisés, il ne pouvait plus nier la réalité. Il voulait qu'elle reste, il voulait qu'ils forment une famille. Parce qu'il était tombé sous son charme sans en avoir conscience, et qu'à l'idée qu'elle parte il lui semblait être englouti par un épais brouillard gris.

— Diego… Je vais partir dès que j'en aurai terminé ici. Je ne peux pas rester à Rio.

— Pourquoi ?

Il savait qu'elle se débattait avec son passé d'enfant solitaire. Mais était-ce suffisant pour les priver de la chance de fonder une famille ? Ne tenterait-elle pas un essai pour lui ?

— Parce qu'il y a trop de souffrance pour moi ici. Même revenir dans cet hôpital me donne la nausée. Partout où je vais, je sens les regards posés sur moi, j'entends des bruits de couloir sur ce que Marco Costa a fait à ma mère. Selon les personnes auxquelles je parle, j'entends que c'était une bonne personne ou une femme à plaindre. C'est tout ce qu'elle sera jamais : un scandale. Et c'est tout ce que, moi aussi, je serai ici.

Le cœur de Diego déborda. C'était la première fois qu'elle s'abandonnait à ces confidences, à en juger par son air triste mais aussi étrangement soulagé. C'était donc de là que venait son insécurité ! Elle ne se croyait pas assez bien pour rester ici, alors que rien n'était plus éloigné de la vérité.

— Tu as déjà prouvé que tu vaux beaucoup mieux que les circonstances de ta naissance, dit-il, rompant le silence qui les avait gagnés. L'épouse du maire vient de mourir dans ton hôpital. Tu as très bien su comment réagir, et tu l'as fait avec calme. Comme l'aurait fait un véritable grand patron.

— Pff ! Je n'en serais pas si sûr, à ta place. Quand je l'ai vue dans cette chambre, j'ai eu la peur au ventre.

— Mais malgré ça, au lieu de te laisser affecter, tu as d'abord pensé à sa famille.

Elle l'observa en plissant le front, pesant ses paroles.

— Je n'étais pas destinée à occuper ce poste.

— Tu n'en sais rien, dit-il, lui effleurant la joue – un geste qu'elle ne repoussa pas. Ce n'était peut-être pas dans tes projets, mais le bébé non plus, et regarde comment les choses ont évolué. Tu tiens tellement à cet enfant que tu veux l'emmener loin des lieux qui t'ont causé tant de souffrance.

Elle baissa les yeux et prit une profonde inspiration.

— Tu veux que je reste ?

— Oui, je le veux, dit-il à voix basse.

— Pourquoi ?

Son cœur battit à grands coups alors que la vérité éclatait dans son esprit.

— Parce que je suis en train de tomber amoureux de toi et que je veux qu'on essaye d'avoir ce que nous n'avons pas eu en grandissant. Nous pourrions former une famille.

Il lui avait fallu tout ce temps pour comprendre qu'il n'était pas voué à répéter les erreurs du passé. Si son père n'avait pas été loyal envers sa mère, cela ne signifiait pas qu'il était destiné à une vie identique. Il était libre d'aimer Eliana de son mieux.

De faire sa part chaque jour. De les choisir, elle et leur enfant, pour toujours.

Elle écarquilla les yeux et s'empourpra légèrement face à cette confession inattendue. Eh bien, il ne s'était pas non plus attendu à avoir une telle conversation. Bon sang, il avait même hésité à lui révéler ses sentiments ou à la laisser simplement partir !

— Diego… nous nous étions mis d'accord pour être amis, dit-elle enfin après un long silence.

Et il eut l'impression d'un grand choc. Même s'il était totalement abattu, il réussit à rire.

— Nous avons quitté le territoire de l'amitié quand nous avons commencé à nous embrasser lorsque personne ne nous voyait.

Elle rougit encore plus ; en d'autres circonstances, il aurait savouré ce spectacle. Mais elle venait de le rejeter.

Une main invisible semblait lui avoir agrippé le cœur et vouloir le lui broyer. Si cela continuait, il allait s'effondrer.

— Je ne resterai pas ici, dit-elle. Je ne peux pas. Je ne suis même pas sûre que tu me donnerais la priorité.

— Quoi ? Tu doutes de moi parce que j'ai manqué ce rendez-vous ? fit-il, profondément atteint par cette accusation, plus oppressé encore qu'il ne l'était.

— Non, je doute de toi parce que tu m'as caché des choses importantes que tu fais dans cet hôpital, dit-elle d'une voix tendue, comme si elle s'efforçait de rester calme. Mais tes motivations sont pures, et j'ai beaucoup fait, ces deux dernières semaines, pour te donner les fonds dont tu as besoin. J'adore que tu te soucies de ta communauté. Mais tu es trop habitué à faire à ta manière. Je ne vois pas comment m'intégrer à ça. Comment tu peux voir en nous une famille.

Elle secoua la tête.

— Je ne suis même pas sûre que tu m'aurais parlé de la clinique si je n'étais pas tombée sur Selma aux urgences.

Il haussa les sourcils, s'apprêta à se défendre, puis renonça. Elle n'avait pas tort, et il n'avait aucune intention d'arrêter ce qu'il avait entrepris. Il ne se le reprochait pas non plus. De pauvres gens avaient besoin de son aide, et s'il devait recourir à ces expédients parce que le système était pourri, il n'en était pas responsable.

— Je fais ce que je dois pour aider ma communauté, dit-il, mâchoires serrées.

Elle eut un mouvement de recul.

— Je ne dis pas que ce que tu fais est mal. S'il y avait plus de médecins comme toi, le monde serait meilleur. Je voudrais seulement voir la même ténacité en ce qui nous concerne, le bébé et moi. Mais entre ton job ici et ta mission, je ne crois pas que tu nous donnes la priorité à laquelle nous devrions avoir droit.

Diego, glacé, tenta de comprendre.

— Tu penses ne pas être une priorité pour moi ?

Cela le secoua jusqu'aux tréfonds de l'âme. S'il avait donné cette impression à Eliana, alors il ne valait pas mieux que son père. Il avait beau s'y efforcer, il ne savait réellement pas comment être partie prenante d'une famille.

Eliana leva une main vers lui, mais laissa son geste en suspens.

— Je... je suis désolée.

Il n'avait pas d'autre choix que de prêter foi à ses paroles, même s'il désirait croire le contraire.

— Ne sois pas désolée, dit-il en se redressant, la souffrance du rejet le percutant de plein fouet. Tiens-moi au courant pour le bébé. Je peux venir en voiture pour la prochaine échographie.

Il pivota vers la porte, mais s'immobilisa quand elle lança :

— Est-ce que tu viens au dîner, demain ? J'ai invité tous les chefs de service pour parler de l'avenir de l'hôpital. J'ai besoin que tu sois là.

L'avenir ? Diego ne s'y était jamais aussi peu intéressé qu'en cet instant !

— Si c'est pour le boulot, bien sûr, fit-il avec un geste désinvolte, avant de quitter le bureau, refermant la porte derrière lui.

10.

Eliana n'était pas d'humeur pour le dîner. La confession inattendue de Diego l'avait secouée, et il lui semblait que tout avait changé autour d'elle.

Comment pouvait-il l'aimer alors que personne ne l'avait jamais fait ? Cela ne pouvait pas être vrai ! Et que lui avait-il pris, de lui demander de rester ?

Le repousser lui avait mis le cœur en miettes. Car elle n'avait eu qu'une envie : crier oui, se jeter dans ses bras et ne plus jamais le lâcher. Elle aurait voulu être une femme courageuse, capable d'oublier les dangers et les souffrances qui rôdaient autour de leur relation sentimentale.

Mais avec les besoins de sa communauté, les grands projets qu'il voulait accomplir, pourrait-il seulement faire attention à elle ? À leur enfant ?

Pendant toutes ces années où elle n'avait pu compter que sur elle-même, privée de l'amour et du soutien de son père, les remparts qu'elle avait érigés autour d'elle s'étaient épaissis, et elle était incapable de faire assez confiance à quelqu'un pour y ouvrir une brèche et le laisser entrer. Que se passerait-il si elle acceptait Diego, si elle lui laissait voir toute sa souffrance et son chaos intérieurs ? S'il partait, alors ? Elle ne pouvait pas faire cela à son enfant !

Malgré son immense envie d'accepter l'amour de Diego, elle ne pouvait pas être égoïste. Son enfant avait besoin d'un père plus qu'elle n'avait besoin de son amant.

Elle refoula ces pensées. Ce soir, elle devait une dernière fois agir en patronne d'hôpital.

Le dîner pour les chefs de service avait lieu dans un restaurant choisi par Suelen, dans une salle à manger privée, pour leur permettre de discuter librement. Mais la première chose que vit Eliana, ce fut le fauteuil vide. Celui de Diego.

Abattue depuis la veille, l'estomac noué d'appréhension, elle s'assit près de Sophia qui la regardait avec une certaine inquiétude. En dehors de Diego et de l'obstétricienne, Sophia était la seule à savoir qu'elle était enceinte. Elle savait aussi que l'enfant était de Diego.

— Je vais bien, assura-t-elle à son aînée.

— Les médecins sont les pires patients, surtout quand ils sont au sommet de la hiérarchie comme toi, murmura Sophia.

Eliana sourit.

— Heureusement, je vais bientôt te passer le témoin ! Envoie-moi un mail récapitulatif de temps à autre pour me mettre au courant, ça devrait suffire. J'ai confiance en ton jugement, sinon, je ne t'aurais pas choisie.

— Ces mails devront-ils comporter un « rapport Ferrari » détaillé, ou préfères-tu ne rien lire à son sujet ?

Sophia était taquine en apparence, mais elle faisait allusion à bien plus de choses qu'Eliana ne tenait à en aborder. Diego allait-il ne pas venir alors qu'elle lui avait demandé d'être là ? Elle avait arrangé ce dîner en une ultime tentative pour lui rendre hommage. Même si elle l'avait repoussé, elle tenait à lui et elle voulait qu'il le sache. Elle voulait lui dire qu'elle admirait son esprit indomptable et son altruisme. Ce serait un dernier cadeau pour l'homme qu'elle aimait et dont elle ne pouvait partager la vie.

— Je pourrais prétendre que ce n'est pas nécessaire, mais je ne voudrais pas que tu me traites de menteuse, répondit-elle à Sophia avec un sourire triste.

— Que s'est-il passé ?

C'était une question simple, à laquelle Eliana ne savait pourtant comment répondre. Que s'était-il passé ?

— Au début, nous n'étions que deux personnes qui se rencontrent par hasard et ne comptent pas se revoir. Jusqu'à ce que tu nous apprennes ma grossesse. Alors, tout a changé. Nous pensions pouvoir être amis, mais…

Mais quoi ? se demanda-t-elle. Ils s'étaient épris l'un de l'autre alors qu'ils ne l'auraient pas dû ?

— Ça vaut ce que ça vaut, lui dit Sophia, mais je connais Diego depuis qu'il est arrivé à Santa Valeria. C'est quelqu'un de bien, et il fait quelque chose de super avec son bénévolat. Mais il se prend un peu trop au sérieux.

Comme Eliana lui adressait un regard interrogateur, elle haussa les épaules.

— Je ne sais pas comment le dire autrement. Il… il a trop de choses en tête, ça lui fait prendre des décisions impulsives. Cela fait aussi de lui un médecin brillant en cas de crise, mais je me demande si ce talent est souhaitable dans les relations personnelles.

Les serveurs arrivèrent avec le vin, et Eliana eut un nouveau pincement au cœur en regardant le fauteuil toujours vide. Diego n'allait donc pas venir ! Cela n'aurait pas dû la surprendre, pas après avoir rejeté ses avances. Mais elle avait réellement pensé qu'il serait là, à cause de ce qu'il y avait entre eux, et malgré ce qu'ils n'auraient pas à l'avenir.

— Je vous remercie tous d'être là, dit-elle, captant l'attention des personnes présentes. J'aurais sans doute pu vous envoyer un mail, mais je ne voulais pas manquer l'occasion de vous voir avant mon départ. Comme vous le savez sans doute, j'ai enfin choisi la personne qui dirigera l'hôpital.

Elle leva son verre et continua :

— Je suis contente d'annoncer que Sophia a accepté le poste de cheffe générale et qu'elle présidera au nouvel et brillant avenir de Santa Valeria.

Chacun trinqua, puis il y eut un bref silence alors qu'ils portaient le verre à leurs lèvres. Eliana eut la gorge serrée. Elle avait préparé ce petit discours en croyant que Diego serait là et en comprendrait la portée.

— De plus, continua-t-elle après s'être éclairci la voix, j'ai aussi œuvré à trouver de meilleurs moyens pour que vous puissiez aider, avec vos équipes, les communautés les moins favorisées de Rio.

Elle promena son regard sur la salle, s'attardant un bref instant dans le fauteuil toujours vide.

— Au cours de nos entretiens, poursuivit-elle, vous avez été nombreux à manifester le désir de fournir plus de travail caritatif. Donc, dès à présent, un pourcentage des profits de Santa Valeria ira à une nouvelle structure de bienfaisance, et vous pourrez vous adresser à son directeur pour obtenir des fonds en vue de ce genre de projets. Elle sera dirigée par Diego Ferrari qui malheureusement… n'a pas pu être là ce soir, acheva-t-elle en maîtrisant tant bien que mal le vacillement de sa voix.

On trinqua de nouveau, et Eliana se rencogna dans son siège. L'atmosphère joyeuse ne faisait pas reculer sa tristesse. Mais au moins elle avait fait quelque chose de bien pendant son séjour à Rio, même si tout n'avait pas évolué selon ses attentes. Avec ce nouveau département caritatif, Diego disposerait d'outils adaptés pour faire tourner sa clinique en accès gratuit et mettre ses collègues en contact avec un nombre plus significatif de patients déshérités.

Elle l'avait fait parce que c'était juste, mais c'était lui qui avait inspiré son action. Et voici qu'il n'était même pas fichu d'assister au dîner.

— Voilà, ça devrait vous permettre de tenir pour le moment.

Diego remit à son patient un petit sachet contenant le médicament requis et soupira lorsque l'homme referma la porte derrière lui. Se laissant tomber sur la chaise bancale de la réception, il enfouit son visage entre ses mains et lâcha un grognement de fatigue. Il avait eu l'intention de faire un saut à la clinique pour déposer des fournitures médicales issues d'un don, avant de se rendre au dîner qu'Eliana avait organisé pour les chefs de service de l'hôpital.

Mais à son arrivée des personnes attendaient un médecin pour raisons urgentes. Le patient, soutenu par son frère, souffrait d'un inquiétant abcès au mollet, et Diego avait dû inciser aussitôt, sinon l'homme aurait risqué un sepsis. Le temps qu'il effectue le drainage et panse la plaie après l'avoir traitée avec un antibiotique, des heures avaient passé. Mais le patient était du moins sauvé et ne perdrait pas une jambe.

Diego consulta sa montre, qu'il n'avait mise que pour le dîner, comme le costume dont il avait abandonné le veston lorsque le patient était entré. Presque minuit. Il n'y avait aucune chance que l'équipe soit encore au restaurant ! Une autre urgence l'avait empêché de tenir sa promesse.

Peut-être cela valait-il mieux. Après tout, n'avait-il pas apporté de l'eau au moulin d'Eliana en manquant ce dîner ? Quand le patient s'était allongé sur la table d'examen, il avait vu au premier coup d'œil que l'infection était grave et devait être traitée sans tarder.

Aurait-il dû envoyer un message pour dire qu'il était retenu ? La pensée l'avait traversé en commençant les soins, mais il ne l'avait pas mise à exécution. Eliana n'y aurait vu qu'un prétexte, après la façon dont ils s'étaient quittés. Parce qu'il était meurtri, il n'avait pas téléphoné, choisissant de se consacrer au patient et à son urgence.

Pourtant, il tenait tant à Eliana et à leur bébé ! Qu'elle ne pense pas qu'il les considérait comme sa priorité l'avait fait sombrer dans une sorte de trou noir.

Il n'était pas du genre à abdiquer. En aucun cas. C'était ce qui lui avait permis de faire perdurer la clinique en accès gratuit pendant si longtemps.

Alors qu'y avait-il de différent avec Eliana, pour qu'il se sente incapable de combattre ? Leur conversation de la veille l'avait anéanti. Il était sorti de son bureau dans un état second, comme s'il marchait dans le brouillard, en s'efforçant de comprendre ce qui venait de se produire. Pourquoi n'était-il pas resté, pourquoi n'avait-il pas réagi ?

Parce qu'elle avait raison.

Ce soir aurait été la parfaite occasion de lui prouver qu'elle se trompait, lui montrer qu'il se souciait d'elle par-dessus tout.

Mais, s'il avait pensé à le faire, il n'avait malgré tout pas décroché son téléphone. Pourquoi ?

Par peur de mesurer la profondeur de son amour pour elle… et peur d'être détruit s'il la perdait.

Pourquoi se sentait-il capable d'aimer Eliana, alors qu'il ne connaissait rien à l'amour ? Et s'il était vraiment comme son père ? Il valait peut-être mieux qu'elle le découvre maintenant, avant qu'ils ne soient trop profondément impliqués dans cette relation.

Il mit les mains sur ses yeux, dans l'espoir de dompter la déroute de ses pensées. La porte de la clinique s'ouvrit, et il jura à voix basse. N'avait-il donc pas fermé après le départ du patient et de sa famille ?

— Nous ne sommes pas ouverts, alors si ce n'est pas une urgence, revenez demain matin, s'il vous plaît, dit-il sans relever la tête.

Il était épuisé et n'avait qu'une envie : prendre un peu de repos.

— Je pensais bien te trouver ici.

La voix d'Eliana, glaciale, le fit frissonner. Il se redressa, la regardant d'un air surpris.

— Qu'est-ce que tu fais ici ? demanda-t-il étourdiment.

— Moi ? Et *toi*, que fais-tu ici ?

Elle le dévisagea, et le feu qu'il vit dans son regard était différent de celui auquel il était habitué.

— Bien sûr, c'est ici que tu te trouves. Tu te couperais le bras pour ta communauté, mais tu es incapable d'être là pour moi lorsque c'est important.

Il se leva et rencontra son regard sans ciller, en dépit de l'amertume dont elle faisait preuve. La culpabilité qu'il éprouvait depuis la veille se conjuguait avec son agitation intérieure, créant un mélange explosif.

— Ce n'est pas moi qui décide de l'arrivée d'une urgence.

— Ce n'est pas de ça qu'il est question. Je ne t'en ai jamais voulu de t'occuper de tes patients. Je sais ce que c'est, j'ai été à ta place.

— Vraiment ? En es-tu si sûre ? Tu as vu mourir des amis

et se désagréger des familles parce que les services de santé ignorent les gens qui vivent dans les favelas ? C'est ce que je vois chaque fois que quelqu'un franchit ces portes. Je me suis hissé au sommet à la force du poignet en partant du plus bas de l'échelle, pour les aider à éviter leur destin. Comment pourrais-tu savoir ce que c'est alors que tu as grandi dans la meilleure école privée du pays ?

Les mots avaient jailli de lui comme un geyser trop longtemps comprimé. Eliana le dévisagea en silence. Seule une veine palpitant à la base de son cou indiquait son état émotionnel.

— Tu ne sais même pas le quart de ce que j'ai dû supporter, dit-elle. J'avais peut-être de quoi manger et me vêtir pour faire bonne figure chez les riches, mais j'étais seule. Tu avais ta communauté pour échanger et te soutenir dans les moments difficiles. Je n'avais personne.

Ces derniers mots étaient sortis dans un murmure, et Diego éprouva des regrets. Il n'avait pas vraiment voulu déverser ainsi ses tourments intérieurs sur elle.

— Pourquoi ne m'en parles-tu pas ? Tu n'es plus seule. Si tu savais à quel point je…

— Non, coupa-t-elle d'une voix implacable. Tu ne m'aimes *pas*. Si tu crois que je ne comprends pas ta douleur parce que j'ai grandi environnée de richesse, c'est que tu es incapable de me connaître vraiment. Je t'ai déjà dit tant de choses ! Mais tu ne comprends toujours rien.

Chacun de ces mots était empreint de souffrance. Diego le ressentait si vivement qu'il avait du mal à respirer. Quand avaient-ils cessé de se comprendre ? Les semaines précédentes semblaient n'avoir été qu'un rêve, l'hallucination de deux personnes trop différentes pour suivre le même chemin.

— Ne dis pas que je ne t'aime pas, répondit-il, accablé, le cœur en miettes. Je sais que c'est vrai, que tu veuilles l'entendre ou non.

Il pouvait nier bien des choses, mais ses sentiments pour elle étaient authentiques – même s'ils le faisaient souffrir.

— Je pensais pouvoir y arriver, dit-elle. J'ai vraiment cru

pouvoir faire partie de ta vie sans avoir aussi mal… sans toute cette souffrance. Mais je ne crois pas que je peux…

La voix d'Eliana, qui n'avait cessé de vaciller, se brisa finalement, et Diego fit un pas vers elle. Aussitôt, elle secoua la tête.

— Je t'ai attendu au dîner, j'ai prié pour que tu viennes malgré ce qu'on s'était dit. Je voulais avoir tort au sujet de ma réaction d'hier. Je m'étais ouverte à toi… je t'avais dit ce que c'était d'être seule, de n'avoir personne à qui faire confiance. Je t'ai demandé d'être là quand ce serait important… et tu ne l'as pas fait. Et tu ne m'as toujours pas questionnée, pour l'échographie.

Il accusa le coup, le souffle coupé, aspiré plus profondément encore dans le trou noir de la veille. Après toutes leurs discussions, et tout ce qu'ils avaient traversé, il ne s'était pas enquis de leur bébé. Il ne valait décidément pas mieux que son père.

— Je ne sais vraiment pas quoi dire, fit-il d'une voix enrouée par l'émotion. Comment va…

De nouveau, elle secoua la tête.

— Je n'ai plus besoin que tu le demandes. Nous sommes au bout de notre chemin, Diego.

Elle tira une enveloppe un peu cornée de son sac.

— Qu'est-ce que c'est ? fit-il en découvrant qu'elle était vierge des deux côtés.

— Quelque chose que tu devrais savoir, répondit-elle avec une ombre de sourire. Je pars demain. Je sais que nous devons encore décider de ce que nous voulons faire pour le bébé. Je reprendrai contact quand je ne serai pas loin d'accoucher. Mais pour le moment, j'ai besoin de recul, de distance.

— Ana, *por favor…*, dit-il en contournant le bureau pour la rejoindre. S'il te plaît, ne t'en va pas.

— Il le faut. Tu ne le vois pas ? Les choses ne seraient pas si douloureuses si elles étaient justes… si elles étaient destinées à être.

Elle tourna la tête vers lui, et il eut presque un mouvement de recul en voyant la tristesse de son regard.

— Nous nous sommes peut-être raconté des histoires depuis le début.

— Ana…

Il avait lâché son prénom dans un murmure et éleva une main vers sa joue, mais elle s'écarta avant qu'il la touche.

— Je dois partir, dit-elle alors qu'ils se dévisageaient.

Elle se dégagea et franchit le seuil en courant avant qu'il ait pu trouver les mots pour la convaincre de rester.

Il retomba dans son fauteuil et, de nouveau, enfouit son visage entre ses mains. Il était dévasté. Eliana était partie, révulsée par son incapacité à lui ménager la place qu'elle méritait dans sa vie.

Il était bien le fils de son père ! Finalement, il avait échoué à être différent de lui.

Envahi d'une pesante tristesse, il se redressa et ses yeux tombèrent sur l'enveloppe. Il la retourna plusieurs fois entre ses mains avant de l'ouvrir.

Il y trouva une petite carte mémoire portant la mention : *Princesa*.

11.

Diego regarda passer les cartons d'équipements qu'on déchargeait d'un camion pour les porter dans sa clinique et éprouva le douloureux regret qui lui était devenu familier. Il était retourné à l'hôpital, le lendemain de la nuit à la clinique, pour découvrir qu'il était convoqué par la cheffe générale.

Là, Sophia lui avait appris ce qu'il ignorait du fait de son absence au dîner, à savoir qu'il superviserait un nouveau département destiné à financer et à organiser les programmes d'accompagnement de la communauté et les procédures gratuites à Santa Valeria. Même du temps où Vanderson était là, il n'aurait pas osé rêver d'un tel poste. Eliana en avait fait une réalité sans y regarder à deux fois.

Quand il pensait à elle, il avait toujours la sensation qu'on lui fouaillait les entrailles avec une lame chauffée à blanc. Des semaines s'étaient écoulées depuis les dernières nouvelles qu'il avait eues d'elle, même s'il avait essayé d'entrer en contact afin de la remercier pour son poste et savoir comment allait leur bébé. Sa fille.

C'était la seule pensée qui, perçant les ténèbres, lui gonflait le cœur de joie et d'impatience à l'idée du jour où il la verrait.

Beaucoup de choses avaient été dites sous l'effet de la peur, il s'en rendait compte aujourd'hui. Peur de l'inconnu. Peur de faire confiance à son cœur plus qu'à sa raison. Peur de perdre la seule femme qui eût jamais compté pour lui.

Eliana seule avait su contourner ses défenses pour s'aménager une place dans son cœur. Mais sa première réaction avait été de la traiter en intruse, et il en regretterait les conséquences pendant tout le reste de sa vie.

— Tu pourrais au moins avoir l'air content de tout ça, non ?

Diego se retourna vers son *avozinha.*

— Mais je suis ravi. Avec le personnel et les équipements supplémentaires, on peut desservir un plus vaste secteur du Complexo do Alemão. Nous avons même de quoi transporter les patients, maintenant, dit-il, désignant le spacieux véhicule garé près de l'entrée.

— Pour que je te croie, il faudrait que tu sois plus convaincant, fit sa grand-mère en secouant la tête. Tu broies du noir depuis quatre semaines. Tu vas me dire, je parie, que ça n'a rien à voir avec l'éloignement d'Eliana et de ta petite fille.

Il soupira.

— Je ne broie pas du noir. Je suis triste qu'elle soit partie, bien sûr. J'ai manqué la première échographie et je voudrais assister à la deuxième.

Il y avait près d'un mois qu'Eliana était partie. Elle était donc dans son deuxième trimestre de grossesse, déjà bien avancé, et aurait bientôt son check-up de routine. Il était peiné de ne pas avoir encore vu sa fille.

Dans sa vie, il avait fait des choix contestables et commis des erreurs. Il était hanté par les ombres du passé au point d'en être paralysé, incapable de trancher. C'était cette peur primitive qui l'avait fait rester en retrait alors qu'Eliana sortait de sa vie.

— Elle sait que tu aimerais être là ? demanda Márcia.

— Elle ne prend pas mes appels.

— Peux-tu le lui reprocher, après tout ce que tu lui as dit ? Quand je pense que tu ne lui as même pas demandé de nouvelles du bébé…

Détournant les yeux de l'appareil de radiographie qu'on était en train de livrer, il regarda sa grand-mère.

— *Quoi ?* De qui tiens-tu ce qui s'est passé ?

— Tu devrais savoir, depuis le temps, que rien n'échappe à ta grand-mère. Je croyais t'avoir mieux élevé que ça, mon *netinho.*

Mon tout-petit ? Il y avait des années qu'elle ne l'avait plus appelé par ce diminutif affectueux. Elle n'y avait recours désormais que quand il…

— OK. j'ai du souci à me faire, on dirait.

— Et comment ! fit Márcia, haussant la voix. Comment peux-tu imaginer que tu ressembles à ton père ? Mon fils est devenu un égoïste, malgré tous mes efforts pour faire de lui quelqu'un de bien. Mais il était autrefois bon et gentil, des qualités que je vois en toi aujourd'hui.

Diego la dévisagea avec stupéfaction. Comment diable savait-elle qu'il se débattait avec ces pensées ? Que c'était sa crainte profonde, devenir comme son père ?

— Il ne m'a rien transmis, murmura-t-il. Il n'était jamais vraiment là pour m'apprendre quoi que ce soit. C'est toi qui m'as élevé. Toi qui m'as appris à être meilleur que lui.

Márcia haussa les épaules, mais lui adressa un sourire encourageant.

— Contente de voir que tu as enfin compris ça.

Diego se figea, traversé d'une soudaine prise de conscience. Comment avait-il pu croire qu'il tournerait comme son père alors que celui-ci n'avait pas passé assez de temps auprès de lui pour l'influencer ? Mais oui, tout ce qu'il avait appris, il le tenait de sa grand-mère et de la fratrie auprès de laquelle il avait grandi !

Son erreur lui paraissait si stupide, maintenant, tout comme son explosion de colère à la clinique un mois plus tôt. Il aimait Eliana. Qu'y avait-il d'autre à savoir ?

— Elle passe son échographie demain. Si tu pars maintenant, tu peux arriver à Belo Horizonte avec du temps devant toi, déclara sa grand-mère.

Il la saisit par les épaules et lui planta un baiser sur les deux joues. Puis, réalisant la situation :

— Comment sais-tu ça ?

— Ce n'est pas parce que tu as des problèmes pour communiquer avec elle que j'ai oublié d'établir des liens avec la mère de mon futur petit-enfant.

Elle avait dit ça si tranquillement que Diego ne put que rire.

— Envoie-moi par SMS le nom de son médecin, dit-il en se dirigeant aussitôt vers sa voiture.

Si tout allait bien, il serait à Belo Horizonte juste après la nuit tombée.

Eliana, assise dans la salle d'attente déserte, parlait doucement à son bébé. Elle avait enveloppé le renflement de son ventre dans ses mains, en une sorte de cocon protecteur, tout en attendant de passer à l'échographie.

Même si son deuxième trimestre de grossesse était déjà bien avancé, elle n'avait pas encore perçu le moindre mouvement de sa toute petite fille. Ce qui, à en croire diverses communautés en ligne de femmes enceintes, n'avait rien d'inquiétant. La plupart des femmes, lors de leur première grossesse, ne sentaient rien avant la vingtième semaine. Elle venait de passer la seizième.

C'était dans des moments comme celui-ci, lorsqu'elle se sentait sur les nerfs, qu'elle souhaitait la présence de Diego. Au moins, elle aurait pu partager son inquiétude avec lui, à défaut d'autre chose.

Elle était de plus en plus rongée par l'idée qu'elle avait fait une erreur. Leur dernière entrevue avait été grevée par ses peurs – qui lui avaient dicté de le repousser. Elle avait perdu toute chance d'un avenir où ils auraient pu former une famille. Où il aurait pu être là, près d'elle, à lui tenir la main, tandis qu'ils découvraient encore un peu mieux leur enfant.

Et pourquoi ? Parce que ses angoisses avaient pris le dessus. De toute sa vie, elle n'avait compté pour personne, et personne ne s'était soucié de savoir où elle était ni ce qu'elle faisait. Les dégâts causés par la négligence de son père étaient bien plus profonds qu'elle ne l'avait compris avant de rencontrer Diego et de tomber enceinte.

Ses souffrances passées l'avaient amenée à exiger qu'il lui donne la priorité sur des choses sur lesquelles il n'avait aucun pouvoir. Elle avait trouvé, pour la première fois de sa vie, quelqu'un qui tenait réellement à elle, qui la chérissait sans l'ombre d'un doute, et au lieu d'accepter ses sentiments et ses actes à leur vraie valeur, elle l'avait repoussé.

Cela semblait si stupide, si ridicule, maintenant ! Pourquoi avait-elle éprouvé le besoin de fuir Rio de Janeiro le plus vite possible ? Son père s'était comporté comme un pauvre type, mais la ville n'y était pour rien. Et Alessandro et Daria, la seule famille qu'il lui restait, y vivaient. Ainsi que la grande famille de Diego. Tous les parents – oncles, tantes, cousins – de sa fille vivaient là-bas. Comme Márcia, qui s'impliquait déjà, en tant que grand-mère, plus qu'Eliana n'aurait osé l'espérer, et qui prenait de ses nouvelles tous les jours. Sans parler de Diego – l'homme qu'elle aimait de tout son cœur.

Elle avait commis une terrible erreur en prenant la fuite !

Pour la énième fois depuis deux jours, elle consulta les vols possibles pour Rio sur son téléphone. Elle était toujours en état de prendre l'avion malgré sa grossesse.

Diego accepterait-il de renouer avec elle, après leur dispute ?

Son cœur se serra douloureusement. Elle pouvait rester là à se poser la question, ou retourner à Rio pour en avoir le cœur net. Elle allait cliquer sur un vol, prête à prendre un billet, quand la réceptionniste vint la chercher dans la salle d'attente.

— Docteur Oliveira, nous sommes prêts à vous recevoir, dit-elle d'une voix douce, presque rêveuse. Le Dr Ferrari vient d'arriver, il est déjà entré. Votre mari est…

Elle eut un regard ébloui et un geste expressif, mais Eliana, interdite, n'y prit absolument pas garde. Diego était là ? La bouche sèche, tour à tour enfiévrée et glacée, elle ouvrit la porte en retenant son souffle et laissa échapper un léger cri en le voyant assis dans un fauteuil, avec sa nonchalance coutumière.

— Diego, tu…

Il se leva et fit un pas vers elle.

— Cette fois, j'y suis arrivé. Pas d'urgences de dernière minute.

Toujours sous le choc de son apparition, elle ne trouva pas de mots. Elle tendit la main pour le toucher, désireuse de l'embrasser, de lui dire qu'elle avait été la plus stupide des femmes.

Mais elle fut devancée par son obstétricien, le Dr Porter,

qui entrait dans la pièce. Les présentations faites, ce dernier effectua l'examen et l'échographie.

Lorsqu'elle grimaça à cause du gel glacé sur son ventre, Diego lui prit la main, et ils regardèrent ensemble, avec émerveillement, leur fille, que leur montrait le Dr Porter. Ils étaient saisis par l'importance capitale de ce moment. Cette petite vie, c'était eux qui l'avaient créée. Ensemble.

— Bon, la mère et le bébé se portent bien. Avez-vous eu une sensation de gêne ? Des saignements inhabituels ? Quoi que ce soit ?

Eliana fit signe que non, toujours réduite au silence par la vue de sa fille, envahie par l'amour inconditionnel qu'elle avait ressenti pour leur bébé. Jetant un coup d'œil sur Diego, elle constata qu'il avait une expression semblable, et ils eurent un petit sourire entendu, sans avoir besoin de partager leurs impressions.

Ils sortirent du cabinet médical et gagnèrent le parking en silence, ne s'arrêtant que devant la voiture de Diego. Alors, ils se firent face, échangeant un profond et long regard avant de tomber dans les bras l'un de l'autre.

Les larmes jaillirent des yeux d'Eliana qui sentait le soulagement l'envahir. Comment avait-elle pu laisser Diego ?

— Je regrette tellement, murmura-t-elle au creux de son cou.

Il lui prit le visage entre ses mains, la contempla en essuyant ses larmes du bout des pouces.

— Tu regrettes ? C'est plutôt à moi de m'excuser pour tout ce que je t'ai dit. J'étais blessé et dérouté. J'avais envie d'être avec toi, mais je ne savais pas comment faire. Alors, je me suis déchaîné. Mais si tu me le permets, je m'efforcerai de te revaloir ça pendant tout le reste de notre vie.

— Je croyais que tu me faisais passer en second. Faire partie d'une famille… je n'arrivais pas à gérer ça. Je ne pensais pas être capable d'être avec un homme comme toi… aussi rayonnant et entouré d'amour. Je ne suis toujours pas sûre d'y parvenir, mais je voudrais essayer. Si… si tu veux bien me reprendre, fit-elle, la gorge nouée.

Diego la contempla un instant. Elle retint son souffle. Puis, il inclina la tête et lui effleura les lèvres, lui accordant le baiser dont elle rêvait depuis qu'elle avait quitté Rio, un mois auparavant.

— Je t'aime, Ana. Rien au monde ne pourrait changer ça. Et je te jure de te le prouver chaque jour, éternellement.

— Je t'aime aussi, et… Oh !

Elle se figea, et il parut inquiet.

— Qu'est-ce qu'il y a, *amor* ? Est-ce que… ?

Mais Eliana se remit à sourire, encore plus largement.

— Je l'ai sentie… je crois bien qu'elle vient de me donner un petit coup de pied !

L'air émerveillé, il baissa les yeux et posa une main sur le ventre arrondi de sa compagne.

— Dis donc, *princesa*, ce n'est pas digne d'une demoiselle royale, ça ! fit-il avec un large sourire, en attirant Eliana contre lui. Oh ! au fait, j'ai failli oublier. *Avozinha* m'a demandé de te remettre ça.

Il sortit un petit écrin de sa poche et le lui remit.

— Elle veut me donner ses bijoux ? fit Eliana, qui laissa échapper un soupir étranglé en ouvrant la boîte.

Relevant les yeux, elle vit Diego mettre un genou à terre devant elle.

— Elle a pensé que sa bague de fiançailles t'irait bien, et elle a raison. Me permets-tu de te prouver tout mon amour en acceptant de devenir ma femme ?

Les larmes qu'Eliana avait réussi à contenir roulèrent sur ses joues tandis qu'elle acquiesçait avec un sourire tremblant et relevait Diego pour le prendre dans ses bras.

— Oui, lui murmura-t-elle à l'oreille.

Et il l'étreignit plus fort encore.

Elle savait qu'ils avaient encore des défis à relever, mais, quoi qu'il advienne, ils affronteraient cela. Ensemble.

Épilogue

Eliana lutta pour refouler ses larmes. Le jour était enfin venu où elle allait se marier avec l'amour de sa vie.

Elle était entourée par les sœurs de Diego, qui riaient avec elle, la conseillaient sur la foi de leurs propres mariages et câlinaient sa fille, Alice, qui, de son petit berceau, observait ce qui se passait avec de grands yeux.

Diego et Eliana s'étaient longtemps demandé s'ils s'épouseraient avant ou après la naissance de leur bébé. Un sentiment d'urgence les poussait à s'unir, mais pour finir Eliana avait décidé d'attendre. C'était sa première grossesse, et c'était déjà assez stressant, alors inutile d'en rajouter.

Le jour où Diego était venu la voir à Belo Horizonte, ils étaient rentrés ensemble à Rio, pour forger un meilleur avenir à Santa Valeria.

Eliana avait été contente de laisser la gestion quotidienne de l'hôpital à Sophia, ce qui lui donnait du temps pour seconder Diego à la clinique, partageant les fardeaux et les joies avec lui. Elle préférait exercer son métier de médecin que d'être enfermée dans un bureau devant une montagne de paperasses. Et, peu à peu, ils façonnaient la clinique qu'ils avaient imaginée.

À présent, le jour tant attendu était arrivé, et elle le vivait avec son entourage. Le clan Ferrari l'avait accueillie à bras ouverts.

— Ne pleure pas ! On vient de te maquiller ! dit en riant Gloria, qui la prit affectueusement par les épaules.

— Choisis un point au hasard au plafond et fixe-le, c'est ce qui m'a aidée, dit Bianca, une autre des sœurs Ferrari.

Eliana obtempéra, désireuse de contenir ses larmes de joie, au moins jusqu'à ce que toutes les photos aient été prises.

La porte s'ouvrit, et Alessandro entra avec Daria, qui était vêtue comme les autres demoiselles d'honneur.

— Il est prêt ? lui demanda Gloria, lançant la question qui était sur toutes les lèvres.

Alessandro fit signe que oui.

— Je suis venu chercher mon adorable sœur pour la mener à l'autel.

Les larmes d'Eliana menacèrent de couler de plus belle. Enfin, ça avait lieu ! Elle allait épouser Diego.

Elle accepta le bras d'Alessandro et se laissa conduire au bas de l'escalier, à travers la maison de *l'avozinha* de Diego jusque dans le jardin, où on avait installé des chaises pour les invités et une belle arcade fleurie pour l'autel. Elle eut un coup au cœur en découvrant tout cela alors que les invités se levaient de leurs chaises.

Et il était là, au bout du long tapis blanc déroulé, posant sur elle le regard intense qu'elle connaissait si bien. Il était aussi excité qu'elle. Diego, son âme sœur. Alessandro embrassa Eliana sur les joues avant de la remettre au marié avec un air grave mais chaleureux.

— Es-tu prêt pour le reste de notre vie ? murmura-t-elle alors que Diego s'inclinait pour l'embrasser à son tour.

Il sourit, la prit par la main.

— Depuis le moment où je t'ai rencontrée.

BLANCHE

HARLEQUIN

Retrouvez prochainement, dans votre collection

BLANCHE

Dans les bras du Dr Torres, de Scarlet Wilson - N°1646

SÉRIE : URGENCES ESPAGNOLES - 1/4

Caitlin est bouleversée quand le Dr Javier Torres, chirurgien cardio-thoracique comme elle, débarque à l'hôpital de Santa Aelina. Douze ans plus tôt, cet homme a été son rival, son ami… et son amant, le temps d'une nuit époustouflante. Aujourd'hui qu'ils sont contraints de travailler ensemble sur une opération délicate, parviendra-t-elle à ignorer les sentiments qu'il éveille encore en elle ? Une chose est sûre : son propre cœur lui paraît soudain aussi fragile que celui de ses patients…

L'amant de Barcelone, de Traci Douglass

SÉRIE : URGENCES ESPAGNOLES - 2/4

Ambulancière dévouée à ses patients, Isabella refuse toute forme d'engagement. Après avoir élevé ses frères et sœurs, en effet, elle est éprise de liberté. Alors qu'elle s'offre une nuit de passion entre les bras d'un inconnu rencontré sur la plage, elle est loin de penser aux conséquences. Or c'est un véritable choc pour Isabella de se découvrir enceinte. Plus fou encore, son amant n'est autre que le Dr Carlos Martinez, nouveau médecin à l'hôpital…

Les rêves de Stella, de JC Harroway - N°1647

Stella est catastrophée. Pour valider son diplôme de médecin, elle va devoir effectuer un stage à Abbotsford, le village où elle a passé sa jeunesse et où elle s'était promis de ne plus jamais remettre les pieds. Pire encore, elle travaillera dans le cabinet médical du Dr Aaron Bennett. Ce docteur brillant, qui peuplait autrefois ses rêves d'adolescente, est aussi un père attentionné. L'homme idéal ?

Une infirmière à Prague, d'Alison Roberts

De passage à Prague pour une conférence médicale, le Dr Hamish MacMillan fait la rencontre de Hanna, une infirmière aussi exubérante que lui est sérieux. Malgré leurs différences, la connexion entre eux est si forte qu'ils entament une liaison. Une relation nécessairement éphémère, Mac en est conscient, puisque bientôt tous deux seront repartis. À moins que les sentiments ne s'en mêlent ?

Leur mission : sauver des vies.
Leur destin : trouver l'amour.

HARLEQUIN
www.harlequin.fr

BLANCHE

Cette inoubliable étreinte, de Charlotte Hawkes - N°1648

Alors qu'elle effectue une mission à la base de Heathston en tant que pilote d'hélicoptère, Piper y retrouve le Dr Linc Oakes, l'homme qui hante ses rêves. Cinq ans plus tôt, elle l'a connu dans l'armée de l'air, au cours d'une mission périlleuse. Dans ce contexte de danger permanent, ils ont tissé des liens très forts, partageant leurs joies et leurs peines. Revoir Linc bouleverse Piper : aussitôt affluent les souvenirs, parmi lesquels ce moment où ils ont manqué s'embrasser…

Conquise par un patron, d'Ann McIntosh

Parce que sa famille lui a tourné le dos, Kendra se concentre sur son métier d'infirmière et protège son cœur en évitant de s'attacher aux autres. Lorsque, à la faveur d'une mission à Positano, sa rencontre avec le magnifique Massimo aboutit à une nuit passionnée, elle n'a donc aucun regret de mettre un terme à cette folie. Jusqu'à ce que son amant se révèle être… son nouveau patron ! Exposée chaque jour à la tentation, Kendra voit ses résolutions vaciller…

Charmée par son ennemi, d'Amy Ruttan - N°1649

SÉRIE : COUP DE FOUDRE À LA SAINT-VALENTIN - 1/2

« Je vous préviens : entre nous, c'est la guerre… » Ébahie, Esme ne peut s'empêcher de fixer son confrère et nouveau voisin, le Dr Carson Ralston. En venant installer son cabinet à Crater Lake, un petit village du Montana, elle ne s'attendait pas à un accueil chaleureux de la part du médecin, dont elle est désormais la concurrente, mais de là à ce qu'il se montre si hostile ! D'abord désemparée, Esme se révolte bientôt : pas question pour elle de se laisser intimider par cet homme trop sûr de lui…

Par une nuit de neige, d'Amy Ruttan

SÉRIE : COUP DE FOUDRE À LA SAINT-VALENTIN - 2/2

Fuir les femmes : depuis son divorce, c'est la devise du Dr Luke Ralston. Aussi, quand il apprend qu'il devra travailler en tandem avec le Dr Sarah Ledet dans le nouveau complexe pour skieurs de Crater Lake, sent-il une colère sourde le gagner. Que vient faire ici cette pimbêche arrogante, avec qui il a eu maille à partir cinq ans plus tôt ? Et pourquoi a-t-elle accepté un poste de simple médecin généraliste, alors qu'elle est une chirurgienne réputée ? Luke est résolu à le découvrir…

HARLEQUIN

Leur mission : sauver des vies.
Leur destin : trouver l'amour.

BLANCHE

HARLEQUIN

Son tendre secret, d'Emily Forbes - N°1650

Ainsi, le Dr Xavier O'Donnell va travailler avec elle… Lorsqu'elle découvre son nom sur la liste des remplaçants de l'hôpital où elle exerce, Brighde est frappée de stupeur. Elle ne devait plus jamais revoir cet homme, avec qui elle a partagé la plus exquise des nuits quelques mois plus tôt ! Mais, maintenant qu'elle va le côtoyer jour après jour, doit-elle l'éviter ou au contraire lui révéler qu'elle porte son enfant ?

Un prince pour patient, d'Annie Claydon

Veiller au rétablissement du prince Hugo DeLeon, c'est la mission qui a été confiée à Penelope et qu'elle entend mener à bien… quelles que soient les réticences du patient. Le statut de malade semble en effet si insupportable au prince qu'il use de tous les stratagèmes à sa disposition – de la menace à la séduction – pour la détourner de sa tâche. Mais Penelope n'est pas devenue une excellente cardiologue en se laissant si facilement distraire…

Leur mission : sauver des vies.
Leur destin : trouver l'amour.

HARLEQUIN
www.harlequin.fr